Martin Conrath, geboren in Neunkirchen an der Saar, ist Schriftsteller, Musiker, Journalist und Dozent. Seit 2006 lebt und schreibt er in Düsseldorf. Er ist Mitglied bei »Quo Vadis«, Autorenkreis Historischer Roman. Im Emons Verlag erschienen seine Kriminalromane »Stahlglatt«, »Das schwarze Grab«, »Der Hofnarr« und »Der Schattenreiter«, in Zusammenarbeit mit Sabine Klewe erschien »Das Vermächtnis der Schreiberin«. »Das schwarze Grab« wurde 2008 als Tatort verfilmt.

»Wo Unrecht zu Recht wird,
wird Widerstand zur Pflicht.«

Bertolt Brecht

PROLOG

Es besteht Hoffnung. Ich habe eine Idee, wie ich meinem Leben ein Ende setzen kann, ohne dass mich jemand dabei erwischt, ohne dass jemand etwas merkt, bis es zu spät ist. Die Wärter schauen mir genau auf die Finger, ich gelte als gefährdet. Und noch einen Selbstmord wollen die hier nicht haben. Die sind einfach nur grausam. Warum lassen sie mich nicht gehen? Seit achtzehn Jahren sitze ich im Gefängnis. Seit achtzehn Jahren übt der Staat Rache an mir. Für nichts. Für nichts und wieder nichts. Aber jetzt habe ich es geschafft, mich in die Elektroabteilung versetzen zu lassen. Dort zerlege ich elektronische Geräte, damit ihre Bestandteile wiederverwertet werden können. Dazu gehören auch Autobatterien. Und die sind vollgestopft mit Blei. Ich muss aufpassen, dass ich nicht zu viel Blei auf einmal nehme, sonst bekomme ich zu starke Symptome, und die merken, was ich vorhabe, und verhindern es. Und ich muss die Teile vorher gründlich reinigen, weil mir die Säure sonst den Mund verätzt. Wenn ich eine bestimmte Menge Blei in mir habe, gibt es kein Zurück mehr. Dann werde ich sterben, und keiner kann was dagegen tun. Eine gute Aussicht, die mir jeden Tag die Kraft gibt, weiterzumachen, obwohl ich unendlich müde bin. Der Tod ist zu meinem Lebensziel geworden.

EINS

Bremer hielt sein Fahrrad fest und wunderte sich. Nicht darüber, dass die Fußgängerampeln eine Gelbphase hatten oder die Julisonne den Rhein austrocknete und den Asphalt aufweichte. Auch nicht darüber, dass mitten durch die Stadt eine sechsspurige Straße führte, die manche mit dem Nürburgring verwechselten und die von der Verkehrskontrolle schlicht ignoriert wurde. Die Straße trug den Namen Südring, war aber gar kein Ring, sondern nur ein Teilstück der Bundesstraße 8 südlich der Stadtmitte. Auch darüber wunderte sich Bremer nicht. Bremer wunderte sich darüber, dass vor ihm zwei Polizeikommissare standen und von ihm zehn Euro kassieren wollten, weil er hier auf dem Bürgersteig angeblich nicht Fahrrad fahren durfte. Sein Dienstausweis steckte griffbereit in der Hemdtasche, aber es gelang ihm, seinen Impuls zu unterdrücken, den zwei Kollegen das Plastikstück unter die Nase zu halten.

Der Bürgersteig der Volmerswerther Straße war in zwei Zonen unterteilt, die mit weißen Streifen voneinander getrennt waren. Zugegeben, den Streifen sah man das Alter an, sie waren teilweise durchbrochen und fadenscheinig. Aber das blaue Verkehrszeichen, das an jeder Straßeneinmündung stand, regelte den Verkehr eindeutig: Gebotsschild 239, »Fußgänger«, mit Zusatzzeichen Z1022-10, »Fahrräder frei«.

»Die Volmerswerther Straße ist eine Dreißigerzone«, setzte der ältere der beiden seine Belehrung fort und wedelte mit dem Zeigefinger vor Bremers Gesicht herum. »Da kann es gar keine Fahrradwege geben. Das ist nicht vorgesehen. Das Zusatzschild bedeutet ja, Sie müssen den Weg nicht benutzen, sondern Sie können. Deshalb sollten Sie wissen, dass Sie auf einem Radweg fahren, den es nicht gibt, und Sie müssten also auf der Straße fahren, weil wir hier eine Zone dreißig haben.«

Bremer rieb sich die Stirn, versuchte, den Sinn des Gesagten zu entschlüsseln, und blickte dem Polizeikommissar fest in die Augen. »Sie sollten die Bestimmungen aufmerksamer lesen, guter Mann.«

Der Polizist lief rot an, das Gesicht seines Kollegen erinnerte Bremer an einen Bullterrier kurz vor dem Zubeißen. Unbeirrt machte er weiter.

»In Tempo-dreißig-Zonen dürfen keine benutzungspflichtigen Radwege ausgewiesen werden. Also Radwege, auf denen ein Fahrradfahrer fahren *muss*. Und selbst dafür gibt es Ausnahmen. Zum Beispiel Bestandsschutz.« Die Kollegen wussten nichts zu antworten, also klärte Bremer sie auf. »Wenn eine Straße in eine Dreißigerzone umgewandelt wird und vorher ein Radweg vorhanden war, bleibt der Radweg auch in der Dreißigerzone bestehen.«

Bremer wollte losfahren, weil er seine Zeit nicht mit zwei Düsseldorfer Provinzbullen vergeuden wollte, aber ihm fiel noch etwas ein. »Sollten Sie mich in der Gladbacher Straße auf dem Bürgersteig erwischen, wo ich tatsächlich nicht fahren darf, dann zahle ich gerne die zehn Euro. Das ist mir mein Leben wert.«

Die Gladbacher Straße wurde von S-Bahn-Schienen durchzogen und war an manchen Stellen so eng, dass man mit dem Fahrrad zwischen den Eisensträngen fahren musste. Damit blockierte man eine komplette Fahrspur und provozierte regelmäßig wütende Autofahrerreaktionen. Parkte dann noch jemand in zweiter Reihe oder riss die Tür auf, war ein Unfall unvermeidlich.

»Alles klar?«

Die Polizisten reagierten nicht, Bremer wartete keine Antwort ab, stieg auf und fuhr weiter.

Wenige Minuten später schob er sein Fahrrad in den Hinterhof seines neuen Zuhauses. Die Wohnung lag im ersten Stock eines kleinen Zweifamilienhauses; die Besitzer wohnten zeitweilig im Parterre, waren aber die meiste Zeit des Jahres unterwegs. Sie hatten sich überaus glücklich gezeigt, die Wohnung an einen echten Kriminalkommissar zu vermieten, und Bremer hatte versprochen, gut auf das Haus aufzupassen.

Er ließ das Rad draußen stehen, horchte einen Moment, konnte aber nichts Verdächtiges hören. Hirngespinste, mahnte er sich. Du siehst Gespenster. Vergiss nicht, du bist Kriminalhauptkommissar und kein Kleinkrimineller. Und du lebst in Deutschland, nicht in irgendeiner Bananenrepublik. Trotzdem ließ das Gefühl nicht nach, verfolgt zu werden. Bremer wusste, dass er einen einzelnen Beschatter sofort erkennen und ohne Probleme enttarnen oder abhängen konnte. Eine einzelne Person konnte eine andere Person nicht lückenlos beschatten, noch nicht einmal für ein paar Stunden, und wer das Gegenteil behauptete, verbreitete Ammenmärchen. Wenn er aber von einem mobilen Einsatzkommando observiert wurde, dann würde auch er nichts davon merken, dann würde er keine Wanze finden, weder in seinem Auto noch in seiner Wohnung. Deswegen hatte er sich angewöhnt, problematische Gespräche nur in freier Natur und nur mit einem Prepaidhandy zu führen. Folgerung: Es war sinnlos, dass er ständig über die Schulter sah, dass er Schleichwege fuhr und Haken schlug. Es war sinnlos, Angst zu haben, und trotzdem hatte er Angst. Warum musste er abseits der normalen Wege Bösewichten hinterherjagen, die es vielleicht nur in seiner Phantasie gab? Weil er ein verdammter Dickkopf war und weil er es nicht ertragen konnte, korrupte Bullen in freier Wildbahn zu sehen. Noch dazu in seinem neuen Revier. Und wenn er recht behielt, dann ging es nicht nur um Korruption, sondern um Doppelmord und einen handfesten Justizskandal. Bremer hatte gehofft, nie in einem solchen Sumpf herumwaten zu müssen, aber es gab keinen Weg mehr zurück.

Er holte tief Luft und schloss die Kellertür auf. Licht fiel in den Raum, und er erfasste die Situation sofort. Er zog seine Waffe, ließ sich auf die rechte Seite fallen, sah die Kampfanzüge, hörte den Schuss, spürte den heißen Schmerz in der Brust und wusste im selben Moment, dass seine Angst begründet gewesen war. Dann wusste er nichts mehr.

ZWEI

Vier Wochen vorher

Bremers Herz klopfte wie beim ersten Rendezvous. Schmetterlinge im Bauch, jede Menge. Waren das wirklich noch Schmetterlinge, oder war das etwas Größeres, etwas so Großes, dass es sinnvoll war, Angst davor zu haben? Bremer verscheuchte das unangenehme Gefühl, das ihn jedes Mal beschlich, wenn seine Liebe zu Saskia drängend heiß und bohrend in sein Bewusstsein stürmte. Und jetzt hielt sie ihm auch noch eine Rose vor die Nase, eine rote, üppige, mit einem Duft, der ihn schwindeln machte. Aber das war nichts gegen ihr Lächeln. Ihre ganze Seele lächelte, der Körper mit, und Bremers Angst meldete sich wieder. Er nahm die Rose, bedankte sich, Saskia hörte nicht auf zu lächeln, sie nahm seinen Kopf in beide Hände und küsste ihn behutsam. Bremers Unterbewusstsein schlug Alarm. Gleich würde sie sagen: Schatz, wir müssen reden. Sie knabberte noch kurz an seinem Ohrläppchen, er liebte das, jeder Quadratzentimeter seiner Haut vibrierte. Saskia löste sich von ihm, strahlte ihn weiter an und sagte: »Schatz, wir müssen reden.« Bremer fiel das Herz in die Hosentasche.

»Ja?«, würgte er aus trockener Kehle hervor.

Saskia lachte und tätschelte ihm die Wange. »Komm, wir gehen ein paar Schritte, es ist so schön heute.«

Auch noch ein paar Schritte gehen. Mein Gott. Was für eine Katastrophe.

»Wie war dein Tag, Liebster?«

Gut, bis vor einem Moment, dachte Bremer. »Der Fall Reidenmann ist aufgeklärt. Wir haben ein Geständnis, die Beweise sind erdrückend, Sascha wird bald Anklage erheben, wird eine kurze Sache. Beziehungstat, Affekt, das kennst du ja. Also nichts Religiöses oder Sektenmäßiges, was in dein Fach fallen könnte.«

»Gute Arbeit. Nicht einmal sechsunddreißig Stunden.«

»Das war keine Meisterleistung. Wir haben den Vogel im Tiefschlaf erwischt, das Hemd voll Blut, das Messer in einer Plastiktüte neben ein paar leeren Bierflaschen. Der Arzt hat ihn erst mal stabilisieren müssen, und gestunken hat der ... Er hatte Stuhl und Urin nicht halten können, ganz zu schweigen von dem Erbrochenen.«

Saskia verzog die Nase. »Nicht nett.«

»Ja, man sollte einen Verhaltenskodex für Affekttäter herausgeben.«

Saskia giggelte und griff Bremers Hand fester. Sie spazierten am Staden entlang, die Saarwiesen strotzten vor Grün, die Autobahn auf der anderen Saarseite lärmte wie immer. Die Sonne hatte den Zenit schon längst überschritten, der Nachmittag versprach einer der wärmsten des Jahres zu werden. Bremer blieb stehen.

»Also. Was ist so bedeutsam, dass du es mit Rose, Kuss und Vorankündigung versehen musst?«

Saskia schaute ihm direkt in die Augen. »Ich kriege die Stelle in Düsseldorf beim Landeskriminalamt. Bundesbeauftragte für Sektenkram. Ich werde mir dort eine Wohnung nehmen, die viel zu groß ist für mich allein. Ich suche noch jemanden, der mit mir in eine Wohngemeinschaft ziehen will. Kannst du mir helfen? Kennst du jemanden?«

Bremer wurde heiß, so heiß, dass er sofort antwortete. »Ja. Steht vor dir.«

Saskia warf Bremer fast um, als sie sich auf ihn stürzte. Sie schlang ihre Arme um ihn, als wollte sie ihn nie wieder loslassen. »Ich hätte nie gedacht, dass du so schnell ...« Sie brach ab, und Bremer meinte in ihren Augenwinkeln Freudentränen glitzern zu sehen.

Bremer erwiderte die Umarmung und dachte nur, dass er soeben Opfer einer Rose, eines Kusses und eines Lächelns geworden war. Düsseldorf! Wo zum Teufel lag Düsseldorf? Vage verortete er die Stadt in Nordrhein-Westfalen, denn er wusste immerhin, dass Düsseldorf die Landeshauptstadt des bevölkerungsreichsten Bundeslandes war. In der Nähe lag Köln, das er ganz gut kannte, Duisburg ebenfalls. Aber diese Stadt mit dem Namen, der an sich schon eine Bedrohung darstellte, ein Dorf an einem Rinnsal, diese Stadt sollte sein neues Zuhause werden? In dieser Stadt sollte er Mörder fangen? Gab es dort überhaupt Mörder?

»Ist was?« Saskias Stimme klang unsicher. Anstatt zu antworten, küsste er sie, bis ihm die Luft ausging. Lachend machte sie sich frei, holte tief Luft und bedauerte die Rose, von der nur noch der

Stängel übrig war. Sie zog Bremer mit sich, begann die Wohnung zu planen, erzählte von Farbkombinationen, auf die man achten müsse, von Möbeln, die in China von Hand gebaut wurden, von Marmor, von einer Badewanne, die so groß war, dass man bequem nebeneinanderliegen konnte, von Vorhängen, die wahrscheinlich so viel kosten würden wie das halbe Mobiliar.

Bremer hörte zu und wartete auf die Panik. Wartete auf die innere Stimme, die ihm die Argumentation liefern würde, seine Zusage zumindest zu relativieren, zumindest abhängig zu machen von irgendwelchen Umständen. Denn zurücknehmen konnte er sie nicht, Saskia hätte ihn in die Wüste geschickt, zumindest Teile von ihm. Aber nichts geschah. Im Gegenteil. Seine innere Stimme flüsterte: Endlich raus hier. Endlich mal was Neues. Komm schon, gib zu, dass du dich nur nicht getraut hast, dass du es dir bereits gemütlich gemacht hast in der Warteschleife bis zur Rente, und das mit Anfang vierzig, gib zu, dass es dir auf die Nerven geht, dass dich hier in Saarbrücken jeder kennt, jeder anquatscht und du keinen Schritt machen kannst, ohne dass irgendwer seine Glupschaugen hinter dir herwirft. Ist es nicht so? Bremer wehrte sich gegen diese Frechheiten, aber er musste einsehen, dass die Panik nach wie vor ausblieb. Es schlich sich sogar leise Vorfreude ein. Mit Saskia zusammenleben. Das wünschte er sich schon lange, aber immer war ihr Job dazwischengekommen. Oder seine Angst vor verkorksten Beziehungen oder ihre Angst, sich von einem Mann wieder einsperren zu lassen. Auf einmal erkannte er, was Saskia ihm da gerade gesagt hatte. Das war eine amtliche Liebeserklärung, war so gut wie ein Heiratsantrag gewesen. Warum nicht Düsseldorf? Von dort war man ja schnell in Köln, eine Stadt, die einem Saarländer alles Lebenswichtige bot. Eine Unwägbarkeit gab es: Brauchten die Düsseldorfer einen Ersten Kriminalhauptkommissar?

Er blieb stehen, holte tief Luft. »Da gibt es aber ein Problem.«

Saskia kniff die Augen zusammen, Bremer redete schnell weiter. »Du kennst die Stellensituation.«

Sofort entspannte sich Saskia. »Ach so«, sagte sie fröhlich, dann schluckte sie, schaute auf den Boden und räusperte sich. »Ja, also …« Sie hustete, und Bremer erkannte die Wahrheit.

»Du kennst einen, der einen kennt, der einen guten Freund in Düsseldorf hat, der zufällig einen Gefallen vom Innenminister guthat.«

»Na ja, nicht nur die Saarländer haben ihren Filz, und es ist nicht der Innenminister, ich habe nur mal vorgefühlt, und es ist noch gar nichts abgesprochen, es ist halt so, dass es tatsächlich eine vakante Stelle gibt, die ziemlich gut auf dein Profil passt, weil doch tatsächlich ein Düsseldorfer ins Saarland will, und Schablonski hält sie frei, bis du dich entschieden hast, und du hast dich ja entschieden, und damit ist das alles doch viel einfacher, und ich will dich wirklich nicht drängen, aber du müsstest in zwei Wochen anfangen, und es gibt da Leute, die hätten eine kleine Wohnung für dich, bis unsere fertig ist, denn das dauert halt noch ein bisschen, und ich liebe dich, das ist alles, und ich komme so schnell, wie es geht nach, dann …«

Bremer stoppte ihren Redefluss mit einem weiteren filmreifen Kuss. Sie hatte alles von langer Hand geplant, hatte ihn bevormundet, für ihn Entscheidungen getroffen, ihn vor vollendete Tatsachen gestellt, ihn überrumpelt, ihm keine Chance gelassen. Er hätte stinksauer sein, hätte sie anschreien und sie fragen müssen, ob sie sie noch alle hätte und ob sie eigentlich wüsste, wer er sei. Und er hätte dozieren müssen, das sei ein verdammt schlechter Einstieg in eine gleichberechtigte Beziehung und so weiter und so fort. Er wollte bloß gar keine gleichberechtigte Beziehung mehr, seit er Saskia kannte. Er liebte es, wenn sie anrief und ihm mitteilte, was sie am Wochenende unternehmen würden. Er überließ es ihrem Geschmack, das richtige Restaurant für den richtigen Anlass auszusuchen. Er genoss es, nichts organisieren zu müssen. Und Saskias Wahl hatte ihn noch nie enttäuscht. Düsseldorf war nicht Sibirien, und wenn es dort nicht klappte, dann würde er wieder ins Saarland zurückgehen. Oder woandershin. Dahin, wo Saskia hinging. Unfassbar!

Bremer hob mit dem Zeigefinger ihr Kinn. »Da bin ich aber froh, dass mir der ganze Bürokratenkram erspart bleibt. Und dass ich nicht hopplahopp eine Wohnung suchen muss. Du bist ein Schatz. Aber eine Bedingung habe ich.«

Er wartete und genoss die Unsicherheit in Saskias Augen. Ein wenig musste er sich rächen für den Überfall.

»Unsere Wohnung muss ein Altbau sein. Fußläufig zum Stadtzentrum oder zur Altstadt, wenn es so was in Düsseldorf überhaupt gibt. Kein Rosa in Gemeinschaftsräumen. Ich bekomme ein eigenes Zimmer, in dem nur meine Regeln gelten.«

»Das ist alles?« Saskia klang enttäuscht.

Bremer tippte ihr auf die Nasenspitze. »Möchtest du ein bisschen kämpfen? Oder doch deine gerechte Strafe?«

»Nein, nein, bestimmt nicht. Ich dachte nur …«

»Dass ich mit dem Saarland verheiratet bin und Angst habe vor der großen weiten Welt. Ich gebe zu, Düsseldorf jagt mir Schauer des Grauens über den Rücken.«

»Dir ist schon klar, dass du in zwei Wochen im Polizeipräsidium Düsseldorf antanzen musst?«

»Glasklar. Ist dir klar, dass wir zusammen in einer Wohnung leben werden? Dass wir genau die Probleme kriegen werden, die Kampfsingles wie wir kriegen, wenn sie sich auf eine gemeinsame Zukunft versteigen?«

»Absolut.« In ihren Augen schimmerte nicht die Spur von Humor.

***

Bremer wusste nicht mehr, wie oft er Saskia schon nach Ensheim zum Flughafen gebracht hatte. Aber es war immer das Gleiche: Wenn sie vom Gate verschluckt wurde, stieg Panik in ihm auf, einen Moment taumelte er, sah das Flugzeug abstürzen und Saskia verbrennen. Der Schmerz durchzuckte seinen Bauch, und schon war es wieder vorbei. Wann würde das ein Ende haben? Wann würde er Saskia gehen lassen können, ohne den Boden unter den Füßen zu verlieren? Er vertrieb den Gedanken, konzentrierte sich auf das, was vor ihm lag: Versetzungsgesuch, Hausstand auflösen, Gespräche führen. Mit Fred, seinem Freund und Partner. Mit Sascha Bellorz, ebenfalls sein Freund und nebenbei leitender Staatsanwalt. Seinen Sohn musste er informieren. Er beschloss, als Erstes mit Fred zu reden.

Bremer zog sich noch einen Kaffee aus dem Automaten, beobachtete die Menschen, die durch den Ankunftsterminal in die Halle strömten, manche blickten sich suchend um, entdeckten jemanden, lächelten, manche strebten sofort dem Ausgang zu. Die d-Moll-Toccata von Bach tönte aus seiner Jackentasche. Sein Handy.

»Ja, Fred, was gibt es?«

»Das, was es immer gibt, wenn ich dich an deinem Saskia-Wochenende störe.«

»Die ist grad weg.«

»Dann ist es ja gut.« Fred Weber räusperte sich. »Das siehst du wahrscheinlich anders?«

»Wie kommst du denn darauf? Also. Wer ist tot?«

Bremer hörte Papier rascheln. »Ein Lehrer.«

»Ein guter Anfang.«

»Martin. Bitte. Es geht um Mord. Hast du was gegen Lehrer?«

»Nein, natürlich nicht.«

Wieder Papierrascheln. »Soll ich jemand anderen dazuholen?«

Fred ist ein würdiger Nachfolger, dachte Bremer. Genau diese Frage hätte er auch gestellt. Bremer hatte etwas gegen Lehrer, allerdings, aber das war eher historischer Natur; sein Klassenlehrer an der Grundschule war schlicht ein Psychopath gewesen, der sich an der Macht seiner Position berauscht hatte.

»Schon gut, war nur ein schlechter Scherz.«

»Hans Franz.«

»Was?«

»Hans Franz. So heißt das Mordopfer.«

»Du bist dir sicher, dass es Mord ist?«

»Moment.«

Weber schien sich vom Telefon zu entfernen, er wechselte ein paar Worte mit einer Person, deren Stimme Bremer nicht erkennen konnte, dann kam er zurück.

»Wir haben ein Geständnis. Hat nichts mit Lehrerhass zu tun, es war kein frustrierter Schüler, es war die Mutter des Opfers. Sie hat es nicht mehr ausgehalten mit ihrem Sohn, der ihr seit Ewigkeiten auf die Nerven ging, weil er sich wie ein trotziger kleiner Junge geweigert hatte, das Hotel Mama zu verlassen. Dagegen kam sie mit normalen Mitteln nicht an. Also hat sie fein das Essen gekocht und ihm dabei kleine Portionen Gift verabreicht, bis er schließlich tot umgefallen ist.«

»Und wozu brauchst du mich?«

»Na ja, ich hab doch dieses Date mit Sophie. Die Sophie vom Rundfunkorchester. Die Cellistin.«

»Und ich soll den Bericht schreiben, die restlichen Zeugen verhören und die Akten fertig machen, korrekt?«

»... ja, korrekt. Wir wollten doch morgen ins Elsass.«

Das hatte Bremer vollkommen vergessen. Er hatte Fred versprochen, seine Akten zu übernehmen, damit er wegkonnte.

»Kein Problem. Leg mir die Sachen auf den Schreibtisch.«

»Da liegen sie schon. Wenn du kommst, mach ich Aktenvortrag.«

Eine halbe Stunde später stand Bremer vor Freds Bürotür, holte tief Luft und trat ein.

Fred schaute kurz auf und nickte beiläufig zur Begrüßung.

»Danke, dass du dich an dein Versprechen erinnert hast.«

Bremer entging sein tadelnder Unterton nicht. »Ich bin lernfähig, das weißt du doch.« Ihm war eigentlich nicht zum Scherzen zumute. »Du, Fred. Ich muss dir noch was sagen.«

»Ja?«

»Ich gehe nach Düsseldorf. In zwei Wochen.«

»Soll 'ne nette Stadt sein. Großartige Altstadt. Der längste Tresen der Republik. Ein Seminar?«

»Ich werde versetzt.«

Fred verzog das Gesicht. »Wie, versetzt? So ein Quatsch. Ruf Schuster an, der biegt das wieder gerade.«

»Auf meinen Wunsch.«

Fred warf beim Aufstehen seinen Stuhl um. »Echt?«

»Echt.« Bremer hob die Augenbrauen.

Ohne ein weiteres Wort stürmte Fred aus dem Büro, kam noch mal zurück, fischte seine Jeansjacke von der Garderobe und war weg.

»Viel Spaß und grüß Sophie unbekannterweise«, rief ihm Bremer hinterher, aber Fred war schon außer Sichtweite.

Bremer kratzte sich am Kopf. Was war das denn für ein Kindergarten? Er streckte sich, ließ sich an seinem Schreibtisch nieder, den er die letzten Monate kaum verlassen hatte. Der Papierkrieg nahm Ausmaße an, die erschreckend waren. Nur gut, dass er ein fähiges Team hatte. Wie das wohl in Düsseldorf sein würde? Wie lief überhaupt die Polizeiarbeit dort? Jedes Bundesland hatte sein eigenes Polizeigesetz, eigene Abläufe, Prioritäten und Begehrlichkeiten. Er rief sich zur Ordnung, all das würde er rechtzeitig herausfinden. Jetzt musste er die Akten zusammenstellen, damit Sascha Anklage erheben konnte. Aber zuerst musste er sein Versetzungsgesuch auf den Weg bringen, auch wenn hinter den Kulissen schon alles geregelt war.

Er zögerte einen Moment, bevor er unterschrieb, horchte in sich hinein. Freds Reaktion hatte seinen Entschluss nur bestärkt. Es war wie in einer Gang, aussteigen ging nicht. Und wichtig war nur die eigene Befindlichkeit. Fred hatte nicht einmal wissen wollen, warum er das Saarland so überstürzt verließ, nichts hatte er wissen wollen, war nur beleidigt abgezogen. Schöner Freund!

Bremer unterdrückte einen Anflug von Trauer, krakelte seinen Namen unter das Gesuch, faltete es sorgfältig, steckte es in den Umschlag, wog ihn in der Hand, als ob er mehr Gewicht haben müsste als irgendein anderes Stück Papier. Der Postausgang war voll, ein wunderbarer Vorwand, den Kurier zu spielen, den Boten, der das festgezurrte Schicksal in Form eines Dokumentes den Göttern überbringt.

Zum Innenministerium waren es nur wenige Minuten zu Fuß, Bremer sparte sich den Umweg über die Personalabteilung. Der Pförtner nahm den Brief entgegen, blickte kurz darauf und bat Bremer, einen Moment zu warten. Er telefonierte, Bremer fragte sich, was das sollte, spürte Ungeduld aufsteigen.

»Der Innenminister erwartet Sie«, sagte der Pförtner. »Sie wissen ja, wo er sitzt.«

Das wusste Bremer allerdings, aber auf ein Treffen mit Schuster hatte er keine Lust. Der Mann war Politiker, und wenn Politiker sich eines Polizeibeamten annahmen, kam in der Regel nichts Gutes dabei heraus, aber es half nichts.

Schuster bot Bremer Sessel und Kaffee an, wuchtete seine drei Zentner hinter den Kirschbaumschreibtisch, faltete die Hände und schwieg. Bremer nippte an dem Kaffee, der genauso schlecht schmeckte, wie er es erwartet hatte. Eine dünne Plörre, ohne Charakter und Stil.

»Wissen Sie, warum ich Sie gehen lasse?«

Bremer kannte Schuster und wusste, dass er darauf keine Antwort erwartete.

»Einerseits bin ich froh, dass ich Sie los bin. Sie haben mir so manche schlaflose Nacht bereitet. Andererseits haben Sie eine makellose Erfolgsquote. Die Bilanz ist also ausgeglichen.«

Schuster nahm einen Schluck Kaffee, ohne Bremer aus den Augen zu lassen, so als erwarte er jeden Moment einen Angriff.

»Ich lasse Sie gehen, weil mich mein Kollege Christoph Malpas, der Innenminister von Nordrhein-Westfalen, darum gebeten hat. Weil eine gewisse Saskia Pierer wiederum ihn gebeten hat. Sie haben gute Beziehungen. Die werden Sie auch brauchen. Ich wünsche Ihnen alles Gute.«

Die Audienz war beendet, Bremer war froh, dass er den Kaffee nicht austrinken musste. Aber warum hatte Schuster ihn überhaupt zu sich zitiert? Es gab zweieinhalbtausend Polizisten im Saarland, davon dreihundert Kripobeamte, und Wechsel waren nichts Ungewöhnliches. Zu allem Überfluss hatte Schusters letzter Satz geklungen wie eine Drohung. Bremer nahm sich vor, aufmerksam zu sein, arbeitete den Rest des Tages an den Akten, druckte die Ergebnisse aus, klemmte sich die Spurenordner unter den Arm und machte sich auf den Weg zu Sascha, der mit Sicherheit noch im Büro war, auch wenn es schon nach zwanzig Uhr war.

Bremer klopfte, Saschas Bass knurrte: »Herein«, Bremer drückte mit dem Ellenbogen die Tür auf, stolperte und lud die Aktenordner auf dem Boden ab. Sascha blickte auf, kniff die Augen zusammen und warf seinen Dreihundert-Euro-Füllfederhalter auf eine Akte.

»Bist du noch bei Trost?« Er verschränkte die Arme vor der Brust, Bremer klaubte die Ordner vom Boden und stapelte sie neben dem Schreibtisch, auf dem nicht einmal mehr Platz war für einen Donut.

»Sorry«, sagte er, als er fertig war.

»Scheiß auf die Akten! Was soll das? Du haust ab? Ist dir das Saarland nicht mehr gut genug? Brauchst du einen Weiberrock?«

Saschas Attacke klang wie das Grollen eines Bären und hatte die Wirkung eines Fausthiebs in die Magengrube. Bremer setzte sich auf den unbequemen Arme-Sünder-Stuhl, ein Folterinstrument aus Metallrohren und Kunstleder.

»Du hattest schon immer eine seltsame Art, deine Zuneigung auszudrücken.«

»Ach ja? Du bist mir ein schöner Freund! Was soll's. Aber glaub ja nicht, dass du einfach so wieder hier angekrochen kommen kannst, wenn es dir in Düsseldorf zu eng wird, und das wird es werden, da verwette ich meinen Kopf gegen eine Bratpfanne.«

Eng wurde es Bremer jetzt schon in der Brust. Sascha redete von Freundschaft und schlug ihm die Tür vor der Nase zu, genau wie Fred. Hier und jetzt erlebte er am eigenen Leib, was er bei anderen schon aus der Ferne beobachtet hatte: Nach Scheidung und Umzug weißt du, wer deine wirklichen Freunde sind.

Er stand auf, wartete, ob noch etwas kam, aber Sascha schwieg und starrte auf seine Akten. Also drehte Bremer sich um und ging hinaus auf den Flur, schloss die Tür leise, ging in die Personalabteilung und nahm für die nächsten dreizehn Tage Urlaub, um seine Angelegenheiten zu regeln, sich von seinem Sohn und ein paar anderen Leuten zu verabschieden und vor allem, um seine Wunden zu lecken.

DREI

Bremer hätte es wissen müssen. Wenn Saskia zu Besuch kam, wurden die Nächte kurz. Er spürte ihren Körper in seinen Armen, spürte seine verkrampften Muskeln, weil er sich die vier Stunden, die er im Halbschlaf verbracht hatte, kaum bewegt hatte. Er schielte zum Wecker. Halb acht. Genug Zeit zum Duschen, zum Frühstücken, zum Verabschieden. Vorsichtig weckte er Saskia, die murrte, es sei noch mitten in der Nacht und sie hätte heute frei und warum die Welt so grausam sei.

Bremer schlüpfte aus dem Bett, stellte sich unter die Dusche, die eindeutig nicht seine war. Wie auch? Schließlich war diese Wohnung gemietet. Wie hieß der Stadtteil noch? Bevor ihm der Name einfiel, schlüpfte Saskia in die Dusche und lenkte ihn für die nächsten fünfzehn Minuten von allen Gedanken über Stadtteile oder Mietwohnungen ab.

Sie nahmen ihr Frühstück in einem Café auf der Lorettostraße ein, ein paar Fußminuten von Bremers neuem Arbeitsplatz entfernt. Immerhin war der Kaffee gut, aber das war auch keine Kunst: Die Maschinen, aus denen der Latte macchiato floss, ließen sich nicht durch Launen beeinflussen. Saskia versprach Bremer, dass es in Düsseldorf noch Menschen gab, die das alles von Hand machten, wenn ihm das besser schmeckte, kein Problem, aber für Bremer war das gar kein Problem.

Um Kaffee ging es nicht, aber es war keine Zeit mehr, das Thema zu vertiefen. Sie traten hinaus auf die Straße, Saskia musterte Bremer und zupfte den Kragen seines Grobleinenjacketts zurecht, das er seit sechs Jahren trug, was Saskia ihm bei fast jeder Gelegenheit unter die Nase rieb. Aber dieses Jackett war Bremers zweite Haut, und er würde es erst ablegen, wenn es Löcher hatte oder sich die Ellbogen aufrieben.

Saskia küsste ihn, schaute ihm tief in die Augen, wünschte ihm alles Gute und er solle auf sich aufpassen, drehte sich um und rannte los, in die entgegengesetzte Richtung.

Ein seltsames Gefühl beschlich Bremer. Dieser Abschied war

anders, irgendwie endgültig. Er lachte auf und ließ diesen absurden Gedanken fallen wie eine heiße Marone.

Bremer ging los, es waren keine zweihundert Meter bis zum Polizeipräsidium. Widerwillig musste er sich eingestehen, dass er nervös war, dass er sich fühlte wie am ersten Schultag. Zwar war seine Mutter damals mit ihm gegangen, aber bis zu dem Moment, als er auf seiner Bank gesessen und die Lehrerin ihn freundlich beim Namen gerufen hatte, hatte er Angst gehabt. Immerhin hatte er heute Dienstausweis und Versetzungsurkunde in der Tasche, das gab ihm etwas Sicherheit. Er wusste, dass es nicht leicht war, als Fremder in ein Kommissariat einzubrechen, vor allem wenn man gleich als Leiter einer Mordkommission daherkam.

Das Gebäude erinnerte ihn an eine Kaserne aus den Siebzigern, Backstein, der teilweise noch rot war, stellenweise aber dunkel angelaufen wie nach einem Brand.

Er meldete sich beim Wachhabenden, der sich kurz seinen Ausweis ansah und ihn zum KK11 schickte mit der Bemerkung, man warte schon auf ihn.

Die Glastür klickte auf, Bremer trat hindurch. Tatsächlich, ein Paternoster. Er hatte davon gehört, dass es so etwas hier geben sollte. Aber er würde ihn später benutzen. Die Eingangshalle öffnete sich kreisrund nach oben, die Treppe folgte dieser Architektur; bis in den zweiten Stock zum KK11 musste Bremer eine Dreihundertsechzig-Grad-Drehung vollführen. Kollegen kamen ihm entgegen, grüßten kurz, eilten weiter.

Der Eingang zum KK11 stand einen Spalt offen, keine Kamera, kein Kartenlesegerät. Bremer steckte seine Karte wieder in die Tasche, drückte die Tür auf, und sofort hörte er Stimmengewirr. Er trat ein, das Stimmengewirr verstummte, mehrere Personen standen auf dem Flur und glotzten ihn für zwei Sekunden an wie ein exotisches Tier. Dann hellten sich ihre Mienen auf. Bremer atmete durch, er war also angekündigt worden, den Mienen nach zu urteilen mit Foto.

Ein großer Mann mit gezwirbeltem Schnurrbart kam auf ihn zu, streckte ihm seine Pranke entgegen. Bremer nahm sie, drückte sie kräftig, aber nicht zu fest.

»Hartmut Mannstein, für Kollegen einfach nur Hartmut, für Freunde Rolle, aber das dauert noch ein bisschen.« Er lachte, sein

Schnurrbart zitterte wie die Schnurrhaare einer Katze, die ihre Umgebung auslotet.

»Martin Bremer, einfach Martin, auch für Freunde, aber das entscheide ich immer von Fall zu Fall«, erwiderte Bremer, und Mannstein lachte lauter, schlug Bremer mit der Rechten auf die Schulter, ein wenig zu väterlich, als dass Bremer sich darüber gefreut hätte.

»Wunderbar. Hätte nicht gedacht, dass Saarländer Humor haben. Wir müssen noch ein paar kleine Sachen besprechen, dann stelle ich dich dem Team vor.«

Mannstein schob Bremer den Flur entlang. Ganz am Ende hing ein Schild mit seinem Namen an der Wand und dem Zusatz »Leiter Mordkommission«.

Das Büro hatte ein großes Fenster zum Hof hin, der mit Einsatzfahrzeugen zugeparkt war; ein grauer Schreibtisch stand schräg im Raum, davor einer dieser Metallfolterstühle, wie es sie auch bei Sascha gab. Die Wände waren mit Aktenschränken zugestellt. Sie nahmen Platz. Mannstein räusperte sich.

»Auf deiner Versetzungsurkunde steht, dass du Leiter einer Mordkommission werden sollst.«

Daher wehte also der Wind. Bremer fühlte Wut aufsteigen, so wie vor einigen Tagen, eine Wut, die er nur mit Mühe in den Griff bekam.

»Wir sind uns einig, dass du dafür den Laden hier erst mal kennenlernen musst.«

Bremer zwang sich ein Lächeln auf die Lippen. »Wer ist ›wir‹?«

»Unser Polizeipräsident Kriminaloberrat Rainer Maria Bütikof, Staatssekretär im Innenministerium Mario Hartbäcker, Holger Preisfeld, der Leiter des KK11, dem wir unterstellt sind ...«

»... und alle hiesigen Leiter einer Mordkommission, dich inbegriffen, nehme ich an.«

Mannstein klatschte leise in die Hände. »Da erkennt man doch gleich den gewieften Ermittler. Kaffee?«

»Nur wenn ihr was anderes als Filterbrühe habt.«

»Das wird schwierig. Ein Mineralwasser vielleicht?«

Bremer schüttelte den Kopf. »Hör doch auf mit dem Scheiß.« Er schob sich auf die Stuhlkante und streckte Mannstein einen Zeigefinger entgegen. »Mir ist klar, dass ich *gegen* euch nicht arbeiten kann, und ich will es auch nicht. Und dir muss klar sein, dass ich sehr wohl eine Moko in Düsseldorf leiten kann, ohne in jeder Kneipe in der Altstadt ein Bier getrunken zu haben. Vorschlag zur Güte: ein halbes Jahr, mehr nicht. So lange bin ich dein Stellvertreter. Du zeigst mir alles, du weist mich ein in die kleinen Geheimnisse des KK11, und ich mache einen auf Praktikant, schön brav und artig. Und in genau einem halben Jahr übernehme ich die Leitung einer Moko, so wie es besprochen ist, oder du wirst merken, dass der Humor der Saarländer Grenzen hat.«

Mannstein schmunzelte. »Bist du überhaupt sicher, dass du Saarländer bist? Die hab ich mir etwas anders vorgestellt. Nicht so direkt. Nicht so heißblütig. Nicht so rheinländisch.« Er wartete auf eine Reaktion. Vergeblich. »Das ist ein Kompliment, verstehst du?«

Er hielt die Hand hin, Bremer lächelte ebenfalls, schlug ein und zog Mannsteins Hand mit Kraft zu sich.

»Wenn ich rauskriege, dass mich hier irgendwer verarscht, egal wer, dann gnade euch Gott. Noch mal zum Mitschreiben: Ich gehe auf diesen Deal nur deshalb ein, weil ich bei meinen neuen Kollegen nicht mit der Tür ins Haus fallen will. Ich denke, du hast dich über mich informiert und weißt, dass ich meine Versprechen halte.«

Mannstein leistete Widerstand, zog in die andere Richtung, die Bewegung ihrer Hände stoppte in der Mitte des Schreibtischs. Unentschieden.

»Damit kann ich leben. Und wenn dich hier einer verarschen sollte, stehe ich an deiner Seite. Alles klar?«

Sie ließen los, Bremer nickte, Mannstein stand auf.

»Wunderbar. Dann wären die Formalitäten ja erledigt. Willst du zuerst Aktenvortrag oder zuerst das Team kennenlernen?«

Bremer erhob sich ebenfalls. »Das Team und die Fälle. Jeder soll bei der Vorstellung seinen Fall und den Stand der Ermittlungen skizzieren.«

Mannstein trat auf den Flur, pfiff durch die Zähne, und einen Moment später füllte sich der Flur mit fragenden Gesichtern.

»Personal- und Aktenvortrag im KR2!«, rief Mannstein, und schon verschwanden alle wieder in ihren Büros, Bremer nahm an, um die Unterlagen zu holen, die sie für ihre Vorträge brauchten.

Der Konferenzraum 2 lag am anderen Ende des Präsidiums auf demselben Stockwerk. Bremer registrierte zufrieden, dass wenigstens hier nicht gespart worden war: Beamer, Lightboard, Flipcharts, Transparentwände, alles, was das Herz begehrte.

In der Mitte stand ein runder Tisch, und Bremer musste sofort an Artus' Tafelrunde denken. War er der neue Ritter, war er Lancelot, der letztlich zum Untergang des Königs beitrug? Und zu seinem eigenen?

Er nahm neben Mannstein Platz, der sofort begann.

»Kolleginnen, Kollegen, ich freue mich, euch unseren neuen Mann vorzustellen: Martin Bremer, Erster KHK aus Saarbrücken.«

Mannstein stand auf, die anderen taten es ihm gleich, also erhob sich Bremer ebenfalls. Nacheinander drückten sie ihm die Hand und hießen ihn willkommen. Bremer wusste gar nicht, wie ihm geschah, auf jeden Fall sah er in den Augen seiner neuen Kollegen weder Misstrauen noch Furcht noch Ablehnung.

Nachdem alle wieder saßen, fuhr Mannstein fort.

»Kollege Bremer hat sich bereit erklärt, erst einmal ein halbes Jahr als meine Vertretung den Laden hier kennenzulernen, bevor er die Leitung einer Moko übernehmen wird.«

Alle klopften mit den Fäusten auf den runden Tisch, nickten eifrig mit den Köpfen, lächelten, tuschelten.

Mannstein fuhr fort. »Das Saarland ist zwar klein, aber Kollege Bremer hat in den letzten Jahren bundesweit für Schlagzeilen gesorgt. Hoffen wir, dass uns das hier erspart bleibt.«

Alle lachten artig.

»Das Gute ist, dass uns keine Stelle verloren geht, sondern wir mit Martin«, er legte Bremer eine Hand auf die Schulter, wieder dieser väterliche Touch, »einen erfahrenen und hochdekorierten Ermittler dazubekommen. So, genug geschwafelt.« Mannstein zeigte auf die junge Frau, die Bremer gegenübersaß. Sie begann, ohne zu zögern.

»Mein Name ist Corinna Althoff, ich bin fünfunddreißig Jahre alt, Kriminalkommissarin. Wenn alles klargeht, werde ich Mitte des Jahres zur KOK befördert. Mein aktueller Fall: Nichtschwimmer.«

Corinna war Bremer bereits auf dem Flur aufgefallen, weil sie Saskias Schwester hätte sein können. Nur dass Corinna der dunkle Typ war. Schwarze Haare, olivfarbener Teint.

»Corinna, ich bitte dich, mach's nicht so spannend«, sagte Mannstein und hob einen Zeigefinger.

»Wasserleiche, ist schon klar«, sagte Bremer. »Was glaubt ihr, warum das Saarland *Saar*-Land heißt?«

Corinna lachte leise. »Rheinkilometer 745, linksrheinisch, bei Oberkassel hat ihn ein Schäfer aus dem Wasser gezogen. Bisher nicht identifiziert. Die Gerichtsmedizin kann ein Tötungsdelikt nicht ausschließen.«

»Im Klartext: Sie haben nichts gefunden.«

»So ist es, Martin.«

Das tat gut. Beim Vornamen genannt zu werden, in die Materie einzusteigen. Und vor allem: Wasserleiche war Wasserleiche, egal ob sie im Rhein lag oder in der Saar.

»Danke«, sagte Bremer und nickte dem großen schweren Mann zu, der neben Corinna saß.

Aber der reagierte nicht, bis Mannstein grünes Licht gab. Bremer wurde heiß, sein Puls beschleunigte sich, verdammt, das würde noch ein Tanz werden, ein halbes Jahr lang in der zweiten Reihe stehen, den Arsch klemmen, bis Mannstein gnädig nickte. Immerhin würde er als Leiter ebenfalls Leute haben, die die Hackordnung einhielten.

»Giorgio Cantabile, habe die Ehre. Ich bin an einer schweren Körperverletzung mit Todesfolge dran. Der Täter sitzt, das Opfer war sein Komplize, sie haben sich gestritten, geprügelt, und den Rest kannst du dir vorstellen. Das Opfer hat noch sechs Wochen im Koma gelegen, der Fall auch, aber jetzt ist bald Klageerhebung. Der Kandidat wird wohl einige Jahre von der Bildfläche verschwinden.«

Mannsteins Handy meldete sich mit einer Polka. Er schaute kurz auf das Display, dann ging er ran, hörte einen Moment zu und unterbrach die Verbindung.

»Okay, das war's fürs Erste. Martin und ich haben einen Null-Einser. Auf der Baustelle der Düsseldorf Arcaden. Los geht's.« Er wandte sich an Bremer. »Warte bitte im Flur, ich hole nur meine Jacke.«

Er rannte los, mit einer Beschleunigung, die ihm Bremer gar nicht zugetraut hätte, und war keine halbe Minute später wieder da.

»Ist der Erkennungsdienst schon vor Ort?«, fragte Bremer, und

Mannstein nickte. Sie spurteten in die Garage, stiegen in einen schwarzen Golf, Bremer pflanzte das Blaulicht aufs Dach, Mannstein gab Gas und schoss auf die Straße. Bremer holte tief Luft, aber es kam ihnen niemand in die Quere, Mannstein begann zu erzählen, als wären sie bei einer Kaffeefahrt.

»Die Düsseldorf Arcaden sind das neue Stadtteilzentrum mit Wohnungen, Geschäften, Bücherei, Schwimmbad, Bürgersaal und so weiter am Bilker Bahnhof. Eigentlich müsste es Bilker Arcaden heißen, aber du weißt ja, wie die Leute sind. Direkt gegenüber ist ein Real-Supermarkt, und einen Steinwurf davon entfernt wird die neue Wehrhahnlinie gebaut. U-Bahn. Eine harte Probe für die Nerven der Anwohner. ›Das Haus der Freude‹ hat schon aufgegeben.«

»Ein Puff direkt neben dem Bürgerzentrum? Das nenne ich städtische Infrastruktur.«

Mannstein lachte. »›Das Haus der Freude‹ ist eine Kabarett- und Kleinkunstbühne. So weit von einem Puff entfernt wie ein Optiker.« Die Arcaden kamen in Sicht, er machte eine weit ausholende Geste. »Da ist es normalerweise recht ruhig, zumindest was das KK11 angeht. Aber heute ist nicht normalerweise. Ein Bauarbeiter hat einen übel zugerichteten Mann auf der Baustelle hinter den Arcaden gefunden, da, wo noch Wohnhäuser gebaut werden. Im Freien, aber in einer Kuhle, erst als der Bauarbeiter direkt davorstand, hat er die Leiche entdeckt.«

Mannstein preschte eine Baustellenauffahrt hinauf, zwei Streifenwagen tauchten auf und Kollegen von der Schutzpolizei, die den Tatort weiträumig absperrten und Gaffer fernhielten. Bremer erinnerte sich an einen nass-grauen Tag in Lisdorf, im Saarland, als sie mitten auf einem Gemüseacker eine Leiche gefunden hatten. Dort hatte er einen neuen Begriff für die Schutzpolizei erfunden: das grüne Grobgemüse. Damals hatte er sich im Sinne des Wortes fast totgelacht; hätte Weber ihm nicht eine Backpfeife verpasst, wäre er an einem Lachkrampf erstickt. Aber heute war ihm nicht nach Lachen zumute.

Ein Pfad war bereits ausgewiesen, das war gute Arbeit und nicht selbstverständlich. Bremer bewunderte die Geduld der Beamten, die die Leute freundlich aufforderten, dem Tatort fernzubleiben. Deshalb hatte er die Uniform so schnell wie möglich an den Nagel gehängt: Er hätte nicht lange gefackelt und die Meute mit derben Worten verjagt. Guter Bulle war nichts für ihn. Gab es für das Volk nicht schon Fernsehserien genug, in denen Mord und Totschlag Tag für Tag zelebriert wurden? Bremer konnte diesen Unsinn nicht ausstehen und verstand Saskia nicht, die leidenschaftlich gerne Krimis las und sich »Bones« oder »Crossing Jordan«, wenn es irgend ging, nicht entgehen ließ.

Mannstein ging vor, Bremer zückte wie er seinen Ausweis. Ein Polizeioberkommissar kam auf sie zu, grüßte kurz und führte sie zur Fundstelle der Leiche, die mit Sichtblenden umstellt war, nicht nur um die Pressefotografen abzuhalten, sondern vor allem um den Privatknipsern einen Strich durch die Rechnung zu machen.

»Der Mann heißt David Schlebusch.« Der Beamte hielt eine Plastiktüte hoch. »Geld weg und Kreditkarten auch, aber der Ausweis und der Geldbeutel lagen direkt neben ihm.« Der Kollege vom grünen Grobgemüse deutete auf die Leiche. »Der Notarzt hat nur abgewunken.«

Das war kein Wunder. Der Täter musste entweder furchtbar wütend gewesen sein, oder er war auf Nummer sicher gegangen: Schlebusch lag bäuchlings, sein Schädel war zermalmt wie eine Nuss unter einem Vorschlaghammer. Ein Gemisch aus Haaren, Knochen, Blut und Gehirnmasse verteilte sich oberhalb der schmalen Schultern, die in einem schwarzen Anzug steckten.

»Können wir ihn umdrehen?«, fragte Bremer, und die Antwort kam prompt von einem kleinen Männchen in weißem Schutzanzug, unverkennbar einer der Kollegen vom Erkennungsdienst, der ihnen mit erhobenen Händen in den Weg sprang.

»Am besten, ihr nehmt ihn gleich mit und stopft ihn euch aus, ihr Scherzbolde. Sieht das hier so aus, als wäre der Tatort schon eingetütet? Wir haben gerade angefangen, das kann noch dauern. Schaut euch doch mal um. Zehntausend Spurenträger aus jeder Kategorie. Ich warte auf Verstärkung, aber die eine Hälfte ist krank, die anderen machen blau oder sind im Einsatz. Ach ja, und ein paar drücken die Schulbank, damit sie endlich eine Hufspur von einer Sohlenspur unterscheiden können.«

Er wandte sich an Mannstein und deutete mit dem Daumen auf Bremer.

»Ist das der Neue aus dieser gottverlassenen Ecke im Südwesten?«

Mannstein nickte, drehte sich zu Bremer und zeigte auf das Männchen in Weiß. »Franko Radinkovic, Erkennungsdienst. Wäre er nicht Wissenschaftler geworden, würde er jetzt wahrscheinlich Zigaretten schmuggeln.«

»Einen Radinkovic habe ich mal festgenommen«, sagte Bremer, ohne Radinkovic anzuschauen. »An der Grenze zu Frankreich im gottverlassenen Südwesten. Der wollte Waffen, keine Zigaretten über das Saarland nach Hamburg schmuggeln. Der hieß Franjo mit Vornamen. Sind Sie verwandt mit dem?«

Radinkovic winkte ab. »Mein Name ist etwa genauso exotisch wie Müller oder Meier. Aber ernsthaft: Wie kann man so weitab vom Schuss leben?«

Bevor Bremer antworten konnte, tippte ihm Mannstein an die Brust. »Lass dich nicht mit ihm ein, da ziehst du nur den Kürzeren. Komm mit, ich zeige dir etwas.«

Radinkovic verzog sich, Bremer hörte, wie er einen Untergebenen zurechtstutzte. Dann fiel sein Blick auf ein Gerät, das er auf Fotos schon mal gesehen hatte.

»Da staunst du, was?«

Allerdings. Das Ding hatte er schon immer haben wollen, aber das Saarland war zu arm, um hunderttausend Euro für eine Kamera auszugeben zuzüglich einer vollen Planstelle, nämlich für einen Polizeifotografen, der wusste, wie man damit umging. Ganz zu schweigen von den Computern, die man brauchte, um die Bilder zu verarbeiten. Vor Bremer stand eine Sphärenkamera, mit der man dreidimensionale Rundumbilder aufnehmen konnte. Der Mann dahinter ähnelte Sean Connery in jungen Jahren. Er kam auf Bremer zu, streckte seine Hand hin.

»Friedel Halmbach. Fotograf. Martin Bremer, nehme ich an?«

Bremer nahm die Hand, nickte.

»Ich habe vier Jahre im Saarland gewohnt. In Blieskastel.«

»Nettes Örtchen«, sagte Bremer, dem sonst nichts Rechtes einfiel.

»Friedlich vor allem. Für eine Sphärenkamera zu friedlich.« Halmbach schaute sich um, kratzte sich am Kopf. »Heute Abend habt ihr alles, was ihr braucht. Ich mache eine Nahaufnahme von dem Toten und seinem direkten Umfeld, so drei Meter. Und dann eine Totale mit allem Drumherum.«

Mannstein und Bremer gingen zurück zu David Schlebusch.

»Wir müssen ihn umdrehen«, sagte Bremer. »Wir müssen wissen, ob sein Gesicht noch intakt ist.«

»Logisch«, erwiderte Mannstein. »Aber wir müssen warten. Fällt dir nicht leicht, oder?«

»Man könnte den Schädel vorsichtig anheben und zur Seite wenden, ohne Spuren zu zerstören.«

Mannstein zuckte mit den Achseln. Bremer seufzte, drehte sich einmal um seine Achse und entdeckte Radinkovic außerhalb der Absperrung, wo er rauchend mit einer Schutzpolizistin redete. Bremer stapfte los und rief Radinkovic schon von Weitem zu:

»Hey, Zigarettenschmuggler, bist du fertig? Kann ich die Leiche umdrehen?«

Radinkovic verschluckte sich an dem Lungenzug, den er gerade machte, und fuhr herum.

»Wenn ich fertig bin, sage ich dir Bescheid, Hinterwäldler.«

Er lachte meckernd und winkte mit seiner Zigarette. Bremer sprintete los, tauchte unter der Absperrung durch und schlug Radinkovic mit einer Bewegung, die zu schnell für das Auge war, die Zigarette aus der Hand. Radinkovic erbleichte. Bremer schob sich ganz dicht an ihn heran.

»Pass auf, Radi, da drüben liegt ein Toter. Ich werde seinen Mörder fangen. Und wer immer mir im Weg steht, dem werde ich die Hölle heißmachen. Wir gehen jetzt zu David Schlebusch. Dann zeigst du mir sein Gesicht, ohne dass du irgendwas kaputt machst. Wenn du das nicht kannst, dann sag es, und ich beantrage deine Versetzung ins Saarland. Da kannst du dann Nachhilfestunden bei den Leuten von der Tatortbereitschaft nehmen. Noch was: Habt ihr die Tatwaffe?«

Radinkovic begann zu schwitzen. »Ja, die Tatwaffe ist ein altes Stück Wasserrohr aus Eisen. Lag direkt daneben, Blutspuren dran, Hirngewebe und Haare. Der Klassiker. Draufhauen, Tatwaffe fallen lassen, abhauen. Die neuen sind ja aus Kupfer.«

»Tatzeit, ungefähr?«

»Die Nacht war warm, in der Kuhle lag er zudem noch windgeschützt. Todeszeitpunkt grob: zwischen gestern Abend halb zehn und heute Nacht ein Uhr dreißig.« Radinkovic fuhr sich mit der Hand über die Stirn.

»Geht doch«, säuselte Bremer und schob Radinkovic vor sich her. Mannstein war bei Schlebusch stehen geblieben und sah den beiden grinsend entgegen.

»Na, Radinkovic, der geht anständig ran, was?«

Ohne Antwort kniete sich Radinkovic hin, griff vorsichtig unter die Überreste des Schädels und drehte das Gesicht so weit zur Seite, dass Bremer es sehen konnte. Es war verdreckt, aber intakt. Also war der Angriff von hinten gekommen, und es war davon auszugehen, dass sie keine Abwehrverletzungen finden würden.

Bremer federte hoch, Radinkovic legte das, was vom Schädel noch übrig war, wieder zurück in seine Ausgangslage, stand auf und verzog sich ohne ein Wort.

»Perfekt«, sagte Mannstein. »Keine halbe Stunde im Einsatz und schon der erste Todfeind.«

»Ich lasse mir von niemandem auf der Nase rumtanzen, Hartmut.«

»Ich auch nicht. Und jetzt hör mir gut zu. Wenn du noch einmal so eine Nummer abziehst, dann werfe ich dich aus dem Team, und da macht keiner was dran. Ich leite diese verdammte Mordkommission und niemand sonst. Ich habe kein Problem damit, dass du diese Schnarchnase auf Vordermann gebracht hast. Aber nie wieder ohne mein Einverständnis, ist das klar?«

Bremer zitterte vor Wut, weil Mannstein ihn vergatterte wie einen Schulbub. Das Schlimmste aber war, dass Mannstein recht hatte. Bremer hatte sich benommen wie ein Anfänger, hatte gegen die wichtigste Regel verstoßen: Mach nie was, ohne deinen Partner zu informieren, und zwar vorher. Mannstein war jetzt Bremers Partner, ob sie wollten oder nicht. Und Mannstein war sein direkter Vorgesetzter.

»Entschuldige. Das war ein dummer Fehler. Wird nicht wieder vorkommen. Du bist der Boss.«

Jedes Wort hieb Bremer in den Magen, er musste sich fast übergeben. Mannstein schlug Bremer auf die Schulter. Das schien zur Gewohnheit zu werden, und Bremer beschloss, es als Sympathiebeweis zu tolerieren.

»Er ist also von hinten angegriffen worden«, sagte Mannstein. »Bis wir die Ergebnisse von Radinkovic haben, wird es morgen Mittag werden.«

»Gut, dann sollten wir uns sein Umfeld vornehmen. Als Erstes die Wohnung?«

Mannstein hob die Hände. »Immer mit der Ruhe. Zuerst bilden wir eine Moko. Das dauert eine halbe Stunde.«

»Wir?« Bremer zog die Augenbrauen nach oben.

»Ja. Wir suchen uns die Leute aus, die wir haben wollen. Und die sagen dann, ob sie wollen. Wir zwangsverpflichten niemanden für eine Moko. Das ist auch nicht nötig. Alle reißen sich darum.«

»Das ist dann wohl dein Job. Ich kenne ja keinen hier.«

»Korrekt. Deswegen fahren wir jetzt zurück ins Präsidium, verständigen die Staatsanwaltschaft, damit offiziell ein Ermittlungsverfahren eröffnet wird, und dann gebe ich dir einen Überblick über die Leute, die ich haben will. Ein paar davon hast du heute schon gesehen. Wenn die Moko steht, verteilen wir die Aufgaben. Keine Sorge, wir lassen die Spuren nicht kalt werden.«

»Aber jede Minute zählt ...«

»Jede Minute, die wir nicht sinnvoll nutzen, jede Minute, die wir uns verhetzen, jede Minute, in der wir glauben, wir zwei könnten im Alleingang diesen Fall lösen, jede dieser Minuten ist verschwendet und gefährdet die Aufklärung. Also, ganz ruhig, tief durchatmen und wenigstens den Versuch machen, mir zu vertrauen.«

Bremer kam sich vor wie ein Depp. Was glaubte dieser arrogante Schnurrbartträger eigentlich? So konnte das nicht funktionieren, aber er war in der Falle, hatte den Deal selbst vorgeschlagen. Aber was hätte er tun sollen? Ein paarmal ballte er die Fäuste und entspannte sie wieder. Also gut. Ruhig. Ganz ruhig. Das KK11 hatte eine Aufklärungsquote von nahezu einhundert Prozent, also konnten sie nicht so schlecht sein.

VIER

Tom Breininger hatte ein Problem. Er war pleite. In vier Tagen war die Miete fällig, vierhundertachtundsiebzig Euro. Er fuhr seinen Rechner hoch, startete das Banking-Programm, gab seinen Zugangscode ein und starrte auf den Bildschirm. Vor der Zahl stand nicht nur ein Minus, nein, sie war auch noch rot. Minus viertausenddreihundertachtzig Euro. Das war sein gesamtes Vermögen. Er trommelte mit den Fingern auf die Schreibtischplatte, schaltete den Computer wieder aus, wechselte in die Küche, nahm ein Bier aus dem Kühlschrank, das vorletzte, und leerte es in einem Zug. Keine Frage, er musste irgendwoher Geld bekommen. Hartz IV wäre eine Möglichkeit gewesen, aber er war gesperrt, weil er die Meldefristen nicht eingehalten hatte und weil er die Kontoauszüge nicht abgegeben hatte und weil er dem Vollidioten bei der ARGE die Wahrheit ins Gesicht gesagt hatte: Von Hartz IV kann man sterben, aber nicht leben, und er solle sich seine dreihundert Euro sonst wohin stecken.

Langsam drehte sich Tom im Kreis und überlegte, was er verkaufen konnte. Den Fernseher? Zehn Jahre alt. Den Kühlschrank? Genauso alt. Seine Couch? Wer kauft schon eine weiße Couch, die scheckig war von Rotweinflecken? Nichts gab es, was er hätte verkaufen können. Er sank auf den Boden, starrte auf das Laminat, rieb sich die Schläfen. Eine Sache hatte er, die er verkaufen konnte. Sich selbst. Er konnte wieder einsteigen bei Cochise. Er konnte wieder Drogen fahren. Warum nicht? Wenn er erwischt würde, dann hätte er auf jeden Fall ein paar Jahre Ruhe. Und solange er *nicht* erwischt wurde, hatte er Geld genug und Frauen und Whiskey.

Als er vor sechs Jahren verhaftet worden war, hatten sie ihn tagelang durch die Mangel gedreht, aber er hatte dichtgehalten. Also hatte er statt Bewährung vier Jahre gekriegt. Die volle Ladung. Ein Exempel wollten sie statuieren, wollten klarmachen, dass nur Verräter, Spitzel und Schweine mit der Gnade des Staates zu rechnen hatten. Im Knast hatte Tom ständig Ärger gehabt. Sie wollten ihn heilen, obwohl er nie von dem Mist abhängig gewesen war, den er durch die Gegend kutschiert hatte; sie wollten ihn resozialisieren, sie wollten ihn zu einem guten Menschen machen, wollten ihm mit einem Psycho kommen, der irgendwie einen Narren an ihm gefressen hatte, weiß der Teufel, warum. Aber da hatten sie die Rechnung ohne ihn gemacht. Nach ein paar Sitzungen brach der Seelenklempner entnervt ab, mit seinen Sympathien war es nicht weit her gewesen, schrieb in seinen Bericht, Tom verweigere sich, da sei nichts zu machen. Den Tipp, wie man das machte, hatte Tom von einem seiner Zellengenossen bekommen. »Erzähl einfach die ganze Zeit vom Wichsen und dass das alles ist, woran du denkst. Dann ist die Scheiße ganz schnell vorbei.«

Er hatte recht behalten, aber dafür gab's auch keinen Rabatt, Tom musste die ganze Zeit absitzen. Bis heute wusste er nicht, wer ihn verpfiffen hatte. Die Tour war bombensicher gewesen, Amsterdam–Düsseldorf. Ein Kilo Heroin im Tank seiner Maschine, wie bei »Easy Rider«. Kurz hinter der deutschen Grenze hatten sie ihn angehalten, in den Tank gegriffen und ihn abgeführt. Sie hatten gewusst, wonach sie suchen mussten. Cochise sorgte für einen guten Anwalt, schickte ihm sogar eine Karte zu Weihnachten, aber es gab keine Gnade für einen aufrechten Mann. Im Knast sorgte Cochise, so gut es ging, für ihn und ließ ihn wissen, dass er jederzeit wieder für ihn fahren könne. Aber Tom hatte erst mal genug, vier Jahre Knast waren eine lange Zeit, er wollte danach versuchen, so über die Runden zu kommen. Er begann eine Ausbildung zum Elektriker, aber nach zwei Wochen schmiss er die Brocken hin, weil der Meister ein komplettes Allround-Arschloch war. Nichts konnte man richtig machen, ständig brüllte er herum, als wären alle schwerhörig. Also sorgte Tom wenigstens dafür, dass sein einziges Kapital, das er hatte, nicht verfiel: sein Körper. Jeden Tag hundert Liegestütze, zehn Kilometer Laufen auf der Stelle, hundert Hock-Grätschen, zweihundert Bauchmuskel-Crunchs. Jeden Tag Schattenboxen, jeden Tag Pritsche stemmen, bis er nicht mehr konnte. Die Arbeit in der Küche, die er als Ersatz für die Lehre machen musste, ließ ihn bei Verstand bleiben. Da waren ein paar Kumpels, die in Ordnung waren, mit denen er einmal in der Woche Skat spielen durfte.

Ein paarmal wollten ein paar Greenhorns wissen, wer der Stärkere war, und Tom ließ sich nicht lange bitten. Es waren kurze Kämpfe, gut, um nicht aus der Übung zu kommen. Tom war darauf geeicht, seinen Gegner so schnell wie möglich kampfunfähig zu machen, und er machte es immer auf die gleiche Art und Weise. Der Angriff kam, er blockte ab, erzeugte beim Gegner große Schmerzen, zum Beispiel durch einen Schlag aufs Ohr oder einen Tritt auf ein Gelenk, sodass er freie Bahn hatte, einen K.-o.-Schlag anzubringen. Kinn, Hals, Solarplexus, Schläfe, was gerade am nächsten lag. Block, Schock, Konter. So hatte er es gelernt. Und so war er aufgestiegen vom Türsteher zum Fahrer.

Tom war jetzt fünfundzwanzig, ledig, ohne Kinder, ohne Arbeit, aber mit anständiger Knasterfahrung. Als Türsteher konnte er in Düsseldorf nicht mehr arbeiten, nachdem er einen Türkenclub aufgemischt hatte, und in der Altstadt regierten die Compadres, die für Cochise arbeiteten und ihm nicht über den Weg trauten, egal was Cochise von ihm hielt. Also hatte er es mit ehrlicher Arbeit versucht. Sechs Euro die Stunde für Fensterputzen. Sechs Euro die Stunde für Autowaschen. Sechs Euro die Stunde für Blumenpflanzen. Alles Bullshit. Und die Chefs waren genau die gleichen Vollidioten wie der Elektromeister im Knast, nörgelten immer rum, nichts ging schnell genug, und Urlaub gab's sowieso nicht. Nur *ein* Wunder geschah in dieser Zeit. Die Bank gab ihm einen Überziehungskredit von viertausend Euro. Das musste ein Irrtum gewesen sein, er hatte nur spaßeshalber gefragt. Aber zwei Tage später öffnete er einen Brief der Bank und fand darin ein scheißfreundliches Schreiben, man würde sich freuen, ihm mit dieser Kreditlinie entgegenkommen zu können. Er brauche nur zu unterschreiben.

Tom unterschrieb, schickte den Wisch zurück, und ein paar Tage später hatte er tatsächlich einen Dispokredit in Höhe von viertausend Euro. Eine Visakarte bekam er noch dazu, tausend Euro Verfügungsspielraum, und natürlich die EC-Karte. Das war vor einem halben Jahr gewesen. Und jetzt war wieder alles am Arsch.

Tom überlegte noch einen Moment, ob er eine Bank machen sollte, aber das Risiko war ihm zu hoch, auch wenn nur jeder zweite Bankraub aufgeklärt wurde. Ohne Knarre brauchte er gar nicht loszugehen, und Knarren waren nichts für Tom. Er hatte seine Fäuste und seine Nerven. Und er hatte Cochise. Tom wählte die Kontaktnummer, meldete sich, und sofort antwortete eine Stimme, die wie immer nicht die Stimme von Cochise war.

»Fahr in den Dornröschenweg. Flingern. Klingel bei Hans-Fred Müller. Du bekommst eine Maschine, dein Honorar komplett als Vorschuss, fünftausend Euro, und eine Adresse.«

Das fühlte sich gut an. *Back on the street.* Ein Tag Arbeit, fünf Riesen und endlich wieder eine Maschine unter dem Hintern. Würde zwar eine Spießerkiste sein, aber egal.

Tom schnappte seine Jeansjacke, kaufte ein Ticket, daran sollte sein Einstieg nicht scheitern, fuhr mit der 712 in die Altstadt und dann weiter nach Flingern, holte Geld und Maschine ab, stieg in die unauffällige und vor allem vorschriftsmäßige Kombi, startete das Motorrad mit dem Kickstarter und fuhr los. Ganz gemütlich. Er hatte keine Lust, wegen ein paar Stundenkilometern zu viel von einer Streife gefilzt zu werden. Die Vibrationen des Motors brachten Toms Herz zum Schwingen. Frei, endlich wieder frei, dachte er und gab auf der A 52 Richtung Roermond Gas.

***

Mannstein drückte die Tür zum Besprechungsraum auf, die jetzt ein Schild trug: »Moko Arcaden«.

Am runden Tisch saßen drei Mitarbeiter, von denen Bremer Corinna Althoff bereits kennengelernt hatte.

»Corinna wird die Aktenführung machen, dann können wir sicher sein, dass nichts verloren geht und wir immer den Überblick haben.«

Corinna nickte ihm zu. Neben ihr erhob sich ein großer, kräftiger Mann mit Glatze. Er streckte Bremer die Hand hin.

»Manfred Weisenbach.«

»Nicht so bescheiden, Manne«, rief Mannstein.

»Spezialist für Wirtschaftskriminalität«, fügte Manne hinzu.

Bremer zog die Augenbrauen hoch.

»Schlebusch hat in einer Bank gearbeitet. Ich werde mich um die Papierberge kümmern, die ihr mit Sicherheit anschleppen werdet. Vielleicht gibt es ja auch eine Durchsuchung. Ein bisschen Abwechslung tut gut.«

Er zögerte, Mannstein nickte ihm zu. »Normalerweise mache ich das, was ein Buchprüfer macht. Belege auflisten, Hunderte und Tausende, und schauen, ob das alles stimmig ist. Oder Verträge prüfen. Dicke Verträge.« Manne setzte sich wieder.

»Er ist zu bescheiden«, sagte Mannstein. »Manne kennt in Düsseldorf so ziemlich jede größere Firma in- und auswendig, er hat Betriebswirtschaft studiert und mit eins abgeschlossen. Anstatt reich zu werden, hat er beschlossen, Verbrecher zu jagen.«

Mannstein streckte sich. »Last, but not least: Olga Weber. Leg ihr einen stummen Fisch in den Verhörraum, und sie bringt ihn zum Singen. Ohne Folter.« Wider Erwarten lachte Mannstein nicht, sondern fuhr fort: »Okay. Was haben wir?«

Bremer fragte sich, wann Mannstein die drei ins Team geholt hatte. Oder waren das die drei, die immer dabei waren? Er stellte die Frage zurück, Corinna Althoff begann mit der Einführung in den Fall Schlebusch.

»Die Kollegen haben schnell und gründlich gearbeitet, die Nachbarn waren erstklassige Informanten. Da soll noch einer sagen, die Leute kriegen nichts mehr voneinander mit. Zumindest für Volmerswerth, wo das Opfer gewohnt hat, gilt das nicht. Also, es geht um David Schlebusch, vierunddreißig Jahre alt geworden, von Beruf Investmentbanker bei der Omnos-Bank International, Sitz Düsseldorf, Kaistraße. Manne hat schon grünes Licht gegeben, die Bank ist laut seinen Informationen nicht in illegale Geschäfte verwickelt. Geboren am 3. Juni 76 hier in Düsseldorf. Vermutlich erschlagen, von hinten. Seine Freundin heißt Isabell Wertherberg, seine Eltern sind tot, er hat keine Geschwister. Er ist gemeldet in der Volmerswerther Straße 475, er besitzt dort eine Eigentumswohnung. Seine Freundin ist dort nicht gemeldet. Sie studiert in Köln Medizin, ist zehn Jahre jünger als David Schlebusch, hat eine Wohnung im Stadtteil Ehrenfeld. Die Kollegen befragen sie zurzeit.«

»Danke, Corinna.« Mannstein wandte sich an Bremer. »Nicht schlecht für die erste Stunde, was? Wie du siehst, sind wir fleißig wie die Bienchen, unsere Leute schwärmen nach allen Seiten aus. Den Bericht der Spurensicherung bekommen wir morgen, die Obduktion findet ebenfalls morgen statt. Willst du dabei sein?«

»Nicht nötig. Die Todesursache ist ja klar.«

»Gut, dann gehen Manfred und Olga. Ihr nehmt euch bitte noch mal die Wohnung von Schlebusch vor, Martin und ich sehen uns bei der Omnos-Bank um, damit Manne sich nicht langweilen muss. Ich brauche eh einen Kredit.«

Außer Bremer lachten alle, und Mannstein warf ihm einen Seitenblick zu, der vieles bedeuten konnte.

Die Omnos-Bank sah von außen recht bescheiden aus, nur sieben Stockwerke, das oberste eine Glasfront quer über die gesamte Gebäudebreite. Das Foyer allerdings war mit Marmor ausgelegt, die Frau hinter dem Informationsschalter hätte ebenso gut auf dem Laufsteg einer Fashion Week ihr Colgate-Lächeln zeigen können. Nur eins fehlte: Schalter. Und Kassen. Und Publikum. Bremer hatte schon von solchen Instituten gehört, die ihre Geschäfte nur elektronisch abwickelten, die in ihren Tresoren kein Bargeld hüteten, sondern Verträge.

Mannstein zückte seinen Ausweis, stellte sich und Bremer vor, bat, den Vorgesetzten von David Schlebusch sprechen zu dürfen. Die Ausweise wirkten, fünf Minuten später saßen sie im siebten Stock und hinter der Glaswand, die Bremer von unten gesehen hatte. Er verlor sich in dem Blick über den Rhein, den Hafen und die vielfältige moderne Architektur, und als ihn Mannstein wieder in die Realität zurückholte, zuckte ein Muskel in seinem Gesicht. Nur ganz kurz, nur einmal, aber er registrierte es, und es beunruhigte ihn.

»Danke, dass Sie so schnell Zeit für uns hatten, Herr Bolbach.«

Bolbach faltete seine perfekt manikürten Hände. »Kein Problem. Ich nehme an, Sie kommen in einer wichtigen Angelegenheit?«

»In einer unangenehmen.« Mannstein wartete einen Moment, wollte Bolbachs Reaktion testen.

Bremer blickte auf den Mann vor ihm, der genau so aussah, wie er sich einen Banker vorstellte. Mitte vierzig, angegrautes Haar, immerhin nicht gefärbt, tadelloser, teurer Anzug, Krawatte, alles an dem Mann war wie neu, wie frisch aus der Plastikfolie. Auch sein Lächeln blieb, wie es war: gewinnend, verbindlich, aufmerksam.

»Es geht um David Schlebusch. Sie kennen ihn?«

Bolbach lachte kurz auf. »Natürlich kenne ich ihn. Er ist einer meiner besten Mitarbeiter. Derivate. OTC. Begnadet.«

Mannstein räusperte sich. »Was, bitte?«

»Verzeihen Sie. David Schlebusch verkauft sogenannte Derivate, das sind wertabhängige Finanzinstrumente. Ich erkläre es Ihnen am besten am Beispiel eines Futures. Sie«, er zeigte auf Mannstein, »verkaufen mir in einem Jahr hundert Barrel Öl für einen Preis von neunzig Dollar das Barrel. Das ist der Vertrag. Sie bekommen also auf jeden Fall neunzig Dollar pro Barrel, und ich muss die hundert Barrel für neunzig Dollar das Barrel kaufen.«

Mannstein hob eine Hand und unterbrach den Banker. »Und wenn ich das Barrel für hundert Dollar einkaufen muss, habe ich Pech gehabt.«

Bolbach nickte. »Ich kann planen, weiß, was auf mich zukommt, und Sie haben die Möglichkeit, viel Geld zu verdienen, wenn der Ölpreis unter den neunzig Dollar liegt. Natürlich ist das in der Praxis etwas komplizierter.«

»Und David Schlebusch weiß, wie man das macht?«, fragte Bremer.

»So ist es. Darf ich Ihnen etwas zu trinken anbieten?«

Mannstein und Bremer lehnten dankend ab.

»Mit wem hat Schlebusch normalerweise zu tun?«, fragte Mannstein.

»Worum geht es denn? Hat Herr Schlebusch ein Problem? Sind Sie von der Abteilung Wirtschaftskriminalität?« Bolbach strahlte weiter.

»Wir sind von der Abteilung, die die Fragen stellt, Herr Bolbach, und Sie sind von der Abteilung, die die Fragen beantwortet.« Mannstein zuckte nicht mit der Wimper.

Bremer konnte Bolbachs Anstrengung sehen, ihm nicht mit den Füßen voran ins Gesicht zu springen. Das Lächeln des Bankers gefror zu blankem Eis. Mannstein räusperte sich, Bremer war nicht glücklich über dessen Hieb in die Fassade des Bankers, aber er fiel ihm auch nicht in den Rücken.

»Bitte beantworten Sie einfach unsere Fragen, dann sind wir in zehn Minuten fertig. Mit wem hat David Schlebusch hier zu tun? Kollegen, Kunden, Vorgesetzte?«, setzte Bremer nach.

Bolbach hatte sich entschlossen, seine Miene zu entspannen. »Er sitzt mit zwei Kollegen in einem Büro. Die Arbeitsplätze sind mit Schallschutzwänden voneinander getrennt, Datenschutz, Sie verstehen. Natürlich hat er Kontakt mit Kunden, aber nicht besonders häufig. Das meiste läuft über die Rechner. Er hat eine Freundin, ein ganz reizendes Mädel übrigens.«

»Sie kennen Isabell Wertherberg?«, fragte Mannstein. Bremer konnte nicht die Spur einer Überraschung heraushören.

»Ja, ich habe Herrn Schlebusch und sie vor einigen Wochen zum Essen eingeladen. War ein sehr netter Abend.« Bolbach zog die Mundwinkel nach oben, versuchte ein weiteres Lächeln, ließ sie schnell wieder fallen, wahrscheinlich waren die Muskeln überlastet.

»Sind Sie verheiratet?«, fragte Bremer.

Bremer registrierte das Zögern, Bolbach nahm einen Füllfederhalter in die Hand, der mehr Gold an sich trug als das Gebiss eines Kokaindealers. »Ich glaube nicht, dass Sie in der Abteilung angestellt sind, der ich darüber Auskunft geben muss.«

Der Banker hatte sein Lächeln wiedergefunden. Bremer schmunzelte, Mannstein bleckte die Zähne. »Wie nett ist Isabell Wertherberg denn?«

Bolbach ließ den Füllfederhalter fallen.

»Was fällt Ihnen ein?« Er schob den Sessel nach hinten und stand auf. »Das Gespräch ist beendet. Ich habe es nicht nötig, mir meine Hilfsbereitschaft mit Unverschämtheiten belohnen zu lassen.«

Bremer und Mannstein blieben sitzen, wechselten einen Blick. Bremer übernahm es, die Todesnachricht zu überbringen, und versuchte gleichzeitig, die Wogen zu glätten. Mannstein ging ran wie ein Bulldozer, und das gefiel ihm nicht. Hier war Fingerspitzengefühl gefragt, Bolbach war kein Verdächtiger, sondern ein Zeuge.

»Setzen Sie sich bitte wieder, Herr Bolbach. Wir sind von der Mordkommission. David Schlebusch ist gestern Nacht ermordet worden. Sie verstehen, dass wir da keine Rücksicht nehmen können.«

Bolbach plumpste zurück in das Leder und erbleichte. »David Schlebusch, tot? Ermordet? Das kann doch nicht wahr sein. Wer tut so etwas?«

»Das versuchen wir herauszufinden. Das ist, denke ich, auch in

Ihrem Interesse.« Mannstein seufzte und schien einlenken zu wollen. »Deswegen wären wir Ihnen dankbar, wenn wir das Büro von David Schlebusch sehen dürften und wenn Sie uns eine Liste seiner Kunden zusammenstellen könnten. Der richterliche Beschluss wird selbstverständlich nachgereicht, aber Sie wissen ja: Je schneller wir an Informationen kommen, desto schneller fassen wir den Mörder.«

Bremer ließ Bolbach nicht aus den Augen, registrierte jede Bewegung des Mannes, jede Regung seiner Miene, die Richtung, in die er schaute, die Art, wie er die Beine immer wieder übereinanderschlug. Bolbach war tatsächlich schockiert von der Nachricht. Das hieß nicht automatisch, dass er nicht der Täter war, machte es aber relativ unwahrscheinlich. Sie hatten Bolbach kurz durchgecheckt. Er war ein unbeschriebenes Blatt, verheiratet, zwei Kinder, Bilderbuchkarriere, ein Haus in Golzheim, das Viertel in Düsseldorf für alle, die reich waren, aber noch nicht superreich. Eine schöne Fassade, hinter der sich alles Mögliche verstecken konnte – vielleicht sogar eine glückliche Familie.

Bolbach rang sichtlich um eine Entscheidung. Ließ er sie in Schlebuschs Büro, konnte er unter Umständen Ärger bekommen. Tat er es nicht, behinderte er vielleicht die Ermittlungen. Bremer fragte sich, was für den Mann wichtiger war. Mehrmals schaute er zwischen Mannstein und Bremer hin und her, dann gab er sich einen Ruck.

»In Ordnung. Ihre Umgangsformen sind nicht die besten, aber Sie haben recht: Wer immer das getan hat, muss gefasst und hart bestraft werden. Kommen Sie mit.«

Sie folgten ihm über den Gang in den Aufzug, fuhren fünf Stockwerke nach unten, wieder ein Flur, Farbdrucke an der Wand, Franz Marcs blaue Pferde, Ernst Ludwig Kirchners liegender Akt, dann standen sie vor einer Tür mit drei Namen: David Schlebusch, Eckhardt Schwartz und Wolfgang Öz. Nichts weiter. Keine Berufsbezeichnung, kein Dienstgrad. Bolbach klopfte an die Tür, von drinnen erklang eine raue Stimme.

»Herein, wenn's kein Schneider ist. Du kommst spät, David.«

Bolbach drückte die Klinke, trat in den Raum, der mindestens dreißig Quadratmeter maß. Drei Arbeitsplätze waren im Dreieck zur Mitte des Raumes hin angeordnet. Die Schallschutzwände waren auch Sichtschutzwände, keiner konnte den anderen sehen, und Gespräche waren so weit gedämpft, dass man sie gegenseitig nicht mithören konnte. Wer zur Tür hereinkam, konnte die zwei Plätze einsehen, die jetzt besetzt waren. Zwei Gesichter wandten sich Bolbach zu, im Mund des einen steckte ein Donut, aus dem des anderen ragten Salzstangen heraus. Beide Männer verschluckten sich fast, als sie aufsprangen, um ihren Boss zu begrüßen. Strammstehen nannte man das, und Bremer kannte es noch aus den ersten Jahren seiner Polizistenlaufbahn als Streifenbeamter. Ihr Dienststellenleiter hatte auf Disziplin bestanden, Bremer und seine jungen Kollegen und Kolleginnen hatten zwangsläufig mitgespielt, denn der Vorgesetzte war nun mal der Boss, dem man Gehorsam schuldete. Die Salzstangen wanderten in den Papierkorb, der Donut zurück in seine Verpackung.

»Schon gut, meine Herren, nehmen Sie wieder Platz. Wir kommen nicht Ihretwegen, noch nicht«, sagte Bolbach und grinste gehässig.

Die beiden Männer zupften sich ihre Krawatten zurecht, setzten sich wieder und schoben sich bis zum Rand des Sichtschutzes. Bolbach hatte für einen Moment seine Maske gelüftet, die Drohung seinen Mitarbeitern gegenüber war unüberhörbar gewesen. Vielleicht hatte er einfach ein bisschen Dampf abgelassen, eine kleine Wiedergutmachung für Mannsteins Demütigung.

Bolbach setzte zum Sprechen an, aber Mannstein war schneller.

»Meine Herren, mein Name ist Hartmut Mannstein, und der Mann hier neben mir, der heute Nacht schlecht geschlafen hat und dementsprechend mies gelaunt ist, ist mein Kollege Martin Bremer.«

Mannstein versuchte es mit »guter Cop, böser Cop«, aber Bremer war nicht bereit, den bösen Cop zu geben.

»Wir sind bei der Mordkommission, haben wenig Zeit und fragen Sie ganz direkt: Wer von Ihnen hat David Schlebusch auf dem Gewissen? Er ist zwischen gestern Abend zweiundzwanzig Uhr dreißig und ein Uhr dreißig heute Morgen ermordet worden.«

Im Duett lachten beide los, es klang wie der Chor zweier Ziegen, und Bremer musste sich beherrschen, Mannstein nicht am Kragen aus dem Büro zu schleifen.

»Das ist kein Scherz, Schwachköpfe!«, brüllte Bolbach. Bremer registrierte, dass die Stimmung von »gelackte Bank« in »Haifischbecken« kippte. Bolbach hielt es anscheinend nicht aus, wenn seine Autorität in Frage gestellt wurde, wenn irgendein anderer Mann ihm etwas befahl, wenn irgendjemand Macht über ihn hatte oder ihn wie seine zwei Untergebenen auslachte, das wurde jetzt deutlich. Also machte er die zur Schnecke, über die er Macht hatte. Öz und Schwartz verstummten sofort und schüttelten nur die Köpfe.

»Ich habe leider nichts verstanden«, sagte Mannstein, ohne die Miene zu verziehen, und bedachte Bolbach mit einem bösen Blick.

Der Mann mit dem Donut traute sich. »Aber David wollte doch heute Morgen …«

»Was wollte er heute Morgen?«, bohrte Mannstein nach.

»Er wollte die Karten mitbringen. Für das Konzert. Er hatte versprochen, drei Karten zu besorgen. Für das Metal-Festival in der Arena. Ist seit Wochen ausverkauft. Und er ist wirklich tot?«

»Ja, Ötzi, er ist tot«, sagte Bolbach. »Hast du ihn erledigt?«

Öz schüttelte noch mal den Kopf und zeigte auf Schwartz.

»Was ist mit dir? Ihr habt doch ständig Ärger miteinander gehabt. Dauernd habt ihr euch gestritten.«

Schwartz verschränkte die Arme vor der Brust. »Ötzi, du bist und bleibst ein Denunzianten-Ossi-Scheißer.«

Bremer rechnete jeden Moment damit, dass sich die beiden an die Gurgel gingen, aber nichts passierte. Öz zeigte Schwartz den Mittelfinger, mehr hatte er nicht zu bieten. Schwartz redete weiter.

»David und ich haben uns definitiv nicht gemocht. Aber wenn ich alle umbringen würde, die ich nicht mag, würden in Düsseldorf die Immobilienpreise ins Bodenlose stürzen. David ist tot? Ermordet?«, fragte Schwartz. »Das ist ja furchtbar. Die Stadt wird auch immer unsicherer. Wahrscheinlich Russenmafia.« Er ließ den Kopf hängen.

»Haben Sie David Schlebusch getötet, Herr Schwartz?« Mannstein ging einen Schritt auf den Mann zu, der seinen Kopf wieder hob. Tränen glänzten in seinen Augenwinkeln, und Bremer konnte sich nicht dagegen wehren, dass sich Schwartz vor ihm in einen schlappohrigen Hush Puppy verwandelte. Die hatten auch immer nasse Augen und schienen jeden Moment losheulen zu wollen. Bremer glaubte Schwartz, der die Nase vernehmbar hochzog, nichts von seinem Theater.

»Nein«, flüsterte er, »nein, so etwas tue ich nicht.«

Mannstein schien es ebenso zu gehen, er stemmte die Arme in die Hüften. »Herr Schwartz, ich habe schon deutlich bessere Auftritte gesehen. Geben Sie doch zu, dass Sie alles andere als betrübt sind über den Tod von David Schlebusch.«

Schwartz schüttelte langsam den Kopf. »Wie können Sie nur so etwas von mir glauben, Herr Kommissar. Außerdem habe ich ein Alibi. Ich war gestern Abend auf einer Sitzung der IHK, und danach sind wir mit ein paar Kollegen in der Altstadt versackt. Irgendwann nach zwei habe ich ein Taxi nach Hause genommen.«

Schwartz öffnete seinen Geldbeutel, zog die Quittung heraus, reichte sie Bremer und wandte sich an Bolbach. »Kriege ich sein Portfolio? Verdient hätte ich es.«

Bolbach schnaubte verächtlich. »Das Portfolio bleibt bei mir, und wenn ich rauskriege, dass einer von euch auch nur den Versuch macht, daran rumzupfuschen, dann fliegt er achtkantig raus, ist das klar?«

Die beiden enthielten sich einer Antwort.

»Herr Öz, wo waren Sie gestern Abend?«, fragte Mannstein.

»Im Bett«, sagte Öz. »Neben meiner Frau.«

»Telefonnummer?« Mannstein zückte sein Handy.

»Wie bitte?«

»Ich werde jetzt Ihre Frau anrufen und das überprüfen. Das erspart Ihnen und uns eine Menge Unannehmlichkeiten.«

Öz spulte die Nummer ab, Mannstein wählte, lauschte.

»Guten Tag. Mannstein ist mein Name. Ich bin hier im Büro Ihres Mannes, Wolfgang Öz. Das ist doch Ihr Mann? Gut.« Er hielt den Hörer zu. »Herr Öz, ich gebe Ihnen gleich das Telefon, und Sie werden Folgendes sagen: Hallo Schatz, bitte sag Herrn Mannstein, wo ich letzte Nacht war. Dann geben Sie mir das Handy wieder. Alles klar?«

Öz streckte die Hand aus, tat wie ihm geheißen, reichte das Handy zurück, Mannstein lauschte kurz, dann unterbrach er die Verbindung.

»Und was ist mit Schwartz? Glauben Sie dem einfach so? Die Quittung könnte gefälscht sein!«

Bremer räusperte sich und beschloss, die beiden noch ein wenig aufeinanderzuhetzen.

»Genau, Herr Schwartz. Warum mochten Sie David Schlebusch nicht?«

Öz spitzte die Ohren, ebenso wie Bolbach und Mannstein. Schwartz überlegte nicht lange.

»David war ein arroganter Sack, und er hatte Erfolg. Das ist das Schlimmste. Na ja, und dann hat er auch noch Die Linke gewählt. Das muss man sich mal vorstellen! Ein Banker, der links wählt. Wir hatten uns oft in den Haaren, aber dann haben wir uns auch wieder vertragen. Sonst hätten wir mit Sicherheit nicht zusammen zum Konzert gehen wollen.«

»Stimmt das so, Herr Öz?«

Öz grinste. »Ja, das stimmt so. Wir haben uns immer wieder zusammengerauft.«

Hier waren sie erst mal fertig, Öz und Schwartz hatten Alibis, die erst dann einer Feuerprobe unterzogen wurden, wenn sich Verdachtsmomente gegen sie ergeben würden. Bremer und Mannstein kehrten zurück in Bolbachs Büro, der ihnen eine Liste mit Schlebuschs Kunden ausdruckte. Bremer nahm den Stapel Papier entgegen. Vierhundertzweiundsechzig Namen mit Adresse und Telefonnummer.

»Herr Bolbach«, sagte Bremer, »ich habe den Eindruck, dass Ihre Leute unter enormem Druck stehen. Ist das korrekt?

Bolbach holte tief Luft. »Banker ist inzwischen ein Schimpfwort geworden, die Leute machen uns für alles verantwortlich, am Klimawandel sind wir genauso schuld wie am Dioxinskandal. Das ist das eine. Und dann jongliert unsere Bank täglich mit Millionen im dreistelligen Bereich. Das geht an die Nerven. Wenn Sie einen Fehler machen, sind Sie erledigt. Wenn Sie zu wenig verkaufen, sind Sie auch erledigt. Natürlich nicht die großen Fische, die Bosse in den Vorstandsetagen. Die sind abgesichert. Wir sind das Fußvolk, wir stehen an der Front. Wenn da oben einer mal eben hundertfünfzig Millionen verbrennt, dann kriegt er dafür auch noch einen Bonus. Wenn ich einen Fehler mache, fliege ich raus und kriege einen Prozess an den Hals. Ich habe Quoten, ich habe Ziele, die muss ich erreichen, egal wie. Das ist wie bei Ihnen. Wenn Sie den Mörder nicht kriegen, fragt auch keiner, warum, zumindest in der Öffentlichkeit. Und soll ich Ihnen mal was sagen?«

Bolbach beugte sich nach vorn, Mannstein und Bremer nickten.

»Wissen Sie, wer die Schlimmsten sind?«

Mannstein und Bremer schüttelten die Köpfe.

»Unsere Kunden. Die sind so was von geldgeil, das glauben Sie nicht.« Bolbach schwieg und schaute zwischen den beiden hin und her, wartete auf eine Reaktion.

Bremer hob die Hände. »Wer zählt zu diesem erlauchten Kreis?«

»Alle. Vom Lehrer über den Zahnarzt bis hin zum Staatsanwalt. Die haben fünfzigtausend auf der Seite liegen und wollen möglichst schnell hunderttausend draus machen. Das sind Zocker, glauben Sie mir. Die muss ich nicht lange überzeugen. Die kommen rein und sagen eine Zahl. Fünfzehn oder zwanzig. Das soll dann die Rendite sein, in Prozent. Mindestens. Die sind alle bekloppt.«

Bolbach hatte sich heißgeredet, sein Kopf glühte, und Bremer wurde klar, dass der Mann ausgebrannt war, dass er für seinen Job eigentlich nicht mehr geeignet war. Er hatte Skrupel, war nicht mehr überzeugt von dem, was er tat. Man musste ihn im Auge behalten, vielleicht war er im Streit mit Schlebusch über Prozente und Quoten ausgerastet. Aber vorher mussten sie die Liste durchgehen. Das würde Tage dauern, in denen man nicht vorwärtskommen würde. Blieb nur die Hoffnung, dass es im Umfeld von David Schlebusch jemanden gab, der ebenfalls eine Rechnung mit ihm offen gehabt hatte. Schwartz und Öz würden sie im Auge behalten, aber Bremer glaubte nicht daran, dass einer der beiden Schlebusch ermordet hatte.

Sie verabschiedeten sich, Bolbach hatte sich wieder gefangen und schwor die Kommissare darauf ein, dass er nichts von dem, was er gerade gesagt hatte, öffentlich wiederholen würde. Damit hatten die Kommissare auch nicht gerechnet, und es war ihnen egal.

Sie fuhren zurück ins Präsidium, beantragten einen Stapel Gerichtsbeschlüsse, legten den Kollegen die Liste auf den Tisch. Mannstein setzte sich ans Telefon und besorgte Verstärkung. Insgesamt dreißig Kolleginnen und Kollegen, fünfzehn Teams. Bald schon wurde der Besprechungsraum zu eng, vor lauter Stimmengewirr konnte man sein eigenes Wort nicht mehr verstehen. Bremer verzog sich in sein Büro, vier Türen von Mannsteins Loch entfernt, legte die Füße auf den altersschwachen Schreibtisch, betrachtete die Verfärbungen und Risse an der abgehängten Decke, die Resopalaktenschränke und den welligen Bodenbelag. Er schloss die Augen und begann zu denken.

***

Die BMW schnurrte wie ein zufriedener Tiger. Tom Breininger nahm die Route über Nimwegen und Utrecht nach Amsterdam. Knapp dreihundert Kilometer, knapp drei Stunden Fahrt, viel Zeit zum Überlegen. Heute Morgen hatte er es im Radio gehört. Man hatte Schlebusch gefunden, mit zermatschtem Schädel. Sie hatten keinen Namen genannt, aber Tom war sofort klar gewesen, wen der Nachrichtensprecher mit dem jungen »Investmentbanker« aus Düsseldorf-Volmerswerth gemeint hatte. Vielleicht würde Tina jetzt endlich wieder zur Vernunft kommen.

Er hatte sie, vier Tage nachdem er aus dem Gefängnis entlassen worden war, kennengelernt, und sie hatten sich sofort ineinander verliebt. Tina war ein absolutes Klasseweib, arbeitete in irgendeiner Kölner Kneipe. Top in Form war sie, im Bett genauso wie im Kopf. Sie hatte nur einen kleinen Fehler: Sie brauchte ziemlich viel Geld. Ihr letzter Freund war Autohändler gewesen, Edelmarken. Als sie ihn hatte heiraten wollen, hatte er gekniffen und war bei seiner Frau geblieben. Unfassbar. Für Tina hätte Tom seine Mutter verkauft, und zwar zu Sonderkonditionen, da gab es keinen Zweifel. Leider hatte sie rausbekommen, dass er so gut wie pleite war, und hatte sich dann diesem Schlebusch an den Hals geworfen.

Sie hatten sich noch ein paarmal getroffen und heiß gevögelt, aber Tina hatte ihm klargemacht, dass ohne Geld auf Dauer nichts laufen könnte. Und dann hatte sie ihm eine SMS geschickt, dass David um ihre Hand angehalten hätte und dass sie sich nicht mehr treffen könnten. Das würde er sicher verstehen.

Tom hatte verstanden. Entweder er würde fett Kohle verdienen, oder seine Tina würde sich von einem Krawattenheini ein paar Kinder anhängen lassen. Das konnte er nicht durchgehen lassen. Schlebusch war aus dem Weg, ein guter Anfang, und er, Tom, würde richtig ins Geschäft einsteigen, würde sich bei Cochise unentbehrlich machen. Er dachte noch mal an den letzten Sex mit Tina und gab Gas.

Die Herengracht sah aus, wie Touristen sich Amsterdam vorstellten: ein Kanal, bürgerliche Häuser, viele Blumen, schmale Gassen.

Tom stellte sein Motorrad vorschriftsmäßig ab, suchte die Hausnummer, fand den Namen an der Klingel, wurde eingelassen, begrüßt, und ehe er sich's versah, hatte er eine Purpfeife zwischen den Lippen, ein Rauchgerät, in dem man das Dope ohne Tabak verbrannte, wer wollte schon Lungenkrebs bekommen? Er inhalierte den Rauch tief, und wenn er sich nicht irrte, war es Roter Libanese, sehr rein, sehr wirksam. Wohlgefühl durchflutete seinen Körper, seine Gastgeber nickten ihm aufmunternd zu, also zog er noch mal, gab das Gerät dann weiter an eine Frau, die ihn an Tina erinnerte. Nachdem die Friedenspfeife geraucht war, kamen sie zum Geschäft. Sein Kontaktmann legte ihm ein braunes Paket auf den Tisch, zeigte darauf und sagte: »2,5 Kilogramm. Absolut rein.«

Tom nickte, zog sein Prüfbesteck aus der Tasche, stach mit der Kanüle in das Paket, nahm eine winzige Probe und drückte das weiße Pulver in die Reagenzien. Er schmunzelte bei dem Gedanken an die Filme, in denen die Bullen kurz mal den Finger in Heroin steckten, ihn abschleckten, um den Reinheitsgrad festzustellen. Eine Fingerspitze reinen Heroins bedeutete den sicheren Tod. Die Reaktion im Reagenzglas setzte ein, Tom zog die Brauen hoch, schaute dem Händler in die Augen, der nur breit grinste, aber nicht weil er bis unter das Schädeldach zugekifft war, sondern weil er wusste, was Tom sagen würde.

»Freunde der Popmusik«, sagte Tom. »Das ist der reinste Stoff, den ich je gesehen habe. Wenn meine Chemie hier nicht kaputt ist, dann ist das Zeug zu 99,5 Prozent rein. Kompliment.«

Der Händler deutete eine Verbeugung an. »Geschäft ist Geschäft. Gutes Geld gegen gute Ware. Bezahlt ist schon. Viel Spaß damit.«

Solche Deals liebte Tom. Vertrauenswürdige Händler, ehrliche Kunden, kein Stress, kein Bescheißen, entgegen der landläufigen Meinung gab es das auch bei den Heroindealern. Er ließ das Paket in einer Baumwolltasche mit dem Aufdruck »I love Amsterdam« verschwinden und verabschiedete sich.

Er trat auf die Herengracht hinaus, holte tief Luft und schaute sich um. Menschen eilten vorbei, eine Polizeistreife fuhr langsam die Straße herauf. Tom setzte sich auf eine Bank und genoss den Blick auf das Wasser und die Boote. Wenn man ihn auf dem Kieker gehabt hätte, wäre er spätestens jetzt abgegriffen worden. Die Streife fuhr vorbei, Tom atmete ruhig und tief, stand auf, spazierte zu seinem Motorrad, packte das Paket in die Satteltasche und verließ Amsterdam Richtung Deutschland.

Auf der Autobahn überschlug er den Wert der Lieferung. Zweitausendfünfhundert Gramm, gestreckt auf fünfzig Prozent, ergab fünftausend Gramm zu einem Marktpreis von zurzeit lächerlichen dreißig Euro das Gramm. Hundertfünfzigtausend Euro Umsatz. Minus ein Drittel Wareneinkauf, ziemlich teuer, aber dafür war die Connection ebenso sauber wie der Stoff selbst, minus zehn Prozent für die Straßendealer, minus fünftausend für ihn, blieben über den Daumen gepeilt fünfundachtzigtausend Euro. Allerdings immer noch kein Reingewinn. Davon mussten ein paar Bullen geschmiert werden, ein ziemlicher Batzen ging fürs Geldwaschen drauf, die Manager der Deckfirmen hielten ihre Hände auf, ein verfilztes System, das niemand mehr so recht durchblickte, weder die Bullen noch die, die drinsteckten. Tom schätzte, dass für Cochise dreißigtausend übrig blieben. Nicht schlecht. Aber Tom verschwendete keinen Gedanken daran, selbst Handel zu treiben. Das würde er keine zwei Wochen überleben. Entweder würde man ihn umbringen oder zumindest krankenhausreif schlagen, um ihn daran zu erinnern, wo er stand, oder er würde wieder im Gefängnis landen. Und Cochise wusste, dass Tom das wusste und sich daran hielt. Wenn er es recht überlegte, war es damals wahrscheinlich die Konkurrenz gewesen, die Cochise ärgern wollte. Ja, so musste es gewesen sein.

Diese Tour würde er innerhalb der nächsten neun Monate sechsmal machen. Dreißigtausend steuerfrei, kein schlechter Anfang. Und wenn er sich weiterhin bewährte, würde ihm Cochise lukrativere Aufgaben anvertrauen, da war sich Tom sicher. Den Großeinkauf zum Beispiel. Diese zweieinhalb Kilo waren eine Kleinigkeit im Vergleich zu dem, was noch anstand. Vor allem Kokain boomte. Eines Tages würde Tom die Geschäfte in Übersee abwickeln, und dann ging es nicht mehr um fünftausend Euro, sondern um das Hundertfache. So viel, dass Tina nicht nur feuchte Augen bekommen würde.

***

Vor Bremer lag Akte Nummer sieben, der siebte Kunde in seiner Liste, ein Arzt aus Düsseldorf, dem beim letzten Börsengewitter vierzigtausend Euro abhandengekommen waren. Auf jeden Fall nicht Schlebuschs Schuld.

Mannstein hatte ihn nach fünf Minuten aus seinen Gedanken gerissen, sie hatten vereinbart, sich die Arbeit zu teilen. Die Teams vernahmen die Kunden von Schlebuschs Liste, Leiter und Stellvertreter prüften sie nach möglichen Ermittlungsansätzen und ordneten dann weitere Maßnahmen an, legten fest, in welche Richtung es weitergehen würde. Um zwanzig Uhr war eine Besprechung anberaumt, mit Staatsanwalt und Pressesprecher. Noch zwei Stunden bis dahin.

Bremer streckte sich, rieb sich die Augen, erschrak, als ihn Corinna Althoff von hinten ansprach.

»Die Kölner Kollegen haben das Protokoll der Vernehmung von Isabell Wertherberg geschickt.«

Bremer drehte den Kopf und fasste sich an die Brust. »Mein Gott, ich hab fast einen Herzinfarkt bekommen.«

»Bist du so schreckhaft? Was machst du, wenn böse Buben kommen?«

»Dann verstecke ich mich hinter dir.«

Sie lachte, reichte Bremer die Akte und ging wieder. Bremer schaute ihr hinterher und ertappte sich bei dem Gedanken, dass sie eine attraktive Frau war, und das nicht nur, weil sie Saskia so ähnlich sah. Corinna strahlte Ruhe und Kraft aus, oder war es Leidenschaft?

Er las, und schnell fiel ihm auf, dass er sich mit dem Protokoll allein kein Bild machen konnte. Er wählte die Nummer von Corinnas Apparat, die sich sofort meldete.

»Was gibt's, Martin?«

Ihre Stimme ließ den Hörer vibrieren. »Hast du das Video von der Vernehmung?«

»Moment.«

Bremer hörte Tastaturgeklapper.

»Der Link ist in deinem Postfach. Hast du keinen Zugang zum Archiv? Da steht alles drin.«

»Ups! Natürlich habe ich einen Zugang. Sorry. Vielen Dank, Corinna. Versteh das jetzt nicht falsch, aber du machst wirklich gute Arbeit.«

»Ist schon in Ordnung. Ein Lob schadet nichts«, antwortete Corinna, und in ihrer Stimme schwang Stolz mit.

Bremer legte auf, öffnete sein Postfach, klickte auf den Link, und schon entfaltete sich die Videodatei mit der Vernehmung von Isabell Wertherberg.

Bremer sah die junge Frau von schräg oben, das Gesicht des vernehmenden Beamten aber blieb verborgen; von ihm sah Bremer nur den Hinterkopf, der von ein paar spärlichen Haaren bewachsen war, die mit großer Verzweiflung quer über den Kopf gekämmt waren.

Isabell Wertherberg war vierundzwanzig Jahre alt, einen Meter und sechzig Zentimeter groß, und, schlicht gesagt, eine Schönheit. Corinna und Saskia waren ebenfalls schön, aber Isabell Wertherberg vereinte alles in sich: ebenmäßige Gesichtszüge, leicht schräg stehende graue Augen und rote Locken. Bremer war gespannt, ob die Beamten sich dem entziehen konnten.

Der Beamte stellte sich als KHK Fritz Dönke und einen Kollegen, der unsichtbar für Bremer im Hintergrund gestanden hatte, als KHK Kevin Jülgez vor. Dönke erklärte, dass Isabell Wertherberg hier als Zeugin vernommen würde und dass sie daher die Pflicht hatte, auszusagen.

Isabell Wertherberg machte den Eindruck, als wüsste sie noch nichts vom Tod ihres Freundes. Konnte das sein? Durchaus möglich. In den Medien war nur die Rede von einem Banker aus Düsseldorf gewesen, kein Name, keine Details, und es sollte noch Menschen geben, die nicht am Tropf irgendeines Gerätes hingen, das ständig irgendwelche völlig unwichtigen Informationen verbreitete.

Dönke fragte nach den Personalien, Wertherberg antwortete mit fester Stimme. Aus dem Hintergrund fragte Jülgez nach ihrem Beruf, sie antwortete, dass sie Medizin studiere.

Das Einführungsgeplänkel ging noch eine Weile weiter, Wertherberg antwortete brav und präzise auf alle Fragen. Dann kam Dönke zur Sache.

»Wissen Sie, wo sich David Schlebusch aufhält?«

Also hatten sie ihr noch nichts gesagt.

»Nein«, antwortete sie. Schweigen.

»Warum wissen Sie das nicht?«, fragte Jülgez aus dem Hintergrund.

»Weil ich nicht sein Kindermädchen bin.« Ihre Stimme veränderte sich nicht, blieb warm und freundlich.

Eine durch und durch kontrollierte Frau, dachte Bremer.

»Aber Sie haben eine Beziehung mit ihm?«, fragte Dönke.

»Er ist mein Freund, ja.«

»Wann haben Sie ihn das letzte Mal gesehen?« Dönke raschelte mit Papier, Wertherberg legte ihre Hände vor sich auf den Tisch.

»Ist etwas mit ihm? Wenn ja, dann sagen Sie mir das bitte jetzt, oder ich sage gar nichts mehr.«

Dönke zögerte, Jülgez ließ die Katze aus dem Sack.

»David Schlebusch ist heute Morgen tot aufgefunden worden. Mit an Sicherheit grenzender Wahrscheinlichkeit ist er ermordet worden.«

Keine Reaktion. Eine Minute verging und eine zweite, aber die Freundin des Mordopfers reagierte nicht. Ihr Gesichtsausdruck zeigte weder Überraschung noch Trauer noch Erinnerung. Sie schaute einfach in Dönkes Augen, der dem Blick standhielt.

»Am Samstag.« Isabell Wertherbergs Wimpern flatterten ein paarmal, Bremer musste an einen Kolibri denken. »Wir waren im Kino, er hat bei mir übernachtet. Die Nacht war sehr kurz.« Sie lächelte. Wieder die Wimpern. »Er war richtig gut im Bett. Er hat gelernt. Schön, nicht? Und jetzt ist er tot?«

Dönke ließ die Frau schmoren, merkte aber schnell, dass das mit Sicherheit die falsche Strategie war.

Jülgez trat ins Blickfeld. »Das scheint Ihnen nicht sehr nahezugehen«, sagte er, bemühte sich dabei um einen neutralen Ton, aber Bremer hörte die unterdrückte Wut über Isabell Wertherbergs scheinbare Kaltschnäuzigkeit. Hoffentlich versaute der Mann nicht die Vernehmung mit seiner Voreingenommenheit. Bremer hatte schon Dutzende Todesnachrichten überbracht, und kein Mensch reagierte wie der andere. Manche brachen sofort unter dem Schmerz des Verlustes zusammen, andere ließ der Schock erstarren, wieder andere steckten es weg, als ginge es um die Lottozahlen.

Isabell Wertherbergs Miene versteinerte. »Sie sind ein dummer Mann, Herr Jülgez, wenn Sie glauben, dass ich David nicht geliebt hätte.«

Bremer musste grinsen. Jülgez lief rot an, senkte den Kopf und verzog sich wieder in seine Ecke. Dönke würde ihm nach der Vernehmung den Marsch blasen, das war sicher, aber jetzt hustete er nur.

»Verzeihen Sie meinem Kollegen, Frau Wertherberg. Ich zweifle nicht daran, dass Sie David Schlebusch geliebt haben, und bitte Sie um Verständnis, dass wir manchmal etwas ruppig erscheinen. Ihnen ist sicherlich klar, dass wir in jede Richtung ermitteln müssen.«

Isabell Wertherberg lächelte wieder. »Natürlich. Inzwischen weiß ja jeder, dass die meisten Morde Beziehungstaten sind, also stehe ich automatisch unter Verdacht. Für welchen Zeitraum brauche ich ein Alibi?«

»Für die vergangene Nacht, von zweiundzwanzig Uhr dreißig abends bis ein Uhr dreißig morgens.«

»Ich bin heute mit der Frühmaschine pünktlich um zwanzig nach sechs aus Berlin zurückgeflogen. Den gestrigen Nachmittag und Abend habe ich mit Professor Dr. Friedhelm Kaschlik von der Charité und seiner Frau Amelie verbracht.«

Sie öffnete ihre Handtasche, zog ein Flugticket heraus und schrieb eine Nummer darauf. Dönke prüfte das Ticket, telefonierte mit dem Professor und gab zu Protokoll, dass Isabell Wertherberg zur fraglichen Zeit in Berlin gewesen war, dass das personalisierte Ticket ordnungsgemäß entwertet war und die Zeugen Friedhelm und Amelie Kaschlik bestätigt hatten, mit Isabell Wertherberg bis drei Uhr in der Nacht zusammen gewesen zu sein. Selbst mit einem Hubschrauber hätte sie zur Tatzeit nicht in Düsseldorf sein können, geschweige denn zurück in Berlin, um die Frühmaschine rechtzeitig zu erreichen.

»Das ist doch wunderbar, Frau Wertherberg. Damit scheiden Sie als Tatverdächtige aus. Ich bitte Sie jetzt, zu überlegen, wie David Schlebusch sich am Samstag und am Sonntag verhalten hat. Ist Ihnen etwas aufgefallen?«

»Er war besonders leidenschaftlich. Sagte, es werde alles wunderbar werden.«

»Was würde wunderbar werden?«

»Unsere Hochzeitsreise. Die Flitterwochen. Die Hochzeit. Und die Kinder.«

Dönke räusperte sich. »Sie wollten heiraten?«

»In zwei Wochen.« Isabell Wertherberg knetete ihre Hände.

»Gab es einen Nebenbuhler, Feinde, eine Konkurrentin?«

Sie schüttelte den Kopf, blickte nach unten. Ein abweichendes Verhalten. Log sie?

Dönke ließ gut eine Minute verstreichen. »Sind Sie sicher?«

Wie aus einem Traum schreckte Isabell Wertherberg hoch. »David hatte keine Feinde. Er hatte keine Geliebte, er war ehrlich und treu. Ja, ich bin mir sicher, was glauben Sie denn?«

»Ich glaube gar nichts«, antwortete Dönke freundlich und fragte sie, wie sie David Schlebusch kennengelernt hatte, wie ihre Beziehung verlaufen war und so weiter und so fort, fast zwei Stunden lang. Er machte es nicht schlecht, Bremer konnte sich ein Bild machen von Isabell und David, die heiraten wollten und jetzt für immer auseinandergerissen worden waren. Bremer glaubte nicht an den Himmel, nicht ans Jenseits, glaubte weder an eine Zwischenwelt noch sonst irgendetwas, das den Tod relativieren konnte. Zum Schluss verglich er noch die eine oder andere Passage der Abschrift, konnte aber keine Abweichungen feststellen.

Mannstein schneite herein, fragte, ob Bremer so weit sei. Die Besprechung stünde an. Bremer nickte und stellte fest, dass man hier einfach nicht in Ruhe denken konnte.

Der Besprechungsraum platzte aus allen Nähten. Mannstein und Bremer nahmen an der Stirnseite Platz, Mannstein blickte sich suchend um, neben Bremer blieb ein Platz frei.

»Was ist mit Malterbein?«, fragte er in die Runde, erhielt als Antwort nur das Klacken von Absätzen, die sich näherten. Er hob die Hand, zählte langsam bis zehn. Die Tür öffnete sich, eine Frau wehte herein und wurde von der ganzen Mannschaft im Chor begrüßt: »Guten Tag, Frau Staatsanwältin Malterbein.«

Bremer fühlte sich wie zu Hause. Nicht nur die saarländischen Bullen waren verrückt, die Düsseldorfer ebenso. Bloß anders.

Malterbein zeigte keine Regung, sondern stürzte auf Bremer zu, hielt ihm die Hand hin, er griff zu.

»Chai Malterbein, Staatsanwältin vom Dienst. Unverhofft in den Fall reingerutscht. Eigentlich sollte ich auf den Kanaren in der Sonne schmoren, jetzt schmore ich hier im Saft des KK11, weil diese unaussprechliche Dreckschleuder von Vulkan halb Europa lahmgelegt hat.«

Sie wartete keine Reaktion ab, warf sich in den Stuhl neben Bremer und winkte Mannstein zu, der daraufhin Corinna das Wort erteilte.

»Ich kann es kurz machen: Keine heiße Spur. Schlebuschs Freundin Isabell Wertherberg hat ein Alibi. Über die Beziehung der beiden wissen wir nichts außer dem, was Frau Wertherberg ausgesagt hat, nämlich dass er keine Feinde hatte und sie beide eine wunderbare Beziehung hatten.« Sie blätterte. »Moment. Sein Chef meinte, sie seien ein nettes Paar gewesen. Also: Seine beiden Arbeitskollegen und sein Chef haben Alibis, die sind erst mal raus. Damit haben wir das bekannte Nahfeld abgegrast. Zu anderen Kollegen hatte Schlebusch offenbar keinen näheren Kontakt. Bisher gibt es keine Hinweise auf andere engere Bindungen. Die Kundenliste haben wir in einem ersten groben Durchgang gesichtet. Aber da fehlt es natürlich noch hinten und vorne. Auch da gibt es bisher keine Anhaltspunkte. Der Obduktionsbericht sagt ganz klar: Tod durch Schädel-Hirn-Trauma. Susanna Brand sagt, dass sie so was noch nie gesehen habe. Der komplette Hirnschädel ist in kleine Teile zerschlagen, der Gesichtsschädel fast intakt. Der Täter hat Schlebusch niedergeschlagen, er ist mit dem Gesicht nach vorn auf den Boden gestürzt, ohne jeden Stützreflex. Susanna geht davon aus, dass Schlebusch nach dem ersten Schlag schon tot war. Der Rest war Wut.«

Malterbein hob die Hand, Corinna nickte ihr zu.

»Ich sehe schon, das wird eine längere Sache.« Die Staatsanwältin wandte sich an Mannstein. »Was halten Sie davon, wenn wir die Bevölkerung um Mithilfe bitten? Stehen dem irgendwelche ermittlungstechnischen Belange entgegen?«

»Ja. Nein.« Mannstein schürzte die Lippen.

Einen Moment hielten alle den Atem an. Chai Malterbein verzog das Gesicht.

»Mein Gott, Mannstein, Sie sind und bleiben ein Komiker.«

Mannstein grinste wie ein Lausbub, Bremer begann wieder mal, sich zu wundern. Chai Malterbein mochte an die fünfzig Jahre alt sein, wog höchstens fünfzig Kilogramm, ihr Gesicht zeigte vage Spuren asiatischen Einschlags, und bei allen Witzchen, die gemacht wurden, strahlte sie eine ruhige Autorität aus. Sie sprang auf, klopfte kurz auf den Tisch.

»Ich warte also auf Nachricht, ob wir an die Öffentlichkeit gehen«, sagte sie zu Mannstein und blickte dann in die Runde. »Danke, Kolleginnen und Kollegen. Sie arbeiten wie immer ausgezeichnet. Morgen früh um zehn sehen wir uns wieder, *same time, same place*.«

Sie rauschte hinaus, begleitet von einem kollektiven »Auf Wiedersehen, Frau Malterbein«.

Schnell kehrte wieder Ruhe ein, und Corinna meldete sich zu Wort. »Könnten wir weitermachen?«

Niemand widersprach. »Die Durchsuchung von Schlebuschs Wohnung hat bestätigt, was wir von Isabell Wertherberg wissen: Sie wollten tatsächlich heiraten. Aber ...« Sie machte eine Kunstpause. »Ratet mal!«

Bremer hob artig die Hand, alle Köpfe wandten sich ihm zu. »Kleiner Kreis. Die Eltern der Braut, und das war's.«

Corinna klatschte zweimal in die Hände. »Bingo. Keine Freunde, keine Bekannten, keine Verwandten. Außer den zukünftigen Schwiegereltern wurde niemand zur Hochzeit eingeladen. Ab morgen prüfen wir Schlebuschs Konten. Sie wollten die Flitterwochen übrigens auf Hawaii verbringen, die Tickets lagen in seinem Schreibtisch.«

Einige pfiffen durch die Zähne, Bremer notierte sich, dass er Isabell Wertherberg fragen musste, ob sie diese Eigenbrötlerei ihres Verlobten nicht gestört hatte.

Mannstein seufzte. »Wenn sich nichts Grundlegendes ändert, haben wir es mit einer Zufallstat zu tun. Dann wird es schwer. Wir werden sehen. Überstunden müssen wir im Moment keine machen, spart eure Kraft für später, wenn es ernst werden sollte. Danke, Kolleginnen und Kollegen, wer seine Schicht voll hat, kann gehen.«

Gemurmel erhob sich, einige schlossen ihre Akten, griffen ihre Jacken und brachen auf, andere gingen zurück zu ihren Laptops und tippten alles, was sie in Erfahrung gebracht hatten, in die Maschine, einige schnell wie Sekretärinnen, andere mit Zweifinger-Suchsystem.

Bremer folgte Mannstein in dessen Büro und schloss die Tür hinter sich. Mannstein ließ sich schwer in seinen Stuhl fallen, Bremer setzte sich ihm gegenüber.

»Ich werde mir mal seine Vergangenheit vornehmen«, sagte Bremer.

»Das war Raubmord, da könnte ich wetten«, entgegnete Mannstein. »Spätestens morgen oder übermorgen kriegen wir einen Junkie, der versucht, die Karte zu Geld zu machen. Wir haben sie sperren lassen, Vermerk ›gestohlen‹. Sein Handy ist verschwunden, es ist nicht zu orten, das wird auch zu Geld gemacht und taucht irgendwo im Jemen wieder auf.«

»Aber warum dann diese Wut?«

»Du weißt doch, wie ein Junkie auf Entzug abgeht.«

»Ehrlich gesagt, nein.«

Mannstein zog kurz die Nase hoch. »Wir hatten hier in den letzten zehn Jahren vier Fälle von Beschaffungstotschlag. Ist nicht der korrekte juristische Begriff, aber du weißt, was ich meine.«

Klar wusste Bremer das, und er wusste auch, dass Junkies normalerweise nur ausrasteten, wenn sie sich bedroht fühlten. So ein Gemetzel war untypisch. Mannstein konnte viel erzählen, denn in der Statistik wurden solche Vergehen, die indirekte Beschaffungskriminalität, überhaupt nicht erfasst.

»Trotzdem schaue ich mir Schlebusch genauer an. Kann nicht schaden.«

»Das machen andere. Mir wäre es lieber, du bleibst bei Schlebuschs Kunden. Ich schaffe das nicht allein. Und ich schätze deinen scharfen Verstand, den du ja schon bewiesen hast.«

Er spielte wohl auf die Hochzeitseinladungen an, aber das war keine Kunst gewesen. »Detektiv spielen für Anfänger« und nicht scharfer Verstand. Bremer fragte sich, was Mannstein mit dieser Schleimerei erreichen wollte. Andererseits war es richtig, dass die Kundenliste Priorität hatte und Mannstein auch noch mit anderen laufenden Fällen und der Koordination der Moko ausgelastet war. Also würde Bremer seine offizielle Dienstzeit mit den Listen verbringen und sich danach mit Schlebuschs Vergangenheit auseinandersetzen. Das musste Mannstein ja nicht erfahren.

»Alles klar«, sagte er, »wenn keine Kreditkarte auftaucht und uns kein Junkie ins Netz geht, der mit Schlebuschs Handy die Drogenberatung anruft, können wir ja immer noch in Schlebuschs Kindheit nach bösen Buben suchen.«

»Prima. Willkommen im Team«, sagte Mannstein, und Bremer musste sich auf die Zunge beißen, um nicht loszulachen.

Pünktlich wie ein Uhrmacher beendete Bremer sein Aktenstudium, tatsächlich hatten sich ein paar Anhaltspunkte ergeben, hatte das Sieben der trockenen Fakten zwei Personen ausgeworfen, die mit Schlebuschs Arbeit nicht zufrieden gewesen waren, die viel Geld und einen Prozess gegen Schlebusch verloren hatten. Aber Bremer machte sich keine großen Hoffnungen.

Mannstein war bereits nach Hause gegangen, der Besprechungsraum war fast leer, und wie er es erwartet hatte, war Corinna noch bei der Arbeit. Aktenführung war nicht nur ein Vertrauensbeweis des Chefs, sondern auch ein Doppel-Fulltime-Job. Corinna zur Seite standen zwei Sekretärinnen, die nichts anderes taten, als die Datenbank mit Texten, Tondateien, Videos und Bildern zu füttern.

»Sag mal, Corinna«, begann Bremer vorsichtig, »ist Schlebusch schon durch den Computer gejagt worden?«

»Ja klar, Routineabfrage, hat Mannstein gemacht, nichts Verwertbares«, sagte sie und zeigte auf ein Terminal. »Du kannst natürlich selbst noch mal schauen.«

Bremer setzte sich, rief das Suchprogramm auf, fragte nach Schlebusch, David, aber das System schüttelte den Kopf. Keine registrierten Vorstrafen, kein Strafzettel, nichts. Also einen Ring weiter weg vom Zentrum: das interne Pressearchiv. »Pling«, sagte das System und warf eine Liste mit Treffern aus, nach Datum sortiert. Bremer klickte auf das früheste Datum, der Bildschirm wechselte die Farbe und präsentierte stolz einen Zeitungsartikel mit einer dicken schwarzen Schlagzeile: »Killer killt Bankdirektor«.

Sehr einfallsreich, dachte Bremer und begann zu lesen.

»Horror in der Sparkasse. Brutaler Killer erschießt den Filialleiter. Keiner kann es fassen: Der beliebte Chef Hubert Mintrop ist tot. ›Hubi‹, wie ihn alle nannten, hatte noch einen Tag vorher seinen Geburtstag gefeiert. Alle waren eingeladen. Auch der Jüngste in der Truppe, der achtzehnjährige David Schlebusch. Der ist am Boden zerstört: ›So ein toller Vorgesetzter, und jetzt ist er tot‹, sagte er mit Tränen in den Augen.«

Es folgte der übliche Sermon, um dann zum Schluss noch einmal richtig gegen die Polizei auszuholen: »Wann stoppt die Polizei endlich diese Russenkiller?«

Bremer runzelte die Stirn. Russenkiller? Davon war in dem Artikel gar nicht die Rede gewesen.

Er öffnete einen Ordner und zog sich die Akten des Urteils. Von wegen Russe. Ein durch und durch Deutscher saß seit achtzehn Jahren wegen Mordes an Hubert Mintrop im Gefängnis. Der Mann hieß Jörg Brunnenmeister und war zur Zeit der Tat bereits wegen zwei Banküberfällen vorbestraft gewesen. Die Richter hatten keine Milde gezeigt, die besondere Schwere der Schuld festgestellt und ihn zu lebenslänglich verurteilt, vor allem weil er nicht geständig gewesen war, im Gegenteil, er bestritt offenbar bis heute, irgendetwas mit dem Mord zu tun gehabt zu haben.

Bremer überflog die restlichen Artikel, schickte sie an seine private E-Mail-Adresse, an die er auch die Abschrift der Prozessakten weiterleitete. Er schloss die Programme, dankte Corinna und verabschiedete sich in den Feierabend.

Der Wachhabende grüßte, Bremer trat auf den Bürgersteig, eine Straßenbahn ratterte vorbei, ein paar Autos fuhren in Richtung Bilk, so weit konnte er sich schon orientieren. Sein erster Tag als degradierter Leiter einer Mordkommission war zu Ende, und es hatte an nichts gefehlt. Ein Mord, eine Moko, das volle Programm. Und ein Vorgesetzter, dem er nicht über den Weg traute. Bremer war davon überzeugt, dass Mannstein gnadenlos seine Karriere verfolgte und nicht zulassen würde, von einem dahergelaufenen Saarländer aus der Bahn gestoßen zu werden. Corinna schien in Ordnung, sie machte gute Arbeit und mischte sich nicht in die Hahnenkämpfe ein. Von den anderen hatte er so gut wie nichts mitbekommen, außer dass sie engagiert bei der Sache waren. Mehr erwartete Bremer auch nicht, nicht bevor er ein oder zwei Jahre hier seinen Job gemacht hatte, ohne von irgendwelchen Stolperdrähten zu Fall gebracht worden zu sein.

Er zückte sein Handy, drückte »Saskia«, lauschte, aber ihr Handy war ausgeschaltet. Er seufzte, steckte das Gerät wieder ein, ging einen Schritt, blieb stehen, drehte sich um, schaute in den Himmel, der sich immer noch blau über die Stadt spannte, und entschloss sich, die Düsseldorfer Altstadt zu besichtigen und das Bier zu probieren, das angeblich das beste sein sollte, das man für Geld bekam. Wieder eine Gemeinsamkeit: Auch das saarländische war das beste Bier, das man kaufen konnte.

FÜNF

Niemand behelligte Tom. Er lieferte die Tasche mit dem Heroin ab, fragte nach Cochise, aber der Compadre, der den Stoff in Empfang nahm, winkte nur ab, sagte, dass man Tom bald wieder kontaktieren würde, und gab ihm zu verstehen, jetzt besser zu gehen.

Das ließ sich Tom nicht zweimal sagen. Die Compadres waren ihm unheimlich. Die waren anders als die Mafia. Irgendwie ernster. Verbissener. Die Jungs von der Russenmafia hatten ihn früher immer mal eingeladen, sie hatten zusammen gesoffen und gevögelt, aber die Motorradfreaks waren ein exklusiver Verein. Wer da reinwollte, musste erst mal ein paar Jahre den Deppen geben, bevor er als Vollmitglied akzeptiert wurde. Um überhaupt aufgenommen zu werden, musste man sich allerlei Demütigungen gefallen lassen, je nachdem: Hatte man Glück, musste man sich nur vollkommen besaufen und dann einen Strip hinlegen. Hatte man Pech, wurde es eklig: Schlammkriechen und Dreck fressen. Oder drei Tage altes Bier saufen. So ein Quark. Tom hatte keine Lust auf Vereinsmeierei, er wollte allein arbeiten, als Subunternehmer sozusagen. Über Cochise wusste er nicht viel, nur dass er keiner von den Motorradfreaks war. Es ging das Gerücht, dass er in Köln saß und Verbindungen zu den Turbanfuzzis hatte. Das würde erklären, warum er an so astreinen Stoff rankam. Aber warum dann Amsterdam? Egal, Hauptsache, Cochise blieb ihm treu, und danach sah es aus.

Tom fuhr zu seinem Vermieter, der sein Glück gar nicht fassen konnte, dass Tom nicht nur seine Rückstände bezahlte, sondern, um seinen guten Willen zu zeigen, sogar eine Miete im Voraus auf den Tisch legte. Sein Konto drückte er unter die viertausend, eine Front weniger.

Jetzt war ein Absacker angesagt. Tom fuhr zum Burgplatz, parkte seine Maschine neben einer Reihe aufgemotzter Harleys, setzte sich an einen Tisch beim »Schwan« und bestellte sich ein Alt. Der Köbes verstand sein Handwerk und war keine Minute später mit dem Glas zurück. Tom wartete noch einen Moment, beobachtete die Kohlensäurebläschen, die aufstiegen und sich mit dem feinen Schaum vereinten. Mit der Linken nahm er das Glas, prostete dem Himmel zu und leerte es in einem Zug. Die Wirkung setzte sofort ein. Er hatte den ganzen Tag so gut wie nichts gegessen, der Alkohol flutete sein Gehirn, angenehme weiche Watte breitete sich aus und verdrängte die Sorge, dass seine Pläne vielleicht doch nicht funktionieren könnten.

Schon stand das nächste Glas auf dem Tisch, Tom trank es halb leer und dachte amüsiert, ob es möglich war, beim Biertrinken positiv zu denken, also das Glas halb voll zu trinken. Der Gedanke belustigte ihn so sehr, dass er schallend zu lachen anfing und es ihm nur mit Mühe gelang, nicht in einen Lachkrampf zu verfallen. Erst als sein Blick auf vier Typen fiel, die aus der Bolkerstraße kamen und auf die Motorräder zuhielten, brach sein Lachen ab. Alle vier in Leder, anscheinend die Besitzer der Harleys. Aber einer von ihnen trug mehr als nur Leder. Er hatte eine Kutte an, und zwar eine ganz besondere: das Standeszeichen der Compadres.

Tom schluckte hart. Der hatte echt Nerven. Der Düsseldorfer Tree der Compadres war verboten, das Tragen der Kutte stand unter Strafe. Unauffällig schaute sich Tom um. Keine Bullen in Sicht. Schade. Das wäre spannend geworden. Die Bullen mussten dem Compadre die Kutte ausziehen, und das würde dem überhaupt nicht schmecken, um es vorsichtig auszudrücken. Für Rocker gab es zwei Tabus: ihre Maschine und ihre Kutte. Wer da ranwollte, lebte gefährlich. Das galt natürlich auch für ihre Bräute, aber da lag der Grund woanders. Maschine und Kutte, das war ihre Männlichkeit, die Bräute waren eher Besitz, um den sich die Jungs immer wieder mal balgten, vor allem wenn ein Clanfremder eine Braut beanspruchte. Tom korrigierte sich. Es gab *drei* Tabus: Maschine, Kutte, Besitz. Er kannte die goldene Regel im Umgang mit den Rockergangs: Nimm einem Compadre nichts weg, es sei denn, du bist stärker – aber stärker als alle Compadres zusammen. Die Regel galt auch für die Bullen. Neulich hatten sie einen SEK-Mann umgelegt. Aber das war eine schlechte Idee gewesen. Seitdem waren die Bullen nicht gut auf die Compadres zu sprechen und nahmen einen Laden nach dem anderen hoch. Immerhin hatte sich der Schütze gestellt, sicherlich nicht ganz freiwillig, und daraufhin hatte der Druck der Bullen wieder etwas nachgelassen.

Die Rocker waren noch zehn Meter von ihren Maschinen entfernt, als sie von einem Mann angesprochen wurden. Sie reagierten ruhig und freundlich, vielleicht fragte der Typ ja nur nach der Uhrzeit. Plötzlich veränderte sich die Stimmung. Die Gesichter der Rocker wurden zu Stein. Der Typ zeigte auf die Kutte, die vier schüttelten die Köpfe, lachten gemeinsam los. Nicht zu fassen! Was war das denn für ein Clown? Sah aus wie eine Bohnenstange, die gleich in der Mitte durchbricht, trug ein Leinenjackett wie ein Baumwollfarmer und legte sich mit vier Bulldozern an. Um dem Rocker die Kutte auszuziehen, brauchte man mindestens zwanzig Mann, schätzte Tom, vorausgesetzt, die drei anderen würden nur zuschauen.

Tom leerte sein Glas, setzte sich aufrecht hin. Endlich mal was los. Die Rocker hatten aufgehört zu lachen, der Kuttentyp fuchtelte der Bohnenstange mit dem Finger vor der Nase herum und erklärte ihm wahrscheinlich, wie der Hase hier lief. Bohnenstange wich keinen Millimeter, und bevor Tom darüber nachdenken konnte, wie es weitergehen würde, zückte Bohnenstange eine Plastikkarte, die mächtig Eindruck auf die vier Compadres machte. Wow, dachte Tom, ein Ziviler, ein Fahnder oder so was. Dem hatte er den Bullen nicht angesehen. Tom speicherte die Erkenntnis für die Zukunft. Man konnte nicht vorsichtig genug sein.

Die vier wichen einen Schritt zurück, als hätte der Fahnder ihnen mitgeteilt, dass er offene Tuberkulose hatte. Auf jeden Fall steckte der sein Kärtchen wieder ein, zückte sein Handy und forderte die Kavallerie an, da gab es für Tom nicht den geringsten Zweifel. Der Kuttenträger verschränkte die Arme vor der Brust, schwieg und schüttelte nur den Kopf. Tom schaute auf die Uhr. Nach dreieinhalb Minuten rollte ein Streifenwagen mit drei Beamten auf den Burgplatz.

Die Uniformierten stiegen aus, und bevor sie sich mit den Rockern beschäftigten, ließen sie sich den Ausweis des Fahnders zeigen. Es schien alles in Ordnung zu sein. Der älteste der Streife sprach den Kuttenmann an. Aber der schüttelte weiter den Kopf, als müsste er sich Schuppen vom Kopf wedeln.

Tom wettete mit sich selbst zehn zu eins, dass es richtig Ärger geben würde. Die Bullen konnten nicht ohne die Kutte abrücken, und die Compadres würden sie nicht hergeben. Eine zweite Streife rollte heran, und gleichzeitig sah Tom drei Jungs aus der Bolkerstraße kommen, die er vom Training her kannte. Gegen einen hatte er schon mal gewonnen, aber die andern beiden hatten ihn bis jetzt jedes Mal unsanft auf die Bretter geschickt. Sie trainierten Wing-Tsun, eine überaus wirksame Verteidigungs- und Angriffstechnik. Alle drei waren Türsteher, die ihren Kollegen von den Compadres zu Hilfe kamen.

Tom bezahlte, stand auf und manövrierte sich unauffällig in Richtung der Konferenz zur Vermeidung von Rockerabzeichen in der Altstadt. Wieder musste Tom über seinen eigenen Scherz schmunzeln. Als er in Hörweite war, blieb er stehen und tat so, als würde er den Schlossturm bewundern.

Der Kuttenträger war gerade am Zug, seine Stimme klang rau.

»Das könnt ihr definitiv vergessen. Meine Kutte geb ich nicht her. Nur über meine Leiche.«

Der Grünbulle versuchte, ihm seine Sicht klarzumachen.

»Aber wir können dich so nicht laufen lassen. Das geht gar nicht. Menschenskinder, du weißt doch, euer Tree ist hier verboten.«

»Ich bin aber nicht vom Düsseldorfer Tree, ich bin bei den Lipperanern. Und die sind nicht verboten.«

Der Bulle nahm sein Käppi ab und kratzte sich am Kopf. »Das Gesetz ist da aber eindeutig: Das Tragen von euren Abzeichen ist in Düsseldorf verboten.«

Eine Pause entstand, die Verhandlungen gingen nicht vorwärts und nicht rückwärts.

Der Fahnder mischte sich ein. »Also, wir können hier nicht bis morgen rumstehen. Ich sehe das mal so: Du kommst nach Düsseldorf und hast vergessen, die Zeitung zu lesen.«

Tom traute seinen Ohren nicht. Was sollte denn die Scheiße? Der Typ hatte echt Matsch im Kopf. So ein Vollpfosten.

»Na ja«, fuhr der Fahnder fort, »und wenn du die Zeitung nicht gelesen hast, könnte es sein, dass du nicht weißt, wie die Regeln hier sind, schließlich kommst du vom Land.«

Tom zog innerlich den Hut, obwohl er nur mit vorgehaltener Pistole so ein Ding auf den Kopf gesetzt hätte. Darauf lief es also hinaus. Bohnenstange war gar nicht so dumm. Er dachte an ein Lied seiner Lieblingsband. »Thick as a Brick« hieß es, auf Deutsch bedeutete das: dumm wie Bohnenstroh. Und wörtlich übersetzt:

dick wie ein Ziegelstein. Er schob sich näher an die Veranstaltung heran.

»Ein Vorschlag zur Güte: Du ziehst deine Kutte aus, packst sie in deine Satteltasche, und wenn du das nächste Mal hierherkommst, lässt du das Ding zu Hause.«

Kuttenmann zögerte, die Bohnenstange legte nach, griff sich an die rechte Seite, wo wahrscheinlich sein Colt steckte.

»Oder wir testen wirklich, wer hier heute als Leiche vom Platz geht.«

Der Grünbulle zuckte zusammen, aber das Gesicht des Kuttenmanns entspannte sich. Er hielt dem Fahnder die Hand hin. »Deal. Du gefällst mir.«

Der Fahnder ließ die Hand stehen, der Rocker kniff die Augen zusammen, zog seine Kutte aus, klemmte sie unter den Arm und ging ohne ein weiteres Wort los. Die Bullen ließen ihn und seine Kumpels anstandslos durch. Der Rocker packte die Kutte in die Satteltasche, startete seine Maschine und rollte in aller Ruhe vom Burgplatz. Eins musste man den Compadres lassen: Sie hielten, was sie versprachen. Wenn sie dir zusicherten, dich kaltzumachen, dann machten sie das auch. Wenn sie mit dir einen Deal eingingen, hielten sie sich an die Vereinbarung, als wäre alles von Gott persönlich besiegelt. Tom kannte zwei Compadres, die sonntags in die Kirche gingen und behaupteten, Jesus hätte gekifft oder zumindest regelmäßig Pilze eingeworfen.

Er wollte schon gehen, aber der Grüne stieß die Luft aus und schimpfte leise auf den Fahnder ein.

»Scheiße, Mann, sind Sie übergeschnappt? Allein gegen vier Compadres? Wo kommen Sie denn her?«

»Ich komme aus einer Gegend, wo verbotene Abzeichen beschlagnahmt werden, egal ob Rocker oder Nazi oder Linker, und die Täter ein Verfahren an den Hals kriegen.«

»Diese Gegend muss aber weit weg von jedweder Zivilisation liegen. Neulich hat es einen Kollegen vom SEK erwischt. Das hätte ins Auge gehen können, Herr Kriminalhauptkommissar Bremer.« Der Grüne sprach den Namen voller Verachtung aus, und dann geschah etwas, von dem Tom nie gewagt hätte, auch nur zu träumen. Der Grüne drehte den Kopf zur Seite und spuckte auf den Boden. Nicht direkt dem Fahnder vor die Füße, aber die Geste war unmissverständlich. Tom war gespannt, ob der Fahnder das schlucken oder ob er den Grünen fertigmachen würde. Tom hoffte das Letztere und wurde prompt belohnt.

»Name und Dienststelle.«

Mehr sagte der Fahnder nicht. Der Grüne wurde blass, seine Kollegen senkten verlegen ihre Blicke, die zweite Streifenbesatzung grüßte kurz und verzog sich aus der Schusslinie. Tom konnte sein Glück nicht fassen. Bullen, die sich gegenseitig an die Kehle gingen. Gab es etwas Schöneres?

»Wie bitte, was, sind Sie …?«

Der Fahnder unterbrach. »Noch ein falsches Wort, und Sie kriegen neben der Dienstaufsichtsbeschwerde noch ein Verfahren wegen Beleidigung an die Backe.«

»Hans Mekal. Polizeiinspektion Mitte.«

»Kollege Mekal!« Die Stimme des Fahnders erinnerte Tom an seinen Klassenlehrer auf der Hauptschule, den er zum Dank für sein Verständnis einmal anständig durchgeprügelt hatte. Der Typ war so verängstigt gewesen, dass er keine Anzeige erstattet hatte.

»Ich gehe davon aus«, fuhr der Fahnder fort, »dass Sie Ihren Dienst normalerweise anständig verrichten.«

Mekal schluckte nur, und Tom machte sich fast in die Hose vor Vergnügen. Mannomann, dieser Bremer war ein echt scharfer Hund. Den Namen musste er sich gut merken. Wenn man dem einen saftigen Knochen hinwarf, würde der losgehen wie ein Pitbull.

Mekal schluckte nur.

»Ich bin hier auf jeden Fall fertig. Wie steht es mit Ihnen? Noch Gesprächsbedarf?«

Mekal bekam mit Mühe ein Kopfschütteln hin.

»Dann wünsche ich noch einen angenehmen Dienst.«

Der Fahnder tippte sich mit Zeige- und Mittelfinger an den Kopf. »Kollegen«, er ließ das Wort einen Moment in der Luft hängen, »viel Spaß noch.« Er wandte sich zum Gehen, drehte sich dann aber noch mal um. »Und lest mal die Dienstanweisungen.«

Tom machte einen Schritt zur Seite, der Fahnder drehte sich in dieselbe Richtung, sie stießen aneinander, und noch bevor Tom etwas sagen konnte, entschuldigte sich der Fahnder und ging weiter.

Tom hatte nur kurz in seine grauen Augen geschaut, und was er da zu sehen geglaubt hatte, ließ ihn schaudern. Der hätte es wirklich darauf ankommen lassen. Der hätte die Machtprobe durchgezogen. Entweder er oder der Kuttenmann. Toms gute Laune war wie weggeblasen.

Er startete seine Maschine, fuhr aus der Stadt hinaus Richtung Bergisches Land. Was er jetzt brauchte, war ein anständiger Kick. Und danach ein anständiger Fick. Zum dritten Mal an diesem Tag schmunzelte er über seinen Sprachwitz, seine schlechte Laune verzog sich ein wenig. Den Kick würde er sich in den Kurven des Bergischen holen und den Fick in den Kurven der Exverlobten von David Schlebusch. Das war sie ihm schuldig dafür, dass er sie davor bewahrte, zur Spießerin zu werden.

***

Nachdem die Streife abgerauscht war, hatte Bremer fast einen jungen Mann umgerannt. Aus den Augenwinkeln hatte er ihn einoder zweimal wahrgenommen, aber ihm war nicht klar gewesen, dass er fast hinter ihm gestanden hatte. Was hatte er mitbekommen? Hatte er den Rockern den Rücken gedeckt? Vorsichtshalber hatte sich Bremer das Kennzeichen des Motorrads gemerkt, auf dem der junge Mann losgefahren war. Zwar hatte er nichts an sich, was Bremer mit den Compadres direkt in Verbindung bringen konnte, aber die Tatsache, dass er sich in Armreichweite zu ihm postiert hatte, war nicht zu übersehen gewesen. Die ganze Sache hatte Bremer mehr mitgenommen, als er sich hatte anmerken lassen. Er hatte nichts gegen Motorradfahrer und nichts gegen Rockerclubs, solange sie nicht kriminell wurden. Die Compadres Düsseldorf aber waren nachweislich kriminell geworden, eine ganze Latte Prozesse stand noch aus, sie hatten ihre Finger im Drogengeschäft und in der Zwangsprostitution. Er wusste, wie schwer solche Verbote durchzusetzen waren und dass sie letztlich nichts brachten, außer dass sich die Strukturen in den Untergrund oder auf andere Organisationen verlagerten.

Was Bremer maßlos aufregte, war die selbstgefällige Art, mit der dieser Rocker geglaubt hatte, über dem Gesetz zu stehen. Dass die Kollegen von der Streife augenscheinlich Angst vor diesen Gestalten hatten, konnte er nicht fassen. Was für Verhältnisse waren das hier in Düsseldorf? Wer hatte hier das Sagen? Er hatte gedacht, er würde in eine reiche, verschnarchte Stadt kommen, zumindest was Mafia, Mord und Totschlag anging. Weit gefehlt. Hier wehte ein ganz anderer Wind. Was ihn aber am meisten zwickte, war eine ganz andere Frage: Warum hatte er sich als Obersheriff aufgespielt? Es war noch mal gut gegangen, aber Bremer wusste, wie schnell so etwas eskalieren konnte, wie schnell Gewalt ausbrach, die dann nicht mehr zu kontrollieren war. Immerhin hatte er noch die Kurve gekriegt, den Konflikt entschärft und den Kollegen Mekal nicht allzu sehr vergattert. Aber ein schaler Geschmack war zurückgeblieben. Er musste sich am Riemen reißen.

Jetzt war es an der Zeit, das zu tun, wofür er in die Altstadt gekommen war. Er bog vom Burgplatz rechts ab, passierte das Rathaus und stieß auf einen Außenausschank nach seinem Geschmack. Uerige Altbier gab es da, die Beschriftung war nicht zu übersehen, die Kellner nahmen keine Bestellungen auf, sondern liefen mit gefüllten Tabletts umher und servierten mit nonchalanter Selbstverständlichkeit volle Gläser und räumten die leeren ab. Bremer stellte sich an einen runden Stehtisch, der nur halb besetzt war, und sofort stand ein Glas Bier vor ihm, und sein Deckel hatte einen Strich. Die Farbe des Getränks erinnerte ihn an zu helles Malzbier, das Glas war ein einfacher Zylinder, die Füllmenge von 0,2 Litern versprach einen kurzen Genuss. Er hob das Glas vor die Augen, das Bier leuchtete rötlichbraun, und ein würziger Duft stieg ihm in die Nase. Jetzt merkte er, wie durstig er war. Morgen musste er mehr trinken, aber kein Bier und keinen Kaffee, sondern Wasser.

Er prostete der Stadt zu, setzte an, trank das Glas aus und stellte es ab. Keine Frage, das war ein erstklassiges Bier, herb und frisch. Ein Kellner flog vorbei, und schon hatte Bremer ein frisches Glas vor sich. Das würde so weitergehen, bis er umfiel oder das Glas nicht austrank, das war ihm klar. Umfallen kam nicht in Frage, also nippte Bremer nur, und bevor das Glas leer war, bezahlte er und machte sich auf den Weg nach Hause. Die Akte Brunnenmeister gegen den Staat wartete, die Zeitungsartikel warteten.

Er ging zurück zum Burgplatz, die Altstadt brummte, mit jeder Stunde stieg der Alkoholpegel und damit das Potenzial für Ärger. Am Rande hatte er mitbekommen, dass die Stadt Maßnahmen prüfte, um die Altstadt wieder salonfähig zu machen, aber bis jetzt gab es kein schlüssiges Konzept. Nächtliche Alkoholexzesse und Randale waren an der Tagesordnung, organisierte Kriminalität mit Schutzgelderpressung und Zwangsprostitution ebenso. Nicht sein Problem.

Bremer nahm ein Taxi, das keine fünf Minuten zur Volmerswerther Straße brauchte, bezahlte, sperrte die Haustür auf und kam sich fremd vor. Das Haus, die Stadt, alles roch anders, das Licht warf andere Schatten, und das Leben schien sich schneller abzuspulen. Die Wohnung, in die er eintrat, war nicht sein Zuhause. Er hatte die letzten fünfzehn Jahre in seinem eigenen Haus gewohnt, in seinem Besitz und Eigentum, und keine fremden Geister waren dort herumgespukt, nur seine eigenen. Schnell verscheuchte er die trüben Gedanken, schob sie auf das Altbier, das anscheinend Melancholie verbreitete, und fuhr seinen Laptop hoch. Die elektronische Akte zum Fall Hubert Mintrop umfasste siebenhundertsechsundachtzig Seiten, zweihundertzwölf Asservate und siebenundvierzig Fotografien.

Das Inhaltsverzeichnis war dreißig Seiten stark, ebenso wie das Register, das Bremer als Erstes durchpflügte. Eine Stunde brauchte er, um die Zusammenfassung zu lesen, eine halbe, um die darin enthaltenen Verweise zu prüfen, fünf Minuten, um das entscheidende Gutachten zu lesen, und fünfzehn Minuten, um wieder einen klaren Kopf zu bekommen, nachdem er erkannt hatte, worauf er da gestoßen war. Das Herz schlug ihm bis zum Hals. Er suchte im Register die Urteilsbegründung, las sie durch, machte sich Notizen, las sie noch mal vom ersten bis zum letzten Wort und noch ein drittes Mal, fügte Notizen hinzu.

Wie so oft hatte er völlig die Zeit vergessen, es war bereits ein Uhr dreißig. Er machte sich einen Espresso, extrastark, schlürfte ihn mit halb geschlossenen Augen, setzte sich wieder an den Schreibtisch und betrachtete die Notizen. In seiner Krakelschrift, mehrfach unterstrichen, stand auf dem karierten Papier der Satz: »Welche Rolle spielte David Schlebuschs Aussage in dem Prozess?« Und: »Jörg Brunnenmeister hätte nie verurteilt werden dürfen.«

SECHS

Seit achtzehn Jahren gibt es keine Linderung für meinen Schmerz, der durch die Brust fährt wie ein Herzinfarkt, wenn die Türen auf ihren Schienen vorbeifliegen und mich einsperren. Morgenappell. Morgengymnastik. Hofgang. Arbeit. Mittagessen, Kantine. Arbeit. Nachmittag auf Zelle. Außengang. Zelle. Gemeinschaftsraum. Zelle. Abendessen. Zelle. Umschluss. Licht aus. Griffel raus, alle Mann zum Wichsen, bis auf die, die sich eine Pussy angelacht oder gekauft haben oder sich eine gemacht haben mit brutaler Gewalt. Sie haben es mit mir versucht, aber ich hatte Glück und gleich dem Ersten, der mir an den Arsch wollte, so in die Eier getreten, dass er nie wieder in den Vollzug zurückkehrte. Meine drei Zentner, davon ein großer Teil Muskeln, bewahrten mich vor Racheakten. Niemand hatte mich angeschissen, und niemand hatte Lust darauf, sich an mir die Wichsgriffel zu verbrennen. Und niemand wollte mein Freund sein, weil ich nach wie vor leugne, Hubert Mintrop erschossen zu haben. Das nehmen mir die Knackis genauso übel wie die Schließer, die mich seit Jahren nur noch den eingebildeten Häftling nennen. Vier Monate nach meiner Verurteilung versickerte der sowieso schon schmale Besucherstrom. Meine Frau hatte mir bereits den Laufpass gegeben, als ich in Untersuchungshaft gekommen war. All meine Beteuerungen hatten nichts geholfen. Einmal Verbrecher, immer Verbrecher.

Meine Mutter ist einfach gestorben, einen Monat nach meinem Haftantritt, mein Vater ist schon so lange tot, dass ich mich nicht mehr an sein Gesicht erinnern kann. Tante Mia hat mich noch eine Zeit lang besucht.

Ein heftiger Krampf im Bauch lässt mich in der Mitte einknicken wie ein Taschenmesser. Zum Glück bin ich schon zur Nachtruhe in meiner Zelle eingesperrt, niemand hat mich gesehen, sonst hätte man mich sofort auf die Krankenstation gebracht. Das ist das Schwierigste: die Schmerzen in den Griff bekommen, sie parken, bis niemand in der Nähe ist. Manchmal fühlt es sich an, als würde mein Magen platzen, ein dumpfer Schmerz, vernichtend wie eine riesige Glocke, die allein durch ihre Subfrequenzen einen Menschen töten kann, wenn er nur nahe genug neben ihr steht. Nachts ist es am schlimmsten. Meine Gesichtsfarbe wird immer grauer, niemand bringt es mit dem Blei in Verbindung, die Ärzte schieben es auf meinen Seelenzustand, und ich zeige mich so depressiv wie möglich, ohne dass sie mich jedoch auf Station legen. Sie würden mein Blut untersuchen oder meinen Stuhl und wüssten sofort Bescheid. Noch ein paar Tage brauche ich, dann nehme ich die letzte Dosis, die mich in ein Koma werfen wird, die meinen Nieren den Todesstoß versetzen wird, die meiner Leber das Licht ausblasen wird. Wenn ich Glück habe, falle ich einfach tot um. Der Gedanke ist tröstlich. Im schlechtesten Fall muss ich noch zwei oder drei Wochen auf Intensiv, aber dann ist der Spuk zu Ende, dann holt mich keiner mehr zurück, dann hat das Blei meinen Körper so zerstört, dass ich sterben *muss*. Ich habe es mit allem Möglichen versucht: Erhängen – der Gürtel war zu kurz gewesen. Pulsadern aufschneiden – die Klinge hatte nichts getaugt. Ein Fluchtversuch vom Hof aus, um auf der Flucht erschossen zu werden. Die Schließer haben nur gelacht und mich für eine Woche in den Bunker gesteckt. Ich habe anderen Knackis eine Belohnung versprochen, wenn sie mich umbrachten, aber die haben kopfschüttelnd abgelehnt. Mit einem Bekloppten macht man keine Geschäfte. Und dann sind mir diese Bücher in die Hände gefallen. Physik und Chemie für das Gymnasium. Darin stand exakt beschrieben, was bei einer Bleivergiftung geschieht und dass Selbstmörder es nicht nehmen würden, weil es zu lange dauert und zu viele Schmerzen verursacht. Aber alle Bauchkrämpfe sind nichts im Vergleich zu dem Schmerz, unschuldig hinter Gittern zu sitzen, getrennt von meinen Kindern, abgeschnitten von allem, was das Leben ausmacht. Ich habe für meine Verbrechen, die ich begangen habe, gebüßt und hatte mir geschworen, nie wieder etwas Unrechtes zu tun. Das ist der Lohn dafür. Hätte ich noch mal die Wahl, ich würde die erstbeste Bank knacken, an der ich vorbeikomme.

Heute Abend steht Skat auf dem Programm. Nach dem Abendessen werde ich zwei Knastbrüdern zugelost, mit denen ich noch nie gespielt habe. Beide erweisen sich als lausige Spieler, als absolute Nieten, die noch nie etwas davon gehört haben, dass man eine Zehn normalerweise erst ausspielt, wenn das Ass bereits gefallen ist. Ich quäle mich durch den Abend, leider sind die beiden schlau genug, nicht um Währung zu spielen. Punkt Viertel vor zehn heißt es Karten weg, aufstehen, ab in die Zellen, noch eine halbe Stunde Licht zum Lesen und dann Nachtruhe. Doch auch in dieser Nacht finde ich keinen Schlaf. Es sind immer wieder dieselben Bilder, immer dieselben Geräusche, die mich verfolgen, die ich nicht abstellen kann. Die Bank, in der ich kurz vorher nach einem Konto gefragt habe. Das Splittern von Holz, das Schreien meiner Kinder, als sie mich holen kommen. Meine Frau schafft es, mir noch eine Ohrfeige zu verpassen, bevor sie einer im schwarzen Kampfanzug wegzieht. Männer lachen. Handschellen schneiden in mein Fleisch. Ich weiß nicht, was sie von mir wollen, sie zerren mich in einen Raum, in dem drei Männer stehen, mit Tafeln in der Hand, auf der Zahlen stehen. Ich bekomme die Zahl Drei. Eine Gegenüberstellung, aber die Männer sehen mir überhaupt nicht ähnlich, ich bin einen Kopf größer und sechzig Kilo schwerer. Es dauert nur ein paar Minuten, dann betritt ein Kommissar den Raum wie ein Feldherr, er heißt Mannstein, ein junger Mann, ich habe ihn noch nie gesehen, und er schreit mir ins Gesicht, ich sei ein elender Mörder, der für immer im Gefängnis verrotten wird. Speichelfetzen fliegen in mein Gesicht, aber ich kann sie nicht wegwischen. Ein anderer zerrt Mannstein weg von mir, wischt mit einem Taschentuch den Sabber weg. Ich danke ihm, er schaut weg. Sie verhören mich. Stundenlang. Ich darf nicht raus, darf nicht telefonieren, erst als der Termin beim Haftrichter bevorsteht, lassen sie mich an ein Telefon. Das dürfen sie eigentlich nicht, aber es ist ihnen egal, und auf mich hört sowieso niemand. Ich rufe meine Mutter an. Sie will sofort einen Anwalt schicken, ich schwöre ihr, dass ich nichts getan habe, der Anwalt kommt nicht, meine Mutter ist pleite. Der Haftrichter fackelt nicht lange. Bei dem Vorstrafenregister. Und ein Bankangestellter hat mich erkannt. Das ist unmöglich. Ich verlange, den Mann zu sprechen, wieder lachen alle, auch der Staatsanwalt, der sagt, ich könne den Mann vor Gericht sehen, aber sprechen dürfe ich mit ihm auf keinen Fall. Ich bekomme einen Pflichtverteidiger, der mir rät zu gestehen, ansonsten würde ich lebenslänglich bekommen. Ich sage ihm, dass ich unschuldig bin, er sagt, das sei Bullshit, es gebe genug Beweise, ein Bild von der Überwachungskamera, ein Gutachter hat mit hundertprozentiger Sicherheit mich drauf erkennen können. Wissenschaftlich nicht zu widerlegen. Der Pflichtanwalt hat nicht viel Zeit, und ich habe kein Geld. Immerhin beantragt er einen Haftprüfungstermin, aber nichts geschieht. Der Prozess rollt über mich hinweg wie eine Dampfwalze, mir gegenüber sitzt die Frau des erschossenen Filialleiters, ich kann ihr ohne Mühe in die Augen schauen, der Richter beschimpft mich dafür als eiskalten Killer, der keine Gefühle hat, sich noch nicht einmal bei der Frau des Opfers entschuldigt. Mein Anwalt erzählt irgendetwas von meiner Kindheit, die war beschissen, klar, aber deswegen hab ich keine Bank ausgeräumt. Es war Bequemlichkeit. Ich hatte keine Lust, jeden Tag in irgendeinem Hasenstall Schrauben zu zählen, ich wollte ein dickes Auto und die beste Ausbildung für meine Kinder. Für den Job Bankräuber war ich bestens geeignet. Angst kannte ich nicht, Gewalt brauchte ich nicht. Rein in die Bank, Schreckschusswaffe, Geld nehmen, abhauen. Manchmal bin ich ohne Geld weg, wenn die Leute hinter dem Schalter sich nicht mehr bewegen konnten vor Schreck. Ich habe in meinem ganzen Leben keine scharfe Waffe angefasst. Aber das hat niemanden interessiert. Auch nicht, dass die Tatwaffe nie gefunden worden ist. Man macht mit mir kurzen Prozess. Die drei Richter und zwei Schöffen brauchen keine Stunde für ihre Beratung. Einstimmig. Der Richter erzählt mir eine Stunde lang, was für ein verderbter Mensch ich sei und dass ich froh sein könne, dass es in Deutschland möglich sei, mit lebenslänglich doch irgendwann wieder auf freien Fuß zu kommen. Allerdings habe er in seiner Laufbahn noch keinen erlebt, der so hartnäckig seine Tat leugnet, obwohl er es eindeutig getan habe. Eine Familie habe ich zerstört, Menschen in Furcht und Schrecken versetzt, und das alles nur, weil ich ein gieriger, skrupelloser, gefühlloser, er wiederholte das Wort mehrfach während des Prozesses, unbelehrbarer und unverbesserlicher Verbrecher sei. Ich sehe, wie einer der anderen Richter ihm irgendwann eine Hand auf den Arm legt, er stutzt und kommt endlich zum Ende. Ich bin gelähmt. Lebenslänglich. Meine Lähmung verschwindet. »Ich bin unschuldig«, rufe ich. »Das könnt ihr nicht machen!«, schreie ich. Der Richter schweigt, sein Gesicht zeigt nichts als Abscheu, er macht eine Handbewegung, lässt mich abführen. Ich versuche mich zu wehren, das kann doch nicht sein, ich habe nichts getan, ich lebe doch in Deutschland, in einem Rechtsstaat, in dubio pro reo, so muss es doch sein. Die Schließer biegen mir die Arme nach hinten, aber der Schmerz kommt nicht bis in mein Bewusstsein. Tot, ich bin tot. Der Staat hat einen Unschuldigen getötet.

SIEBEN

Bremer hatte Mühe, dem Vortrag von Corinna Althoff zu folgen. Seit gut einer halben Stunde referierte sie über die aktuelle Spurenlage, über die Ergebnisse der Vernehmungen von Schlebuschs Kunden. Sie erzählte gekonnt und mit angenehmer Stimme über schlicht und ergreifend – nichts. Es sah ganz so aus, als würde der Fall zu einem Dauerläufer, im schlimmsten Fall zu einem Rohrkrepierer. Nicht eine Sekunde hatte er geschlafen, dem ersten Espresso waren weitere gefolgt, Bremer wusste nicht mehr, wie viele; irgendwann war das Kaffeepulver ausgegangen. Am liebsten wäre er aufgestanden und hätte der Moko die Akten des Gerichtsverfahrens gegen Jörg Brunnenmeister um die Ohren geschlagen. Aber er konnte sich beherrschen, denn er hatte das Gefühl, dass hier im KK11 irgendetwas gewaltig stank.

Mit einer Dusche, abwechselnd heiß und kalt, hatte er sich halbwegs wieder in Form gebracht, aber der Schlafmangel machte ihm zu schaffen. Vor fünfzehn Jahren hätte er das locker weggesteckt, aber inzwischen merkte er die Jahre, die er auf dem Buckel hatte.

Corinna kam zum Ende und schaute Bremer fragend an. Was hatte er verpasst? Er setzte ein hoffentlich gewinnendes Lächeln auf und sagte: »Entschuldige ... ähm ... dein letzter Satz?«

Er kam sich genauso blöd vor wie das Gesicht, das Corinna machte.

»Ob du noch Fragen hast? Und was deine Recherchen ergeben haben?«

Autsch. Was jetzt? Nur unter Folter würde er hier ausposaunen, was er letzte Nacht entdeckt hatte. Mannstein hätte ihn in der Luft zerrissen, wenn er auch nur angedeutet hätte, dass das etwas mit dem Mord an Schlebusch zu tun haben könnte. Bremer flüchtete sich in eine Ausrede.

»Nichts von Bedeutung«, sagte Bremer und räusperte sich.

Corinna war damit zufrieden und übergab an Mannstein. Der hatte Neuigkeiten, wenn auch keine guten.

»Also, Leute, die Sache scheint sich zu ziehen. Vierundzwanzig Stunden sind um, das Nahfeld abgegrast, keine Anhaltspunkte. Wir werden die Moko wieder verkleinern. Die Dienststellenleiter sitzen mir im Nacken, ihr wisst ja, wie das ist. Corinna hat die Liste. Vielen Dank für euren Einsatz. Glaubt mir, ich würde euch gerne hierbehalten, ihr seid eine echt gute Crew.«

Die Enttäuschung stand den Kolleginnen und Kollegen ins Gesicht geschrieben. Einige senkten den Kopf; sie wussten, dass sie zurückmussten zu langweiligen Routinefällen, Einbrüchen, Autodiebstahl, Körperverletzungen, alles Fälle, die eine Bugwelle Papier vor sich herschoben und bis auf die Namen der Beteiligten immer das Gleiche waren: langweilig bis zum Erbrechen.

Mannstein bat Bremer in sein Büro und reichte ihm einen Stapel dünner Akten.

»Ein paar ungeklärte Todesfälle. Muss so schnell wie möglich erledigt werden. Schieb es irgendwie dazwischen. Die Angehörigen werden nervös, weil wir die Leichen nicht freigeben. Übrigens. Du siehst richtig scheiße aus. Hast du zu viel Uerige getankt?«

Bremers Gehirn funktionierte heute langsam, aber nicht so langsam, dass ihm Mannsteins Insiderwissen entging.

»Uerige?«, fragte er. »Woher willst du wissen, dass ich Uerige getrunken habe und nicht Frankenheimer oder Füchschen oder Bitburger? Das kriegt man nämlich auch in der Altstadt.«

Mannstein hustete. »Im Uerige bleibt jeder Neuling hängen. Warum solltest du da eine Ausnahme machen?«

»Weil ich nicht jeder bin. Spionierst du mir nach?«

Mannstein lachte kurz auf. »Holla, du bist aber ganz schön angepisst.«

»Oder hat dir der Flurfunk was gezwitschert?«

Bremer ließ seinen Chef nicht aus den Augen. Mannstein verzog die Lippen.

»Gibt's denn was zu zwitschern?«

»Nicht dass ich wüsste.«

Mannstein nahm eine Akte auf und begann zu blättern. »Dann ist es ja gut.«

Bremer stand auf, drehte sich um und verließ Mannsteins Büro ohne Kommentar. Ließ Mannstein ihn überwachen? Es sah ganz danach aus. Oder wurde er jetzt endgültig paranoid? Wie auch immer. Solange er es nicht wusste, war es gut, dass er seine Erkenntnisse über den Fall Mintrop für sich behalten hatte, denn er konnte nicht absehen, ob der Mord an Schlebusch etwas damit zu tun hatte. Am Schicksal von Brunnenmeister konnte er sowieso nichts ändern. Alle eingelegten Rechtsmittel waren verworfen worden, ohne neue stichhaltige Beweise würde kein deutsches Gericht den Fall wieder aufrollen. Das war die dunkle Seite des Rechtsstaates. Wobei Bremer nicht einmal von Brunnenmeisters Unschuld überzeugt war. Die Indizien waren erdrückend. Aber das Verfahren war an einer bestimmten Stelle aus dem Ruder gelaufen, und niemand war eingeschritten. Es schien, als hätten alle Beteiligten ihren gesunden Menschenverstand verloren. Selbst der Verteidiger hatte nicht reagiert.

Bremer schlurfte in sein Büro, ließ sich hinter den Schreibtisch fallen und sortierte die Akten nach Dringlichkeit. Ein Fall lag bereits zwei Wochen zurück, Bremer schüttelte den Kopf und öffnete die Akte. Ein Dreiundsiebzigjähriger war tot in seinem Bett aufgefunden worden. Der Hausarzt hatte einen natürlichen Tod festgestellt, aber bei der Waschung der Leiche waren den Bestattern auf dem Rücken frische Striemen aufgefallen. Sie hatten die Polizei benachrichtigt, und die Staatsanwaltschaft hatte eine Obduktion verfügt, die aber noch nicht durchgeführt worden war. Bremer stöhnte, rief den zuständigen Staatsanwalt an, der aus allen Wolken fiel und jeden Eid schwor, sich sofort darum zu kümmern und Bremer innerhalb der nächsten vierundzwanzig Stunden den Obduktionsbericht zukommen zu lassen.

Die nächsten sechs Fälle konnte Bremer ebenfalls vom Schreibtisch aus regeln. Einmal fehlte eine Unterschrift, einmal fehlte ein Bericht. Viermal musste Bremer als stellvertretender Leiter nur unterschreiben, damit die Akte an die Staatsanwaltschaft gehen konnte. Um halb eins klopfte es an der Tür, und Corinna steckte den Kopf herein.

»Wie wäre es mit einer Pause? Hast du Hunger?«

Bremer ließ sich nicht lange bitten. Sie gingen in die Kantine, die direkt neben dem Haupteingang rechts lag. Sie nahmen sich Salat, Bremer eine große Flasche Wasser dazu, und setzten sich an den Tisch, an dem ein Teil der Moko Arcaden Platz genommen hatte. Inzwischen konnte Bremer die Gesichter mit Namen und Funktionen verbinden. Er wünschte guten Appetit, stocherte in seinem Salat herum, brachte aber nichts hinunter. Schweigen breitete sich aus. Nach einer Weile befand Bremer, dass es an der Zeit sei, das Eis ein wenig zu brechen.

»Seid ihr auch der Meinung, dass der Fall Schlebusch verfahren ist? Dass die Moko schon am zweiten Tag quasi eingestellt werden muss?«

Der kleine Italiener mit dem klingenden Namen Giorgio Cantabile meldete sich mit einem Akzent zu Wort, der überall hinpasste, nur nicht nach Bella Italia, das fiel Bremer jetzt auf. »Die Moko ist nicht eingestellt. Wir machen ja weiter.«

»Ich habe heute Altlasten bearbeitet«, sagte Bremer und war auf die Reaktionen gespannt.

»Aha«, sagte Manfred Weisenbach, der Wirtschaftsspezialist.

»Soso«, sagte Olga Weber, »das muss ja auch sein, das ist halt dein Job als stellvertretender Leiter«, fügte sie hinzu, und Bremer fragte sich, ob es ein Zeichen des Schicksals war, dass diese Frau mit Nachnamen ebenso hieß wie sein ehemaliger Stellvertreter und Freund Fred Weber. Wobei das »ehemalig« durchaus auch für ihre Freundschaft gelten konnte, denn Fred schmollte beharrlich, seit Bremer ihm seine Umzugspläne mitgeteilt hatte. Sie hatten seitdem kein Wort miteinander gewechselt. Genauso war es ihm mit Sascha Bellorz, dem Oberstaatsanwalt, gegangen. Dafür hatte er mit Reiner Zettler wieder Kontakt, ein paar Jahre nachdem der ihn schmählich verraten und in Lebensgefahr gebracht hatte.

»Mieser Job«, stellte Heiner Korspeter fest und grinste breit.

Corinna sagte gar nichts.

Bremer legte Gabel und Messer auf die Serviette und faltete die Hände. »Wovor habt ihr Angst? Dass ich bei Mannstein petze?« Er fixierte einen nach dem anderen und stellte fest, dass er ins Schwarze getroffen hatte. »Wenn ihr zu Mannstein kein Vertrauen habt, ist das ein Problem. Woran hängt es denn?«

Die fünf starrten ihn an, als hätte er von ihnen verlangt, sich auszuziehen und schmutzige Lieder zu singen.

Corinna erbarmte sich. »Heute ist dein zweiter Tag. Wir kennen *dich* überhaupt nicht. Das heißt, ein wenig schon, wenn man dem Flurfunk glauben darf.«

»Und?« Bremer wunderte sich nicht wirklich.

Corinna schürzte die Lippen. »Du hast dich auf dem Burgplatz mit vier Compadres angelegt.« Sie spießte ein Salatblatt mit der Gabel auf.

»Und? Was dann?«

Corinna kaute und sprach dabei weiter. »Er hat seine Kutte ausgezogen und ist abgerauscht. Gratuliere.«

Bremer spürte Wut aufsteigen. »Genau so ist es. Und ehrlich gesagt, nachdem ich eine Nacht darüber geschlafen habe«, er musste kurz grinsen, weil er ja gar nicht geschlafen hatte, »werde ich beim nächsten Mal nicht den Schwanz einkneifen. Ich habe einen Straftäter laufen lassen.«

»Damit hast du Schlimmeres verhindert«, sagte Korspeter.

Bremer atmete zweimal tief durch. »Damit habe ich Schlimmes angerichtet. Wir machen uns lächerlich, wenn wir der Gewalt nachgeben. Ich verlange von keinem normalen Bürger auf der Straße, dass er sich mit denen anlegt, aber ich muss und ich will es.«

»Tapfer, tapfer.« Korspeter zog verächtlich eine Augenbraue nach oben. »Viel Feind, viel Ehr, oder was? Was willst du uns beweisen? Dass es im wilden Südwesten noch ganze Männer gibt und dass die Rheinländer Tussen sind?«

Bremer sprang auf, sein Stuhl kippte krachend nach hinten, schlagartig war es mucksmäuschenstill in der Kantine.

»Das könnt ihr gerne haben. Falls ihr es vergessen haben solltet: Ich bin euer Vorgesetzter. Und das heißt: Ich werde eure Arbeit kontrollieren, und wenn ich den geringsten Fehler finde oder irgendeine Schlamperei, dann geht es euch schlecht. Ich werde euch zeigen, wie der Wind im wilden Südwesten weht.«

Korspeter war leichenblass geworden, Corinna pickte in ihrem Salat herum, Weisenbach, Weber und Cantabile stand der Mund offen.

Bremer hätte am liebsten auf den Tisch gekotzt. Verdammt noch mal, was war das denn für ein Sauhaufen?

Bevor er seinen Salat in die dummen Gesichter klatschen konnte, riss er den Stuhl vom Boden, griff sein Jackett und stampfte zurück in sein Büro.

Den Rest des Nachmittags wälzte er die Akten, niemand ließ sich blicken, niemand rief an, was für ein Wunder. Punkt sechzehn Uhr dreißig fuhr er seinen Rechner runter und verließ ohne ein Wort das Präsidium.

Immer noch wütend, lief er die Lorettostraße entlang Richtung Bilk, setzte sich ins Eiscafé »Gelatissimo«, bestellte ein extragroßes Spaghettieis, schlang es hinunter und fühlte sich danach nicht besser. Er kramte sein Handy aus der Tasche, es rutschte ihm aus der Hand, aber seine Reflexe funktionierten noch einwandfrei. Seine Linke schnellte vor und fing das Gerät auf. Wenn Saskia ihr Handy immer noch ausgeschaltet hatte, würde er ihr eine böse Mail schreiben, das stand fest. Das Telefon wählte, zweimal ertönte das Tuten und dann die Ansage, dass die Teilnehmerin nicht erreichbar sei.

Sein Magen meldete sich mit einem bedrohlichen Rumoren, sein Lid zuckte wieder unkontrolliert. Bremer stöhnte und verfluchte sich selbst für die Dummheit, ein Pfund Eis auf nüchternen Magen zu verschlingen, da hätte er genauso gut eine Zigarre rauchen können oder ein Wasserglas Absinth kippen. Warum war er beim Mittagessen so ausgerastet? Dieser Korspeter hatte ihn ein wenig geneckt, das war alles. Er kannte sich selbst nicht mehr. Warum war er immer noch wütend wie ein angeschossener Tiger?

Sein Magen antwortete mit einem Geräusch, das an das Donnergrollen eines entfernten Gewitters erinnerte. Er orderte einen frischen Pfefferminztee, seine Verdauung belohnte die Entscheidung mit einem vorläufigen Waffenstillstand. Ich verliere meine Objektivität und meine Konsequenz, überlegte Bremer. Das kann so nicht weitergehen. Ich muss mich bei den Leuten entschuldigen und den Ball flach halten. Und ich brauche Verstärkung. Der nächste Schritt war klar. Er musste die Akte Mintrop/Brunnenmeister von einem vertrauenswürdigen Staatsanwalt prüfen lassen. Wenn auch nur die geringste Möglichkeit bestand, dass der Fall doch etwas mit dem Fall Schlebusch zu tun hatte, musste er es herausfinden, und wenn da nichts war, würde er die Akte schließen und mit Yoga anfangen, damit er nicht ständig ausrastete. Aber er kannte nur einen Staatsanwalt, dem er vertraute, und mit dem hatte er sich ebenfalls verkracht. Bremer zögerte dennoch nicht, wählte die Nummer von Sascha Bellorz und, oh Wunder, er hatte ihn sofort an der Strippe.

»Ich habe deine Nummer gesehen und bin trotzdem drangegangen. Damit ich dir noch mal sagen kann, dass du ein Verräter und Drückeberger bist.«

Bevor Bremer auch nur ein Wort sagen konnte, hatte Sascha aufgelegt. Bremer drückte die Wahlwiederholung, Sascha hob ab.

»Gibt es noch irgendetwas?«

»Ich brauche deine Hilfe, Sascha.«

»Den zweiten Tag im Dienst, und schon ist die Kacke am Dampfen? Ich muss zugeben, ich hatte dir zwei Wochen gegeben, bevor du angekrochen kommst.«

»Herrgottsakramentnochmal, Sascha, warum bist du so sauer?«

Einen langen Moment blieb die Leitung tot.

»Weil ich dachte, du wärest so etwas wie …«

»Ein Freund?« Bremer fehlten die Worte. Sascha Bellorz, der gefürchtete Oberstaatsanwalt, die Geißel von Saarbrücken, wurde sentimental, sprach von Freundschaft. Kein Zweifel, die Welt geriet aus den Fugen.

»Ein Vertrauter. Das trifft es besser.«

Bremer sah Hoffnung für die Welt. »Ich weiß nicht, was ich sagen soll«, sagte er und meinte es auch so.

»Ach, vergiss es.«

»Sascha, komm mich doch einfach mal besuchen, dann machen wir die Altstadt unsicher, was sagst du?«

Saschas Stimme hatte ihre Schärfe verloren. »Mal sehen, wenn ich Zeit habe, also irgendwann gegen Ende dieses Jahrtausends. Wo brennt es?«

Bremer erklärte Sascha den Fall und sein Problem mit der Düsseldorfer Polizei, vor allem mit Mannstein. Bremer gab ihm das Aktenzeichen durch, Sascha versprach, sich zu melden, sobald er sich einen Überblick verschafft hatte, und verabschiedete sich.

Bremer bezahlte, stellte fest, dass es bereits sieben Uhr war, Zeit zu duschen, ein wenig Gymnastik zu machen und dann ins Bett zu gehen. Ein guter Plan, den er sofort in die Tat umsetzte.

ACHT

Irgendwelche Polizei-Heinzelmännchen schienen zu glauben, er sei eine Ermittlungsmaschine, stellte Bremer fest, als er sich an seinen Schreibtisch setzte. Er begutachtete den Aktenstapel, der über Nacht um mindestens das Doppelte gewachsen war, und nahm die oberste herunter. Sein Telefon klingelte. Mannstein. Ein Satz, kurz und hart: »In mein Büro, sofort.«

Bremer sammelte sich und begab sich in das Büro seines Chefs, der ohne Umschweife loslegte:

»Es gibt keine Entschuldigung für dein Verhalten in der Kantine. Bist du übergeschnappt?« Mannstein ballte die Fäuste. »Ich bin hier der Chef. Wenn hier einer irgendetwas kontrolliert, dann ich oder einer meiner Leute, denen ich den Auftrag dazu gebe. Du bist nicht objektiv. Du bist nicht kollegial. Du drohst mit Disziplinarmaßnahmen, um Leute gefügig zu machen, die es wagen, Kritik an deinem Verhalten zu äußern. Ich ziehe dich vom Fall Schlebusch ab. Ab sofort macht Korspeter meine Vertretung. Und wenn dir das nicht passt, kannst du dich ja beschweren. Ich hatte dich gewarnt, aber du wolltest ja nicht hören. Also musst du spüren.«

Bremer wartete auf seinen Wutausbruch, aber der blieb aus, leider hatte Mannstein recht. Er lächelte ihn an.

»Du musst ja geradezu glücklich sein, dass ich mich danebenbenommen habe. Das löst ein paar Probleme gleichzeitig, nicht wahr?«

»Am besten gehst du jetzt an deine Arbeit.« Mannstein zeigte auf die Tür, sein Schnurrbart vibrierte.

»Alles klar, Chef«, sagte Bremer, »ich werde mich bei den Kollegen entschuldigen. Aber wenn ich noch mal einen Compadre mit Kutte in meinem Revier treffe, ziehe ich ihm das Ding persönlich aus, da macht keiner was dran.« Bremer verließ Mannsteins Büro, die Tür blieb offen, sollte er sie doch selbst zumachen.

Er begann die Runde bei Korspeter, der erbleichte, als er auf ihn zuhielt. Bremer hielt ihm die Hand entgegen. »Kollege, ich muss mich bei dir entschuldigen. Meine Reaktion gestern war unter aller Sau. Wird nicht wieder vorkommen.« Ich mag dich trotzdem nicht, dachte Bremer, aber das stand auf einem anderen Blatt.

Korspeter wartete noch einen Moment, erwartete wohl eine Kehrtwendung. Als Bremer seine Hand nicht zurückzog, schlug er ein und murmelte, das könne jedem mal passieren.

Bremer zog weiter, wiederholte seinen Bußgang bei Weber, Cantabile und Weisenbach.

Corinna saß im Nebenraum am Computer und schreckte auf, als er sie ansprach.

»Es tut mir leid, dass ich mich gestern so danebenbenommen habe.«

Auch Corinna nahm Bremers Hand, aber sie murmelte keine Floskel, sondern zeigte auf einen Stuhl. Bremer setzte sich, Corinna schloss die Tür.

»Deine Entschuldigung ist angekommen. Aber glaub ja nicht, dass die Sache damit aus der Welt ist.«

»Und das heißt?«

Corinna hob die Augenbrauen.

»Du willst Führungskraft sein, und rastest bei der ersten Kleinigkeit dermaßen aus, dass du sämtliche Vorschusslorbeeren auf einen Schlag verspielst.«

Bremer spürte die Kraft dieser Frau, ihren Mut und ihre Klarheit. Das tat gut, denn er hatte in den letzten Tagen vor allem mit seinen widerstrebenden Gefühlen gekämpft.

»Warum hast du keine Angst vor mir, Corinna?«

»Weil du so laut bellst, dass du nicht beißen kannst. Weil du so leicht durchschaubar bist wie ein Wackelpudding. Und weil Mannstein hier der Boss ist. Er ist manchmal schwierig, aber er ist fair. Er schmeißt seit fast zwanzig Jahren den Laden, ist so was wie der inoffizielle Leiter des KK11, falls du das noch nicht bemerkt haben solltest.« Sie schwieg einen Moment. Bremer erkannte türkisfarbene Sprengsel in ihren ansonsten braunen Augen. »Du solltest deine privaten Probleme nicht mit auf die Arbeit schleppen.«

Damit beendete sie ihre Predigt.

»Danke«, sagte Bremer.

»Immer gerne«, antwortete Corinna und wandte sich wieder ihrem Bildschirm zu.

Bremer kehrte an seinen Arbeitsplatz zurück, googelte nach posttraumatischer Belastungsstörung und fand einen Eintrag, las Dinge, die er eigentlich schon wusste. So ist das also, dachte er und musste sich eingestehen, dass er auch nur ein Mensch aus Fleisch und Blut war, eine Erkenntnis, die ihm absolut nicht passte.

NEUN

Eine Maschinengewehrsalve krachte durch Toms Schlafzimmer. Er schreckte hoch, schaute sich um, aber niemand zielte auf ihn. Eine zweite Salve krachte, lauter als die erste. Tom stöhnte, krabbelte auf allen vieren von seinem nagelneuen Futon, wühlte in einem Berg Klamotten, fischte sein Handy aus der Hosentasche, drückte den grünen Knopf, bevor die nächste Salve losging.

»Ja?«, sagte Tom, und es hörte sich für ihn an, als spräche ein alter Mann.

»Cochise braucht dich. In einer halben Stunde.«

Schlagartig war er hellwach. »Wo?«

»In der Zentrale.« Die Verbindung wurde unterbrochen.

Toms Herz schlug ihm bis zum Hals. Das war ein echt gutes Zeichen. Der nächste Job. Fett Kohle. Vielleicht eine Beförderung?

Er sprang unter die Dusche, dachte an den Quickie mit Silvia, die er im »3001« am Hafen kennengelernt hatte, weil Tina ihn nur beschimpft hatte, was er eigentlich glaube, sie wäre in Trauer und er wohl vollkommen hirnlos, wenn er glauben würde, sie hätte nichts Besseres zu tun, als einen triebgestörten Windhund zu befriedigen. Er nahm sich vor, Silvia heute noch mal zu besuchen. Sie war eine echt scharfe Braut und kam schneller, als man gucken konnte, wenn man an der richtigen Stelle rieb. Tina hatte den Nagel auf den Kopf getroffen: Er war ein triebgestörter Windhund und dazu ein taktloser Hornochse, also würde er ihr Zeit lassen. Als kleine Entschuldigung hatte er ihr per Fleurop einen Riesenblumenstrauß schicken lassen.

Der Compadre, der Tom einließ, war derselbe, der am Vortag die Lieferung entgegengenommen hatte. Seine Miene war genauso missmutig, sein Bauch genauso gewaltig und sein Mundgeruch genauso widerlich. Tom lächelte ihn an, aber jegliche Freundlichkeit versickerte in der aufgedunsenen Visage des Rockers.

»Hier lang« war alles, was der Typ von sich gab, und Tom war es egal. Die Zentrale lag in einer Industriebrache, die Compadres hatten einen ganzen Komplex aufgekauft. Eine Disco gab es, ein Restaurant, eine Kneipe, das Clubhaus, eine Kampfsportschule und eine Motorradwerkstatt für Mitglieder. Alles angemeldet, alles sauber, alles korrekt versteuert. Man munkelte, dass es Compadres gab, die nicht in krumme Geschäfte verwickelt waren. Tom wusste, dass nichts unmöglich war.

Sie durchquerten einen Flur, stiegen eine Treppe hinunter, die aus blankem Beton bestand, gingen wieder durch einen kahlen Flur, dessen Wände ebenfalls aus Beton bestanden. Tom konnte die Holzmaserung der Schalungsbretter erkennen, die sich in den Zement gedrückt hatte.

Vor einer schweren Metalltür, die Tom an einen Luftschutzbunker erinnerte, blieb der Compadre stehen, deutete mit dem Zeigefinger auf einen Punkt vor der Tür und verzog sich. Tom blieb stehen und wartete. Nach fünf Minuten fragte er sich, ob der Typ vergessen hatte, Bescheid zu sagen, dass er da war. Nach einer halben Stunde verlegte er sich darauf, dass Cochise testen wollte, wie viel Geduld er hatte. Nach einer Stunde beschloss Tom, so lange zu warten, wie es nötig war. Er war in der Lage, sich in seiner Phantasie überallhin zu begeben, wohin er wollte. Im Moment lag er an einem Strand, schlürfte einen Cocktail und ließ sich die Sonne auf den Bauch scheinen.

Ein Geräusch von schabendem Metall katapultierte ihn zurück in die Realität. Ein Riegel der Tür klappte nach oben, die Tür schwang in Toms Richtung auf, er trat einen Schritt zurück. Grelles Licht quoll in den schlecht beleuchteten Gang, zwei Compadres kamen durch die Tür und zeigten, ebenso wortkarg wie ihr Kollege, in den Raum hinter der Tür. Tom trat ein, beschattete die Augen gegen das blendende Licht und erkannte einen Tisch in der Mitte des Raumes, der mindestens vierzig Quadratmeter maß. Das Licht wurde dunkler, Tom nahm die Hand vom Gesicht. An dem Tisch saßen drei Compadres und lächelten ihn entwaffnend an. Der in der Mitte war um die fünfzig und im Gegensatz zu den beiden, die ihn flankierten, glatt rasiert. Ohne Kutte, dafür mit Anzug hätte er genauso gut Anwalt sein können oder Banker oder Steuerberater, dachte Tom. Vielleicht war er auch genau das.

Der Glattrasierte erhob sich von seinem Lederchefsessel, hielt Tom die Hand hin. Tom schlug kräftig ein.

»Schön, dass du Zeit hattest zu kommen«, sagte der Compadre und deutete auf einen einfachen Rohrstuhl vor dem Tisch. Tom setzte sich, der Stuhl quietschte.

»Ich bin Hanno«, sagte der Anwalt- oder Banker- oder Steuerberater-Compadre. »Entschuldige bitte, dass du warten musstest, aber mit den beiden, die vor dir hier waren, hatten wir ein Hühnchen zu rupfen.«

Hanno wartete einen Moment, die drei lächelten weiter, und Tom war sich im Klaren, dass sie auch dann noch lächeln würden, wenn sie ihm den Kopf abrissen, was heute mit Sicherheit nicht passieren würde.

»Weißt du, warum?«

Tom deutete die Frage als Aufforderung, etwas zu sagen.

»Nein. Sollte ich?«

Hanno zog die Luft scharf ein. »Ach so. Du kennst die Regeln noch nicht. Wenn du hier bist, redest du nur, wenn wir dich ausdrücklich dazu auffordern. Klar?«

Tom nickte.

Hanno lächelte. »Schlaues Kerlchen«, sagte er, und Tom lief es eiskalt über den Rücken.

»Du hast einen astreinen Job abgeliefert. Selbst die Käsekopfbullen haben dich nicht aus der Ruhe gebracht.«

Tom musste sich anstrengen, nicht aus der Fassung zu geraten und einfach wegzurennen. Er dachte an Silvia, aber ihr Gesicht verblasste, und stattdessen stand Tinas Lächeln vor seinen Augen. Das beruhigte ihn.

»Alle Achtung. Solche Leute wie dich brauchen wir. Wie siehst du das?«

Tom schwieg. Hanno lächelte breiter.

»Sehr gut. Sehr, sehr gut. Du darfst jetzt sprechen.«

»Danke für das Kompliment. Ich glaube, ich bin hier genau richtig.«

»Das sieht Cochise auch so. Und nur deswegen wirst du bei uns die Treppe rauffallen. Normalerweise müsstest du erst mal ein paar Jahre beweisen, dass du unser Vertrauen wirklich verdient hast. Deswegen ein guter Tipp: Mach keine Fehler. Du bist kein Compadre. Wenn dich Cochise fallen lässt, dann fällst du tief, nämlich *six feet under*, wenn du weißt, was ich meine!« Die Compadres röhrten vor Lachen, und Tom wusste genau, was sie meinten: die Radieschen von unten anschauen, den Sensenmann treffen, den Löffel abgeben.

In dem Raum musste es mindestens vierundzwanzig Grad warm sein, aber Tom fröstelte es.

»So viel zu den Formalitäten. Jetzt zu deinem Job. Wir erwarten eine große Lieferung Schnee. Du fährst mit einem Lieferwagen nach Rotterdam. Achthundert Kilo.«

Tom zog Luft durch die Zähne.

»Ein dicker Brocken. Dreißig Riesen für dich. Weiß der Teufel, warum Cochise dich so gut bezahlt. Es geht direkt nach unserem Plausch hier los. Der Wagen steht bereit. Versau es nicht.«

Tom schüttelte den Kopf.

»Irgendwelche Fragen? Du darfst sprechen.«

»Was ist meine Tarnladung?«

Hanno reichte ihm einen Schnellhefter, einen braunen Umschlag und einen Schlüssel über den Tisch.

»Viel Glück«, sagte er und wies auf die Tür.

Tom stand auf, verließ den Raum, ohne sich umzuschauen. Der griesgrämige Compadre stand bereit, führte ihn nach draußen, an die frische Luft, die Tom gierig einsog. Da unten war die Luft alt und verbraucht gewesen, geschwängert mit Aggression, Habgier und Wahnsinn, so war es ihm vorgekommen, obwohl dieser Hanno nicht einmal die Stimme erhoben hatte. War das der richtige Weg?

Der Lieferwagen stand auf dem Hof, den Papieren nach holte Tom eine Kiste mit Spezialkugellagern ab, Gewicht fast zwei Tonnen, und lieferte sie nach Bayern an eine Maschinenfabrik.

Tom startete den Wagen, einen schnellen Sprinter, programmierte das eingebaute Navi und fuhr los. Auf der Autobahn öffnete er den natronbraunen Umschlag. Alle Bedenken verwehten beim Anblick des Geldbündels. Dreißig Riesen! Tom ignorierte seine Latte und ließ die hundertfünfzig PS des Wagens los.

ZEHN

Bremer stellte einen Ordner rechts neben den Schreibtisch, die Regale waren bereits voll, der Aktenschieber war heute noch nicht da gewesen. Es klopfte an der Tür, Bremer rief: »Herein.« Mannstein öffnete und baute sich vor Bremers Schreibtisch auf, die Hände in den Hüften. Was war denn jetzt schon wieder los?

»Martin, meine Entscheidung steht, aber ich möchte, dass du bei der Besprechung der Moko Arcaden dabei bist. Ansonsten lässt du die Finger aber von dem Fall, sonst gibt es echt Ärger. Wenn du Akten einsehen willst, wende dich an Korspeter. Geht das für dich?«

Bremer bewunderte Mannsteins Unverfrorenheit, den degradierten Bullen von der Saar vor versammelter Mannschaft zu präsentieren und damit seinen Sieg zu dokumentieren. Aber es gab ihm die Möglichkeit, an den laufenden Ergebnissen teilzuhaben.

Er nickte, nahm seine Notizen, folgte Mannstein in den Besprechungsraum und nahm neben Corinna Platz. Die anderen schienen vollkommen entspannt zu sein, niemand mied seinen Blick.

Mannstein ergriff das Wort. »Was ich jetzt sage, gilt für alle. Jeder macht Fehler, jeder klinkt mal aus, und wenn er das erkennt und sich entsprechend verhält, dann Schwamm drüber.«

Bremer fühlte so etwas wie Scham, aber eigentlich gab es keinen Grund, sich zu schämen. Er hatte in der Kantine überreagiert, keine Frage, aber in der Sache gab es nichts zurückzunehmen. Der Artikel über das posttraumatische Belastungssyndrom hatte ihm Klarheit darüber gebracht, warum er im Moment so dünnhäutig war, warum er so schnell wütend wurde. Ein Umzug, bei dem man die Wurzeln kappte, der noch dazu in so kurzer Zeit über die Bühne ging, war eine Traumatisierung, die dem Verlust eines nahestehenden Menschen gleichkam. Und Bremer reagierte darauf mit Depression, Aggression und Wut. Zumal er Saskia immer noch nicht erreicht hatte. Langsam machte er sich Sorgen. Es kam immer wieder mal vor, dass sie sich eine Zeit lang tot stellte, aber gerade jetzt, wo er sie brauchte, konnte er sie nicht erreichen, und sie kam nicht auf die Idee, sich zu melden und zu fragen, wie es ihm ging. Wie auch immer, Bremer hatte sich geschworen, die Ruhe zu bewahren, egal, was kommen mochte.

Wie üblich begann Corinna mit der Zusammenfassung der Fakten. Der endgültige Obduktionsbericht hatte nichts Neues ergeben. Schädel-Hirn-Trauma, das sofort zum Tod führte. Der Rest Vandalismus, daran hatte sich nichts geändert.

Bremer hob die Hand, Corinna nickte ihm zu.

»Ist er geröntgt worden?«

Corinna blätterte durch den Bericht. »Nein.«

»Warum nicht?« Bremer legte so viel Freundlichkeit in die Frage, dass Corinna grinsen musste.

»Da musst du Frau Dr. Susanna Brand fragen.«

»Martin«, Mannstein bemühte sich ebenfalls um Neutralität, »die Ressourcen sind knapp, die Leichen stapeln sich, die Todesursache ist klar. Geröntgt wird nur bei Schussverletzungen. Es ist nicht nötig. Wenn es nötig werden sollte, werden wir es tun.«

Falls David Schlebusch nicht verbrannt wird. Aber Bremer dachte an seine guten Vorsätze und lenkte ein. »Alles klar, kein Problem.«

Wie bei einem drohenden Gewitter, das dann doch vorbeizieht, verflüchtigte sich die Spannung im Raum.

Corinna machte weiter. »Die Überprüfung der Kunden hat keine weiteren Ermittlungsansätze ergeben. Deine beiden, Martin, sind auch sauber. Wir stecken fest.«

Alle schwiegen, Bremer meldete sich wieder.

»Was haltet ihr davon, wenn wir Frau Wertherberg ein paar Tage lang observieren lassen? Vielleicht spukt ja doch irgendwo ein Konkurrent herum, der das Wasser nicht halten kann und sich an sie heranmacht und den Verlobten ausgeschaltet hat.«

»Sonst haben wir wirklich nichts?«, fragte Mannstein, und Corinna zeigte ihre leeren Handflächen.

»Gut, Martin, das machen wir. Korspeter, beantragst du die Genehmigung? So schnell wie möglich. Ansonsten gibt es ja noch ausreichend Papierkram für alle, oder?«

Statt einer Antwort löste sich die Versammlung auf. Schweigend wurde die Arbeit wieder aufgenommen, und Bremer kannte diesen Moment genau. Alle waren frustriert, alle fragten sich, ob sie etwas übersehen hatten, alle hatten Angst davor, einen Rohrkrepierer zu bekommen, einen ungeklärten Fall, der die Aufklärungsquote nach unten drückte. Corinna kam an ihm vorbei, sie schauten sich kurz in die Augen, und Bremer spürte Verlangen nach Saskia.

Den Rest des Tages verbrachte er mit den Fallakten, die Mannstein ihm aufgedrückt hatte. Pünktlich um vier fuhr er den Rechner herunter, nahm seine Jacke und wollte gehen, als Corinna hereinkam und ihm eine Akte überreichte.

»Der Obduktionsbefund.«

Bremer verstand nicht.

»Na, von dem Opa, der seit vierzehn Tagen auf Eis liegt. Ich glaube, das wird dich interessieren.«

»Danke«, sagte Bremer, überflog den Bericht und rief sofort Mannstein an.

»Der Fall Ralf Maggro. Die Striemen sind dem Mann kurz vor seinem Tod zugefügt worden. Es kann sein, dass er ausgepeitscht wurde und daraufhin an einem Herzinfarkt starb. Kommst du mit?«

Mannstein und Bremer brauchten keine zehn Minuten, um das Geständnis aus der Tochter des Toten herauszuholen. Sie hatte es nicht mehr ausgehalten mit ihrem Vater, der sie ständig terrorisiert hatte. Sie hatte ihn mit dem Gürtel verprügelt, und dann war er plötzlich tot gewesen. Sie nahmen die Frau mit, leiteten ein Verfahren ein, protokollierten ihr Geständnis und brachten sie, zu ihrer größten Überraschung, wieder nach Hause. So wie der Fall stand, würde sie Bewährung bekommen, denn es war klar, dass keine Tötungsabsicht bestanden hatte. Also gab es auch keinen Grund, sie in Untersuchungshaft zu stecken. Chai Malterbein sah das ebenso: Körperverletzung mit Todesfolge im Affekt, minderschwer.

Mannstein verordnete Bremer für den nächsten Tag einen freien Vormittag, denn bis alle Formalitäten erledigt waren, war es neun Uhr abends geworden.

Bremer fuhr nach Hause, duschte, legte sich ins Bett, vergaß, Saskia anzurufen, und schlief sofort ein.

Sein Handy weckte ihn um Viertel nach sechs mit der d-Moll-Toccata. Bremer war sofort hellwach, als er die Nummer sah. Saskia.

Er stellte die Verbindung her, und schon flötete ihre weiche Stimme in sein Ohr.

»Hallo, Liebster. Kannst du mir noch einmal verzeihen? Ich habe dich vernachlässigt. Wie geht es dir? Läuft alles glatt?«

Bremer legte ein umfassendes Geständnis ab. Saskia gab keinen Ton von sich, aber als er zum Schluss zugeben musste, dass Mannstein ihn degradiert hatte, stieß sie ein Geräusch aus, das sich anhörte wie das Entweichen von Luft aus einem Ballon, der nicht richtig zugebunden ist.

Bremer ließ Saskia einen Moment, um sich zu sammeln.

»Mach dir nichts draus«, sagte sie nüchtern, »das ist wahrscheinlich eine kleine posttraumatische Depression. Der Umzug, so plötzlich, ist doch logisch. Das geht vorbei. Aber sonst ist alles klar?«

»Du fehlst mir«, sagte Bremer.

»Du fehlst mir auch«, sagte Saskia schnell.

»Wann kommst du?«, fragte Bremer, dem die Eile in ihrer Versicherung nicht entgangen war und auch nicht ihr jetziges Zögern. Er kratzte sich an der Nase, um seine Nervosität zu überspielen. Unnötig, denn Saskia konnte ihn nicht sehen.

»Gute Frage, Liebster. Ich glaube, das dauert noch ein bisschen, weil ...« Sie verstummte, die Leitung schien plötzlich tot, aber anscheinend hatte Saskia nur die Sprechmuschel abgedeckt, damit er nicht mithören konnte – oder musste?

Sie meldete sich wieder. »Entschuldige, das war eine Mitarbeiterin. Martini ist ausgefallen.«

»Wer ist Martini?«

»Ach so, ja, den kennst du ja gar nicht. Martini ist für die USA zuständig, er arbeitet dort mit den Behörden zusammen, macht Vorträge, nimmt an Seminaren teil, knüpft Kontakte. Ich muss für ihn einspringen.«

Bremer krallte seine Hand ins Kopfkissen. Er wusste, was jetzt kam, er fragte sich nur, wie lange es sein würde.

»Ich bin auf dem Weg zum Flughafen, seine, na ja, jetzt meine Maschine geht in zwei Stunden.«

»In die Staaten?«, fragte Bremer, aber er kannte die Antwort.

»New York, dann Boston, Philadelphia, San Francisco, L.A., knapp vier Wochen, vielleicht sechs. Ist das schlimm? Ich freue mich so auf die USA. Das wird total spannend.«

Es war schlimm. So schlimm, dass Bremer die Worte fehlten. Saskia deutete das als Zustimmung. »Ich wusste, dass du das verstehst. Wenn ich zurück bin, komme ich für mindestens acht Tage nach Düsseldorf.« Wieder schien die Leitung unterbrochen zu sein, aber er hörte Saskia nach ein paar Augenblicken wieder. »Ich muss los, Schatz. Ich ruf dich an, sobald ich in New York bin.«

Bremer hätte am liebsten geschrien.

»Ich liebe dich, Martin. Bis bald.«

Sie wartete keine Antwort ab. Diesmal war die Leitung wirklich tot. Mindestens acht Tage? Sie wollten doch zusammenziehen. Bremer betrachtete sein Handy wie ein ekliges Insekt und warf es an die gegenüberliegende Wand, wo es in tausend Teile zersprang. Was bildete sich diese Frau eigentlich ein? Verschleppte ihn in diese bescheuerte Stadt und verpisste sich dann nach Amerika. Scheiße! Verdammte riesengroße Scheiße! Er brauchte sie hier, in seiner Nähe. Die modernen Frauen waren einfach nicht beziehungsfähig. Wie sah es denn aus in ihrer Partnerschaft? Letztlich ging es immer nach ihrem Kopf, sie war ständig unterwegs, und er konnte ihre Spinnereien ausbaden.

Er stand auf, stellte sich unter die Dusche und verfluchte die Mischbatterie, die nicht richtig funktionierte, entweder war das Wasser eiskalt oder kochend heiß; er verfluchte das Duschgel, das einen Geruch von Fäulnis an sich hatte; er verfluchte David Schlebusch, der sich von irgendeinem dahergelaufenen Mörder hatte erschlagen lassen, verfluchte den Mörder, der das getan hatte, ohne eine Spur zu hinterlassen. Dann verfluchte er sich selbst, weil er so naiv gewesen war, sich auf dieses Abenteuer einzulassen, alle Brücken hinter sich abzubrechen, bevor er und Saskia wirklich zusammengezogen waren. Du bist selbst schuld, stellte er fest, und beschloss, dem Fall David Schlebusch richtig auf den Grund zu gehen. Ausreichend schlecht gelaunt dafür war er jetzt.

Der entscheidende Beweis, der zur Verurteilung von Jörg Brunnenmeister geführt hatte, war ein forensisches Gesichtsgutachten gewesen, das die Zeugenaussage von David Schlebusch untermauert hatte. Der Täter war von einer Kamera aufgenommen worden, aber es gab nur eine verschwommene schwarz-weiße Profilansicht von schräg oben hinten. Brunnenmeister war nicht direkt zu identifizieren. Das Gutachten aber kam zu dem Schluss, dass der Mann auf dem Bild mit Sicherheit Jörg Brunnenmeister war, bewiesen durch gemeinsame Formmerkmale des rechten Ohres, denn Ohren seien fast so individuell wie Fingerabdrücke. Echte Fingerabdrücke gab es nicht, aber seine DNA war in der Bank gefunden worden. Die Richter und die Schöffen hatten sich nur eine Stunde beraten und dann das Urteil gefällt.

Brunnenmeister hatte zugegeben, zwei Tage vorher in der Bank gewesen zu sein, aber daran konnte sich niemand erinnern, vor allem weil er weder ein Konto eröffnet noch mit irgendjemandem gesprochen hatte. Die Überwachungsbänder waren verschwunden, die Staatsanwältin warf Brunnenmeister vor, sie beseitigt zu haben, als er Mintrop in seiner Gewalt gehabt hatte, und sie warf ihm vor zu lügen, immer nur zu lügen, und zu etwas anderem sei er gar nicht fähig, und ein weiterer Beweis dafür sei, dass die Bank täglich peinlichst gereinigt wurde, sodass seine DNA längst in irgendeinem Wischmopp oder einem Staubsauger hätte verschwunden sein müssen.

Bremer studierte den Spurenordner und fand schnell, wonach er suchte, das hieß, er fand schnell, was nicht vorhanden war: Wo war der Spurenträger von Brunnenmeisters DNA? Warum hatte Brunnenmeisters Anwalt nicht darauf bestanden, den DNA-Beweis zu ignorieren, weil der Spurenträger fehlte? DNA schwebte nicht einfach in der Luft.

Schade, dass er keine Zeit mehr hatte. Dieser Fall wurde immer spannender. Aber jetzt musste er zurück in die Tretmühle, Leichensachen bearbeiten. Im Schnitt kamen jeden Tag, inklusive Wochenenden und Feiertagen, vier Fälle herein, die untersucht werden mussten, und jeder Fall nahm drei bis vier Tage in Anspruch, je nach Lage der Dinge auch länger: Zeugenvernehmungen, Obduktion, Bericht schreiben, tausend kleine Dinge, die zu tun waren. Und wenn sich dann ein Tötungsdelikt herausschälte, ging es erst richtig los. Dann blieb alles andere liegen.

Das Wetter zeigte sich immer noch von der sonnigen Seite; Bremer parkte sein Fahrrad an der Bushaltestelle, grüßte den Wachmann, nahm den Paternoster und betrat das KK11. Alle Türen waren geschlossen, entweder wollten alle ihre Ruhe haben, oder es war noch niemand da. Bremer öffnete die Tür zum Besprechungsraum, und tatsächlich, hier herrschte gähnende Leere. Er wechselte in den Raum der Aktenführung, griff sich den Obduktionsbericht und begann zu lesen. Er wusste nicht, warum er das tat, Corinna hatte ihn ja bereits gestern ausführlich vorgestellt, und Mannstein würde ihn filetieren, wenn er ihn erwischte.

Er blätterte durch die Fotografien des zerstörten Hinterkopfes. Knochensplitter ragten aus blutiger Gehirnmasse heraus wie Mandelstücke aus einem Kuchen. Von allen Seiten waren die Trümmer aufgenommen worden, es gab auch eine 3-D-Aufnahme, und zuletzt gab es auch noch Fotos des entnommenen, überwiegend zerdrückten Gehirns und weiter hinten Fotos von gereinigten Schädelfragmenten. Bremer stutzte, blätterte zurück zum Gehirn. Als wollte er in die Masse hineingreifen, fuhr er mit den Fingern über das Bild. Ein Teil des Kleinhirns mit seinen blumenkohlartigen Wülsten hatte seltsame Verfärbungen. Das konnte angetrocknetes Blut sein, das konnte aber auch etwas ganz anderes sein. Bremer spürte, wie sich Schweiß unter seinen Achseln sammelte. Er studierte das 3-D-Foto, das seinen Verdacht stützte, nahm sich noch mal den Bericht vor, aber Susanna Brand hatte die Gehirnmasse nicht weiter untersucht. Er legte ein Bild unter den Kopierer und drückte die Starttaste.

»Was machst du hier?«

Bremer fiel der Ordner aus der Hand, er knallte mit der Kante auf den Linoleumboden, die Verriegelung öffnete sich und entließ die eingehefteten Bilder in die Freiheit.

Mannstein trat näher, besah sich die Bescherung und lief rot an, aber seine Stimme blieb vollkommen ruhig.

»Okay, das reicht. Ich hatte dich von dem Fall abgezogen, dich angewiesen, für Akteneinsicht Korspeter zu fragen, und was machst du? Schnüffelst in den Akten rum. Kopierst Beweismittel. Das ist ein schweres Dienstvergehen. Du bist mit sofortiger Wirkung suspendiert.«

Bremer grinste dümmlich. Suspendiert? Das war ein Scherz, und zwar einer von der ganz schlechten Sorte.

»Hartmut, Susanna Brand muss Gehirn und Schädel noch mal untersuchen, da stimmt was nicht«, rief er und bückte sich, um die Bilder aufzuheben, aber Mannstein fiel ihm in den Arm.

»Du lässt die Bilder, wo sie sind. Das kann Corinna nachher aufräumen. Deine Karte, deine Waffe. Jetzt sofort.«

Bremer merkte, dass er sehr lange über der Spurenakte gebrütet haben musste. Durch die Tür konnte er sehen, dass die gesamte Moko versammelt war. Sie mussten ihn schon eine Weile beobachtet haben.

Bremer stieß Mannsteins Hand beiseite, drängte sich an ihm vorbei in den Besprechungsraum.

»Kollegen, ich habe den Verdacht, dass Schlebusch nicht erschlagen worden ist. Wir müssen seinen Kopf unter die Lupe nehmen. Da stimmt was nicht.«

»Durch Wiederholen wird Unsinn nicht besser.« Mannstein schob sich zwischen Bremer und die Kollegen. »Deine Karte und deine Waffe.«

»Vergiss es. Das muss der Polizeipräsident anordnen.«

»Der Polizeipräsident wird hier überhaupt nichts anordnen. Ich sage es nur noch einmal, Martin. Gib mir deinen Ausweis und deine Waffe. Was glaubst du eigentlich, wer du bist? Du führst dich hier auf, als würde dir das ganze Präsidium gehören. Das ist nicht nur vollkommen unverschämt deinen Kolleginnen und Kollegen gegenüber, sondern es ist noch dazu ein Disziplinarvergehen. Zum letzten Mal! Gib mir deine Waffe und deinen Ausweis.«

Bremer stand zwischen seinen Kollegen und Mannstein. So etwas hatte er noch nie erlebt. Sein Vorgesetzter wollte ihn tatsächlich suspendieren. Aber so leicht ließ sich Bremer nicht vertreiben.

»Nein, Hartmut. So geht das nicht. Ich bin auf einen Ermittlungsansatz gestoßen, den wir bis jetzt übersehen haben. Den kannst du nicht einfach vom Tisch wischen. Da musst du schon dem Staatsanwalt, dem Polizeipräsidenten und egal wem die Sache vorlegen, und wenn die mich dann wirklich suspendieren, dann kriegst du meine Waffe und meinen Ausweis, aber dann werden die Karten ganz neu gemischt, darauf kannst du Gift nehmen.«

Mannstein kniff die Augen zusammen, im Besprechungsraum war kein Laut zu hören. Wenn es nach Bremer gegangen wäre, dann wären sie jetzt sofort zum Polizeipräsidenten gegangen, hätten den Fall dargelegt, und wenn er dann wirklich suspendiert worden wäre, dann wäre er ohne Zögern ins Saarland zurückgegangen. Aber er musste diese Machtprobe bis zum bitteren Ende durchziehen.

»In mein Büro, Martin.«

Keine schlechte Strategie, dachte Bremer. Also würden sie sich jetzt unter vier Augen duellieren, würden feststellen, wer den dicksten Kamm hatte, wer am weitesten pinkeln konnte, wer der Boss war. Bremer ging vor, öffnete die Tür zu Mannsteins Büro, platzierte sich vor dem Schreibtisch und wandte Mannstein das Gesicht zu. Der drückte sich an ihm vorbei hinter den Schreibtisch und ließ sich in seinen Sessel fallen.

»Du hast vollkommen recht, Martin, so geht das nicht. Für den Moment hast du gewonnen, aber du kannst davon ausgehen, dass ich diesen Vorgang dem Polizeipräsidenten melden werde, und nicht nur dem. Wir sind hier keine Bühne für Narzissten mit Dienstwaffe. Was ich machen *kann*, ist, dich aus dem System rauszuschmeißen, und zwar gleich. Ab sofort hast du nur noch Zugang zu Datenbanken, die für deine Akten relevant sind.«

Mannstein machte seine Drohung sofort wahr. Er zog die Computertastatur zu sich, tippte ein wenig darauf herum, und Bremer wusste, dass er jetzt für die meisten Datenbanken gesperrt war. Sein Chef war kein Dummkopf, aber das hatte Bremer auch nicht erwartet. Eine Sache war jetzt klar: Mannstein und er würden nie wieder ein Team sein.

Mannstein hob den Kopf, und seine Miene sagte Bremer, dass er alles andere als unzufrieden war. Er leckte sich mit der Zunge über die Lippen, was Bremer an eine Nacktschnecke erinnerte.

»So«, sagte Mannstein und rekelte sich. »Du bist nicht der erste renitente Untergebene, den ich wieder in die Spur bringen muss. Du kannst jetzt nach Hause gehen. Morgen erscheinst du wie gewohnt zum Dienst, ich erwarte, dass du dann die Akten, die du heute vernachlässigt hast, aufarbeitest, damit deine Kolleginnen und Kollegen nicht unter dir leiden müssen.«

Er senkte den Blick auf seine Tastatur, begann demonstrativ an einem Bericht zu schreiben. Das Gespräch war beendet.

Bremer wartete noch einen Moment, dann drückte er die Klinke, verließ Mannsteins Büro und schloss die Tür leise und vorsichtig hinter sich.

Auf dem Flur fing ihn Corinna ab. Sie hakte sich einfach bei ihm unter und zog ihn in Richtung Ausgang. Bremer ließ es sich gefallen. Er war nicht wütend, nein, ein ganzes anderes Gefühl hatte ihn beschlichen, als er da in Mannsteins Büro gestanden hatte: Einsamkeit.

Corinna zog ihn immer weiter, halb liefen, halb stolperten sie die Lorettostraße entlang. Ehe Bremer es sich versah, saß er auf einem Stuhl, ein Latte macchiato stand vor ihm, und Corinna sah ihm tief in die Augen.

»Was soll das, Martin?«, fragte sie.

Bremer hatte keine Lust, darüber zu reden, wie er sich jetzt fühlte, aber Corinna machte den Eindruck, als interessiere es sie wirklich. Warum war Saskia nicht hier? Mit ihr hätte er offen reden können, hätte ihr sein Herz ausschütten können, denn sie kannte ihn gut genug, um ihn verstehen zu können. Oder auch nicht. So wie sich Saskia die letzte Zeit benahm, schien er ihr gleichgültig zu sein, schien sie nicht im Geringsten zu verstehen, was in ihm vorging. Er hatte den Eindruck, Saskia nur ein wenig zu kennen, so wie man ein Buch zu kennen glaubt, dessen Klappentext man gelesen hat. Von Corinna kannte er nicht einmal den Klappentext. Vielleicht sollte sie ihn ausspionieren, vielleicht war das Ganze nur ein »Böser Polizist, guter Polizist«-Spiel. Jedenfalls hatte Corinna keine Angst vor ihm. War das ein gutes Zeichen oder ein schlechtes? Bremer kostete den Kaffee und genoss den bitteren Geschmack auf der Zunge.

»Warum hast du mich hierhergeschleppt?« Es gelang Bremer, seine Stimme neutral zu halten.

Corinna schlug ihre Beine übereinander, der Stoff der Jeans knirschte.

»Ehrlich gesagt, ich weiß es nicht genau. Vielleicht weil ich glaube, dass du gar nicht so verkehrt bist. Ich will dir nichts vormachen, Martin. Du hast dich vollkommen danebenbenommen, das weißt du aber wahrscheinlich selbst. Nicht nur, dass du Mannsteins Autorität in Frage gestellt hast. Du hast das gesamte Team düpiert. Hältst du uns für vollkommene Trottel? Glaubst du wirklich, dass ein einzelner Kripobeamter in der Lage ist, im Alleingang einen Mordfall zu lösen?«

Bremer hob die Hände, um Corinna zu unterbrechen.

»Ich wusste nicht, dass Mannstein ein Fürst ist, der darauf angewiesen ist, dass seine Untertanen ihm blindlings gehorchen. Ich wusste nicht, dass die Kriminalpolizei in Düsseldorf nach Prinzipien aus dem vorletzten Jahrhundert funktioniert. Und vor allem war mir überhaupt nicht klar, dass hier persönliche Animositäten wichtiger sind als der Fall. Ein neuer Ermittlungsansatz wird einfach in den Müll geworfen, weil der Herr Leiter Großkopf Mannstein ein Problem mit mir hat. Ich lach mich tot.«

Corinna schüttelte den Kopf. »Und ich wusste nicht, dass du dermaßen eitel bist, dass du dich nicht unterordnen kannst. Du musst das doch kennen? Wie lange hast du dein Team geführt? Ist es da nicht zu Konflikten gekommen?«

»Natürlich hatten wir auch Streit. Aber mir ist es nicht ein Mal untergekommen, dass ich oder ein anderer Vorgesetzter einem stichhaltigen Hinweis eines Kollegen nicht nachgegangen wäre.«

»Stichhaltig? Martin, ich habe mit Susanna telefoniert, da ist nichts. Sie ist die Fachfrau, sie ist gut, sehr gut. Und wenn da nichts ist, verschwenden wir keine Ressourcen. Würden wir jedem Hirngespinst nachgehen, könnten wir den Laden dichtmachen, würden im Chaos versinken. Herrgott noch mal, das weißt du doch selbst am besten.«

Bremer knallte seinen Löffel auf den Tisch. Die Bedienung kam und fragte, ob alles in Ordnung sei. Corinna nickte nur, und Bremer war kurz davor, das Glas mit dem Kaffee hinter den Tresen zu werfen.

»Wenn du glaubst, dass ich einem Gespenst hinterherrenne, dann habe ich mich in dir getäuscht, und du, glaub mir, hast dich in mir getäuscht, wenn du denkst, dass ich nichts Besseres zu tun habe, als anzugeben.«

Bremer stand auf, zog einen Fünfeuroschein aus dem Geldbeutel, legte ihn auf den Tisch, schaute Corinna in die Augen und sagte: »Ich wünsche noch einen schönen Tag, Corinna, ich werde jetzt nach Hause gehen und mich ausruhen.«

Corinna senkte den Blick, murmelte: »Ach Martin, das habe ich doch so nicht gemeint. Wieso bist du denn so empfindlich.«

Sie sagte den letzten Satz nicht als Frage, sondern als Feststellung. Bremer beschloss, nicht darauf einzugehen, dass sie in ihm ein Landei sah, das in der Hitze der Stadt innerhalb von zwei Tagen gar gekocht worden war.

»Dann hast du heute etwas über mich gelernt. Wenn ich demnächst Leiter der Mordkommission bin und du meine Untergebene, solltest du daran denken und dir dann sehr genau überlegen, was du sagst und wie du es sagst.«

Damit war alles gesagt, der Krieg war erklärt, der Fehdehandschuh geworfen; Bremer hatte keine Lust mehr, sich für irgendetwas zu rechtfertigen, hatte keine Lust mehr, irgendetwas zu sagen. Also wandte er sich von seiner Kollegin ab, ging die Lorettostraße in Richtung Martinskirche.

Er vergrub seine Hände in den Hosentaschen, hob bewusst den Kopf, drückte sein Kreuz durch, bemühte sich, den Eindruck zu vermitteln, dass er es nicht nötig hatte, von irgendeiner Büromama getröstet zu werden. Für ihn stand fest, dass *Mannstein* völlig überreagiert hatte. Was Mannstein auch tun würde, Bremer würde seine Karriere aufs Spiel setzen, seine Pension und seine verbeamtete Sicherheit: Der Fall David Schlebusch stank zum Himmel, und er würde den Topf finden, aus dem heraus die fauligen Gerüche die Luft verpesteten.

ELF

Noch nie in seinem Leben hatte Tom Breininger so viel Geld in so wenig Zeit verdient. Die Tour nach Rotterdam war das reinste Vergnügen gewesen, bis auf die Kontaktleute dort, eiskalte knallharte Dealer, die ihn keine Sekunde aus den Augen gelassen hatten, als er den Stoff getestet und für exquisit befunden hatte. Vier Typen in schwarzen Anzügen, wie in einem schlechten Film, mit ausgebeulten Jackentaschen, hatten ihn zuerst nach Waffen abgesucht, ihm dann klargemacht, wie die Sache ablaufen würde, und ihn anschließend in einen Lagerschuppen geführt, in dem es nach Schmieröl roch. Durch die wenigen Fenster fiel kaum Licht. Im Halbdunkel hatte Tom die Umrisse von alten Autos erkennen können, Flossen von einem alten Buick, die runden Scheinwerfer eines alten Benz, die Fahrgastzelle eines Citroën, der mindestens sechzig Jahre alt gewesen sein musste.

Der Stoff lag säuberlich aufgeschichtet auf einer Werkbank. Freundlicherweise hatten die Verkäufer ein komplettes Prüfbesteck aufgebaut, aber Tom benutzte sein eigenes, was die Jungs mit einem knappen Kopfnicken guthießen. Hätte Tom das angebotene Besteck benutzt, wäre er für immer und alle Zeiten unten durch gewesen. Aber Tom verstand sein Geschäft, und er hatte lang genug im Knast gesessen, um sich von solchen Türfüllern nicht erschrecken zu lassen. Es hätte auch nichts genutzt. Er war mutterseelenallein gekommen, und wenn sie ihn hätten verschwinden lassen wollen, wäre das überhaupt kein Problem gewesen. Sie hätten ihn kaltgemacht und dann an ihre Hunde verfüttert, und niemand hätte ihn vermisst. Vielleicht hätte Tina ihn vermisst? Das würde er herausfinden. Sobald er wieder in Düsseldorf war, würde er mit Tina ein Treffen ausmachen, ihr einen Brillantreif überreichen, sie zum Essen einladen, sie mit nach Hause nehmen, um die ganze Nacht mit ihr zu vögeln. Am nächsten Morgen würde er sie schick zum Frühstück ausführen und ihr dann einen Heiratsantrag machen. Das war ein guter Plan.

Nachdem Tom den Stoff getestet hatte und die immer noch

grimmig dreinblickenden Jungs das Geld gezählt hatten, machte er sich auf den Rückweg und war nur ein paar Stunden später wieder in Düsseldorf. Er lieferte den Wagen samt Inhalt bei den Mittelsmännern der Compadres ab, die noch einmal die Ladung prüften, zufrieden waren und ihn mit der Versicherung wegschickten, man würde sich wieder melden, wenn man ihn bräuchte.

Tom fuhr nach Hause, nahm eine Dusche, rasierte sich und besprühte sich mit seinem besten Parfum. Laut Hersteller sollten bei dessen Anwendung alle Frauen sofort schwach werden. Das war natürlich vollkommener Blödsinn, aber er wusste, dass Tina dieses Parfum mochte. Und spätestens wenn er ihr den Brillantreif umlegte, würde sie schwach werden, Trauer über diesen nutzlosen David Schlebusch hin oder her.

Bremers Arbeitstag begann mit einer Überraschung. Auf seinem Schreibtisch lag ein Zettel, auf dem in Rot stand: »Um 9:30 Uhr Termin beim Polizeipräsidenten«.

Bremer griff den Zettel, zerriss ihn in kleine Schnipsel und beförderte sie in den Mülleimer. Mannstein war anscheinend nicht mehr in der Lage oder willens, ihm Auge in Auge gegenüberzutreten, und verlegte sich jetzt auf das Schreiben von Kassibern mit roten Buchstaben. Bremer hatte keine Angst vor diesem Termin, im Gegenteil, das Treffen beim Polizeipräsidenten würde ihm die Möglichkeit geben, die Sache endgültig zu klären. Wenn Mannstein glaubte, ihn auf diese Art und Weise verunsichern zu können, hatte er sich gewaltig getäuscht.

Vor Bremer lag ein Stapel Akten. Er schlug die oberste auf und begann zu lesen. In der vergangenen Nacht war um ein Uhr sechsunddreißig bei der Polizeiinspektion Mitte ein Notruf eingegangen. Ein Mann, der Stimme nach zu urteilen weit über siebzig Jahre alt, hatte mitgeteilt, dass seine Frau tot sei und dass er sie umgebracht habe. Die zwei Polizeioberkommissare, die als Erste am Tatort ankamen, fanden den Mann neben seiner Frau auf einer Couch sitzend vor. Die Couch, der Mann, die Frau, der Boden, alles war voller Blut. Der Mann hielt ein Messer in der Hand, von dem Blut tropfte, die Frau war offensichtlich tot. Der Mann legte vor Ort ein umfassendes Geständnis ab, die Polizeioberkommissare nahmen ihn vorläufig fest, verfrachteten ihn in die geschlossene Abteilung des Landeskrankenhauses, verfassten einen ausführlichen Bericht, den Bremer jetzt in der Hand hielt. Er war zufrieden mit der Arbeit seiner Kollegen, er hatte nichts hinzuzufügen und schloss die Akte mit dem Vermerk, dass sie an die Staatsanwaltschaft weitergegeben werden konnte.

Wie an den Tagen zuvor arbeitete sich Bremer durch die Akten, aber seine Gedanken waren nicht wirklich bei der Sache. Immer wieder tauchten Bilder vor seinem inneren Auge auf, zeigten David Schlebusch, der mit zertrümmertem Schädel und ausgebreiteten Armen auf dem Bauch lag. Um neun Uhr fünfundzwanzig stand er auf, zog sein Leinenjackett an und begab sich zum Büro des Polizeipräsidenten. Dort wurde er bereits erwartet und von der Sekretärin in den Besprechungsraum gebeten. Polizeipräsident Rainer Maria Bütikof, ein Mann Mitte fünfzig mit vollem Haar und sportlicher Statur, stand auf, kam Bremer entgegen und reichte ihm die Hand.

Mannstein war bereits da, nickte Bremer nur kurz zu und vertiefte sich dann wieder in die Akten, die er vor sich ausgebreitet hatte. Bütikof setzte sich an das Kopfende des Tisches wie ein Vater, der seine beiden zerstrittenen Söhne wieder miteinander ins Gespräch bringen will.

Er hielt sich nicht mit Formalitäten auf, sondern kam direkt zur Sache.

»Meine sehr verehrten Herren Mannstein und Bremer. Es gibt zwei Dinge, die ich in meinem Hause nicht dulden kann. Schlampige Ermittlungen.« Bütikof machte eine bedeutungsschwere Pause. »Und verfeindete Kollegen. Dass Sie beide sich nicht vorbildlich verhalten haben, brauchen wir nicht zu diskutieren. Oder sehen Sie das anders?«

Bütikof ließ keinen Zweifel daran, welche Antwort er von den beiden erwartete. Also nickten Mannstein und Bremer artig.

»Wunderbar, meine Herren, das ist doch ein hervorragender Anfang. Ich muss zugeben, dass wir in der Personalabteilung einen Fehler gemacht haben. Sie, Herr Bremer, hatten zu Recht erwartet, hier in der gleichen Position anfangen zu können, in der Sie im Saarland aufgehört haben. Wir haben, ich möchte das mal so formulieren, den emotionalen Sprengstoff unterschätzt. Wir hätten das besser vorbereiten müssen. Sie beide sind verdiente und erfahrene

Polizeibeamte, auf die ich keinesfalls verzichten möchte. Sie haben jetzt Ihre Hahnenkämpfe ausgefochten, sich ausreichend beschnuppert und festgestellt, dass die Chemie zwischen Ihnen nicht wirklich stimmt. Wie immer in solchen Situationen brauchen wir einen Kompromiss. Dieser Kompromiss sieht wie folgt aus: Sie, Herr Bremer, übernehmen ab sofort eine Mordkommission, als Leiter selbstverständlich. Kollege Mannstein leitet weiterhin die Mordkommission Arcaden, mit der Sie, Herr Bremer, nichts mehr zu tun haben. Sie können sich darauf verlassen, dass Kollege Mannstein und sein Team die Ermittlungen auf dem höchsten professionellen Stand ausführen.«

Mannstein klappte die vor ihm liegende Akte zu, räusperte sich, schaute Bremer einmal in die Augen und wandte sich an Bütikof.

»Herr Polizeipräsident, ich halte Ihren Vorschlag für ausgesprochen ausgewogen und praktikabel. Ich bin damit auf jeden Fall einverstanden und werde gerne mit Herrn Bremer einen Neustart versuchen.«

Bremer spürte ein leichtes Zittern, das sich von den Fingerspitzen über die Schultern bis in die Zehen fortsetzte. Warum wollte man ihn von diesem Fall fernhalten? Warum wollte man die offensichtlichen Spuren nicht sehen? Immerhin hatte er erreicht, dass er als Leiter einer Mordkommission eingesetzt wurde. Mannstein konnte ihm keine Befehle mehr erteilen, und Bremer konnte, wie er es ja schon geplant hatte, hinter dessen Rücken im Fall Schlebusch weiterermitteln.

»Herr Polizeipräsident, Kollege Mannstein, ich bin Ihnen dankbar für diesen Vorschlag, nehme ihn ebenfalls gerne an und sichere Ihnen zu, dass ich in Zukunft den Ball flach halten werde.« Bremer hustete kurz und war froh, dass er lügen konnte, ohne rot zu werden.

Bremer sah Bütikof die Erleichterung an, sah in Mannsteins Gesicht Befriedigung. Bütikof musste er zugestehen, dass er nach Lage der Dinge eine wirklich clevere Entscheidung getroffen hatte. Sowohl Mannstein als auch Bremer kamen ohne Gesichtsverlust aus der Sache heraus. Bütikof wusste genau, dass Bremer und Mannstein kein Team mehr sein konnten, also musste er per Dienstanordnung beide auf eine Ebene stellen, ohne dass sie sich in die Quere kommen konnten. Das KK11 war groß genug, und an Leichen mangelte es ebenfalls nicht.

Bremer erhob sich als Erster, drückte zuerst Bütikof die Hand, dem er dabei fest in die Augen sah, dann streckte er Mannstein die Hand hin, der sie ebenfalls ergriff und Bremer genauso fest in die Augen sah. Der Claim war abgesteckt, Mannstein war seinen unbequemen Kollegen los, und Bremer erhielt den vollen Zugang zu allen Systemen und Datenbanken zurück und eine Moko dazu. Beim Hinausgehen schwor er, sich nie wieder eine solche Blöße zu geben, nie wieder so emotional zu reagieren. Mit seinem Verhalten hatte er nur Schaden angerichtet.

Er kehrte zurück in sein Büro und wechselte mit Mannstein kein einziges Wort. Es war nicht nötig, zwischen ihnen gab es zurzeit nichts zu besprechen. Wie von Zauberhand hatte sich sein Schreibtisch verändert. Der Berg laufender Akten war verschwunden und ersetzt worden durch eine einzige. Darauf stand: »Tötungsdelikt zuungunsten des Manfred Schrader«, außerdem waren das Aktenzeichen und eine ellenlange Liste von Bearbeitungsdaten vermerkt. Bremer schlug die Akte auf und erkannte, wie clever Bütikof wirklich war. Es handelte sich um einen Mordfall, der bereits sieben Jahre zurücklag und neu aufgerollt werden sollte. Auf dem ersten Blatt stand eine Dienstanweisung, aus der hervorging, dass der Polizeipräsident zurzeit eine Mordkommission, die mit nur einem Kriminalhauptkommissar besetzt war, für ausreichend erachtete. Bremer musste wider Willen grinsen. Ein wirklich geschickter Schachzug. Er war auf dem Abstellgleis, Mannstein hatte sein Zepter wieder.

Bremer schlug die Akte zu, klemmte sie sich unter den Arm und verließ das Präsidium. Das Aktenstudium konnte er genauso gut zu Hause vornehmen, der Polizeipräsident würde im Moment nichts gegen solche Eskapaden unternehmen, solange er sich ruhig verhielt.

Als er die Martinskirche passierte, fiel ihm ein, dass er ja Isabell Wertherberg persönlich sprechen wollte. Er wählte ihre Nummer, aber er erreichte nur die Mailbox, die ihm mitteilte, dass sie verreist sei und erst in drei Wochen wieder Anrufe entgegennehmen könne. Bremer fragte sich, ob die Observation schon wieder abgesetzt war. Er entschied sich für Ja, denn Mannstein war überzeugt, dass es sich um Raubmord handelte. Wozu dann wertvolle Arbeitszeit verschwenden?

An der Kreuzung Volmerswerther Straße/Südring entging Bremer knapp einem Lkw, der es nicht für nötig hielt, das Rotlicht zu beachten, und wahrscheinlich wusste, dass hier keine Blitzer standen. Mit gut siebzig Stundenkilometern donnerte der vollgeladene Achtunddreißigtonner über den Asphalt, schlug mit seinen riesigen schwarzen Reifen ein paar Brocken aus dem Asphalt und verschwand Richtung Südbrücke. Bremer beschloss, sich bei der Stadtverwaltung zu beschweren, sobald er ein wenig Zeit hatte. Wenn er es genau nahm, hieß das, er würde sich nie beschweren. Sollte Saskia sich drum kümmern, wenn ihn ein Lkw mal erwischen würde. Vielleicht erinnerte sie sich dann an ihn. Und überhaupt, wer würde ihn schon vermissen?

Er stellte sein Fahrrad hinters Haus, streckte seine Glieder, nahm den Aktenordner und steckte den Schlüssel in die Haustür. Er drehte ihn, das Schloss klickte, gab den Eintritt frei. Bremer zog den Schlüssel vorsichtig wieder aus dem Schloss. Er hatte zweimal abgesperrt, da war er sich absolut sicher. Hatte Frau Mangold, die Putzfrau, vergessen abzuschließen? Aber die ging immer durch den Keller. Er zog sein Handy und schaute auf die Uhr. Frau Mangold war immer pünktlich, und wenn nichts dazwischengekommen war, musste sie vor zwanzig Minuten das Haus verlassen haben. Langsam stieg er die Treppe zu seiner Wohnung hinauf und spürte, dass noch etwas nicht stimmte. Ein Luftzug strich an seinem Gesicht vorbei. Das Fenster im Flur stand offen.

Ohne ein Geräusch legte Bremer die Akten auf die Treppe, zog seine Dienstwaffe aus dem Holster, lud sie aber nicht durch, da das metallische Klicken durch das ganze Haus zu hören gewesen wäre. Sein Herzschlag beschleunigte sich, aber nicht so stark, als dass der Blutstrom ihn taub gemacht hätte. Er witterte wie ein Tier in den Hausflur, aber er konnte nichts hören.

Schritt für Schritt schob er sich die Treppe hoch, sicherte, lauschte, lauerte, aber nichts war zu hören, niemand stürzte ihm entgegen oder griff ihn an. Nach endlosen zwei Minuten hatte er sich bis zu seiner Wohnungstür vorgearbeitet. Sein Adrenalinspiegel stieg. Sie stand einen Spaltbreit offen. Frau Mangold hätte nie und nimmer vergessen, die Wohnungstür zu schließen. Genauso wenig wie das Fenster, das vom Flur zum Garten führte. Geduckt schlich sich Bremer zum Fenster, spähte hinaus, aber der Garten war menschenleer. War der Einbrecher noch in der Wohnung? Jetzt wäre es an der Zeit gewesen, die Kollegen zu rufen, das SEK, die Spurensicherung, das volle Programm. Aber Bremer ließ sein Handy in der Tasche und entschied sich für einen sofortigen Frontalangriff. Er atmete dreimal tief ein und aus, lud die Waffe im Aufspringen durch, stieß die Tür auf und schrie aus voller Lunge: »Polizei! Keine Bewegung oder wir schießen!«

Keine Reaktion. Bremer fegte durch die Wohnung. Im Flur: niemand. In der Küche: niemand. Im Bad, im Schlafzimmer, im Arbeitszimmer: niemand.

Bremer sicherte die Waffe, steckte sie ein und nahm aus dem Flurschrank seinen Notfallkoffer, in dem er alles versammelt hatte, was für die erste Untersuchung eines Tatorts notwendig war: Röhrchen und Tupfer für DNA-Spuren, Pulver, Pinsel und Tape für Fingerspuren, ein Fläschchen Luminol, um Blutspuren in UV-Licht sichtbar zu machen, ein Geschenk von Rudi Zerb, dem Chef der Tatortbereitschaft des saarländischen Landeskriminalamtes. Schere, Pflaster, Handschuhe, Messer, Taschenlampe und ein Instantfotoapparat. Außerdem Pinzette, Lupe, Markierungsfähnchen und Maßstücke, um Gegenstände auf Fotografien in ihrer Größenrelation zeigen zu können.

Er machte sich an die Arbeit, brauchte fast drei Stunden, um Fingerspuren zu sichern, und noch mal zwei Stunden, um festzustellen, dass nichts fehlte. Die Schlösser der Haus- und der Wohnungstür waren äußerlich unversehrt, also musste der Einbrecher ein Profi gewesen sein. Hatte er ihn überrascht? Das war durchaus möglich, denn eigentlich hätte er bis siebzehn Uhr am Schreibtisch sitzen sollen, und der Vormittag hatte Frau Mangold gehört. Wer ließ ihn überwachen? Wer brach in seine Wohnung ein? Er dachte an Mannstein, der gewusst hatte, dass er beim Uerige eingekehrt war. Und jetzt das hier.

Weder Mannstein noch der Einbrecher hatten damit gerechnet, dass er so viel früher vom Dienst kommen würde. Oder war das auch ein Symptom des Umzugs? Dass er überall Verfolger sah? Dass Mannstein zum Monster für jede Gelegenheit mutierte? Bremer beschloss, die Lage kühl zu analysieren. Wenn es um die Mintrop-Akten gegangen war, dann war er gerade rechtzeitig gekommen, denn sie waren noch da. Aber woher sollte irgendjemand wissen, dass er diese Akten überhaupt besaß? Das konnte niemand wissen. Wenn es ein Berufseinbrecher gewesen war, dann hätte er die Wertsachen mitgenommen: die Musikanlage, die Kaffeemaschine, die so gut wie neu war und fast zweitausend Euro gekostet hatte. Aber nichts fehlte. Also hatte er den Täter doch überrascht.

Bremers Gedanken drehten sich im Kreis. Zur Beruhigung räumte er das gesamte Material des Mintrop-Falls in eine Kiste, trug sie in den Keller und versteckte sie unter dem Gerümpel des Vormieters. Einen besseren Ort hatte er im Moment nicht zu bieten. Wer auch immer ihn heute besucht hatte, wusste jetzt, dass er jederzeit auftauchen konnte, und konnte sich ausrechnen, nur wenig Zeit zu haben. Berufseinbrecher würden maximal drei bis acht Minuten riskieren, selbst mit einem Posten auf der Straße. Und wenn Mannstein ihn morgen darauf ansprach, warum er in der Dienstzeit zu Hause gewesen war, dann war die Frage geklärt, wer ihm im Nacken saß. Obwohl, Mannstein hätte ihn ja in seinem Büro aufsuchen können.

Dieses Gedankenkarussell führte ins Nichts. Er musste etwas tun, sonst würde er noch vollkommen durchdrehen. Es war bereits zweiundzwanzig Uhr, aber Bremer spürte keine Müdigkeit und beschloss, eine Zeugin zu befragen. Nicht die übliche Zeit für den Besuch, den er jetzt machen würde, aber wahrscheinlich die beste.

Die Straßen waren leer, die Staus hatten sich aufgelöst. Zur Rushhour verwandelten sich die Straßen der Innenstadt in eine einzige Blechschlange, die Baustellen der neuen U-Bahn-Linie durchzogen die Stadt, unüberwindbare Gräben. Bremer nahm den Rheintunnel, fuhr auf die Oberkasseler Brücke und fühlte sich beim Blick auf die Häuserzeile am gegenüberliegenden Rheinufer an seine Heimat erinnert: Der Staden in Saarbrücken, direkt an der Saar gelegen, bot ein ähnliches Bild: Häuser, erbaut um die Jahrhundertwende, liebevoll saniert, hohe Räume, verspielte Fassaden. Er bog auf die Luegallee, von der die Kyffhäuserstraße rechts abzweigte. Auch hier prachtvolle Häuser, die Bremer das Wasser im Mund zusammenlaufen ließen. Hier zu wohnen wäre nicht schlecht, sinnierte er und hielt vor der Nummer 22.

Er klingelte bei Mechernich, wartete, klingelte noch einmal. Aus der Türsprechanlage knarzte eine kaum verständliche Stimme, die Bremer weder Mann noch Frau zuordnen konnte.

»Wissen Sie, wie spät es ist?«

»Ja«, antwortete Bremer. »Ich weiß es, und ich würde nicht stören, wenn es nicht dringend wäre. Mein Name ist Martin Bremer, ich bin Kriminalhauptkommissar und würde gerne kurz mit Ihnen über den Fall Mintrop/Brunnenmeister reden.«

»Halten Sie Ihren Dienstausweis vor die schwarze Kugel.«

Bremer gehorchte, und nach einer Minute summte der Türöffner. Er drückte das schwere schmiedeeiserne Tor auf und trat in den Vorgarten, Kies knirschte unter seinen Sohlen, im Licht einer Außenlampe leuchteten Hunderte Rosenblüten in allen Farben des Regenbogens. Bremer hatte den Eindruck, eine andere Welt zu betreten.

Der Weg zog sich in einem Halbkreis zu einer breiten Sandsteintreppe, auf deren letzter Stufe zwei Rottweiler saßen und ihn misstrauisch beäugten. Zwischen den Hunden stand, mager wie ein abgenagter Knochen, eine Gestalt, die ebenso gut Mann wie Frau hätte sein können, so wie die Stimme aus der Sprechanlage. Kantiger Schädel, faltige Gesichtshaut, keine Haare mehr auf dem Kopf, unter dem weiten Bademantel konnte Bremer keine Geschlechtsmerkmale erkennen.

»Sie sind also Martin Bremer?«

Jetzt verriet die Stimme doch noch das Geschlecht: eindeutig weiblich, wenn auch tief und greisenhaft verzerrt und zittrig.

»Mein Ruf scheint mir vorauszueilen.«

»Weniger ein Ruf als ein Donnerhallen. Ich habe in meiner gesamten Laufbahn noch keinen Kommissar erlebt, der es geschafft hat, innerhalb von drei Tagen zum Gespräch des gesamten Apparates zu werden.«

»Dann sind Sie mir ja für ein einzigartiges Erlebnis etwas schuldig, Frau Mechernich.« Bremer blieb an der Treppe stehen, die Rottweiler schnüffelten in seine Richtung, schienen aber nicht aggressiv zu sein.

»Schuldig? Was wissen Sie schon von Schuld und Sühne, Sie Grünschnabel. So wie Sie durch die Gegend trampeln und Ihre Moral durch die Gegend trompeten, könnte man meinen, ein neuer Messias sei auf die Welt gekommen. Schuldig! Ich bin niemandem etwas schuldig.«

»Das ist richtig. Mir sind Sie nichts schuldig. Aber wie steht es mit Jörg Brunnenmeister?«

Margarete Mechernich kniff die faltigen Lider zusammen, ihre Zähne begannen zu mahlen. Die Rottweiler wandten ihre massigen Köpfe, die zur Hälfte aus Kiefern zu bestehen schienen, ihrer Gebieterin zu.

»Deswegen sind Sie hier? Ihre Ermittlungen im Fall Schlebusch haben Sie draufgestoßen, Sie haben die Artikel über den Prozess gefunden, nicht wahr?«

Bremer neigte den Kopf ein wenig. »Jörg Brunnenmeister hätte nie verurteilt werden dürfen.«

»Brunnenmeister ist ein Mörder, daran gibt es keinen Zweifel.«

»Ich habe nicht gesagt, dass er zu Unrecht sitzt. Nur: Der gesamte Prozess war eine Farce.«

Margarete Mechernich tätschelte dem Rottweiler zu ihrer Rechten den Kopf, der andere schob sich dazwischen, verlangte Gleichbehandlung, aber Mechernich verscheuchte beide mit einer fahrigen Handbewegung. Die Hunde trollten sich an Bremer vorbei in den Garten und spielten Fangen, ein Spiel, an dem er nicht teilhaben wollte, nicht mit diesen Muskelprotzen auf vier Pfoten, für deren Haltung nach seinem Ermessen ein Waffenschein notwendig war.

»Kommen Sie rein, Bremer.«

Sie drehte sich um und ging vor. Bremer betrat einen Flur, der dunkel war wie ein Keller, dessen Fenster mit Netzen Hunderter Generationen von Spinnen verhängt waren. Ein Geruch von nassen Hunden und alten Menschen schlug ihm entgegen. Die Wände waren mit Textiltapeten bedeckt, Ölbilder zeigten Jagdszenen aus dem achtzehnten Jahrhundert. Am Ende des Flures stieß Mechernich eine Tür auf, sie betraten die Küche. Bremer zuckte kurz mit den Mundwinkeln, so als hätte ihn jemand gezwickt. Der Gegensatz konnte nicht größer sein: überall glänzendes Metall, Hochglanzlack, weiß gekachelter Boden, steril wie in einem Operationssaal. Der Raum maß gut und gerne vierzig Quadratmeter, am hinteren Ende führte eine Tür auf die Terrasse, auf der gusseiserne, verschnörkelte Möbel standen.

Mechernich ließ sich nieder, Bremer wartete nicht auf eine Einladung und tat es ihr gleich. Sie bot ihm nichts an, sondern knetete ihre knorrigen Hände, die aussahen, als könnten sie noch kräftig zupacken. Sie blickte auf.

»Sie sind kein Anwalt, wie wollen Sie das beurteilen?«

Bremer entspannte sich. Er hatte sie, wo er sie haben wollte. Abends und nachts hatten viele Menschen weniger Willensstärke, sie waren müde vom Tag. Entweder warfen sie einen sofort hinaus, oder sie ließen die Zugbrücke herunter und senkten die Schilde. Genau das war bei Mechernich passiert. Sie war bereit zu reden, sich auf die Vergangenheit einzulassen. Fragte sich, wie weit.

»Das Gutachten.«

»Das Gutachten hat ein vereidigter Sachverständiger erstellt. Dafür sind die Leute da. Mir fehlt die Sachkompetenz, deswegen wende ich mich an sie.«

Bremer faltete die Hände. »Um dieses Gutachten als ungenügend zu erkennen, braucht man nur ein wenig gesunden Menschenverstand.«

»Brunnenmeister ist eindeutig identifiziert worden. Wenn Sie die Akten gelesen haben, dann kennen Sie auch die Aussage von David Schlebusch.« Sie blitzte ihn an.

»Ich habe mir die beiden Bilder von Brunnenmeister unter der Lupe angesehen. Das angebliche der Überwachungskamera und das Vergleichsbild des Fotografen. Und jetzt schauen Sie mal her.« Bremer breitete fünf Fotos vor Mechernich aus. Zu sehen waren der Kopf eines Mannes von schräg oben hinten, der Haaransatz, ein Teil des Nackens und das rechte Ohr. Der Mann trug einen breitkrempigen Hut, der das Gesicht aus diesem Blickwinkel verbarg. »Wer von diesen fünf Männern findet sich auf zwei Fotos wieder?«

Mechernich verzog spöttisch den Mund und stach ihren knochigen Zeigefinger Richtung Tisch. »Wir sind hier nicht vor Gericht, junger Mann. Lassen Sie diese Taschenspielertricks und sagen Sie, was Sie von mir wollen. Übrigens hat kein anderer Gutachter das Ergebnis je in Zweifel gezogen.«

Bremer sah ein, dass es sinnlos war, Margarete Mechernich aufs Glatteis führen zu wollen. »Ich werde das Gefühl nicht los, dass ich vom Fall Schlebusch ferngehalten werden soll …«

»Ja, ja, ja, das denkt jeder ambitionierte Kommissar, der nicht einsehen will, dass die Fakten etwas anderes zeigen. Die Meinung des Fußvolkes ist eindeutig: Man hält Sie für leicht durchgeknallt und mächtig angepisst, dass Sie hier in Düsseldorf keine große Nummer mehr sind. Erzählen Sie mir um Gottes willen nicht Ihr Leben, sondern kommen Sie zur Sache. Mir geht langsam die Geduld aus.«

Wie ein Schuljunge fühlte sich Bremer, und er musste zugeben, dass er die ehemalige Staatsanwältin Mechernich vollkommen unterschätzt hatte. Es war ein Fehler gewesen, von dem verkorksten Fall Mintrop auf die grundsätzlichen Fähigkeiten von Margarete Mechernich zu schließen. Diese Frau war mit allen Wassern gewaschen, dachte blitzschnell und hatte ein paar Jahre mehr auf dem Buckel als er selbst. Er streckte sich und schob das Visier nach oben.

»Warum haben Sie im Fall Mintrop gegen besseres Wissen einen Mann angeklagt, gegen den es keine stichhaltigen Beweise gab?«

Mechernich lächelte. »Sehen Sie, es geht doch.«

Sie stand auf, Bremer glaubte die Audienz schon am Ende, aber sie nahm zwei hauchdünne Sherrygläser aus einem Schrank und goss aus einer Kristallflasche mahagonifarbene ölige Flüssigkeit ein.

»Trinken Sie ein Glas mit mir. So was kriegen Sie nicht alle Tage. Das ist ein Palo cortado. Fragen Sie nicht, was die Flasche gekostet hat. Der Preis ist schlicht unmoralisch, aber es lohnt sich.«

Bremer nahm einen Schluck, der Sherry schmeckte entfernt nach Nüssen, aber einen unmoralischen Preis würde er dafür nicht zahlen.

»Ich sehe schon, der Palo ist an Sie verschwendet. Wollen Sie ein Bier? Oder Kaffee?«

»Ich will eine Antwort.«

Sie schlürfte einen Schluck Sherry, drehte das Glas in den Händen, warf Bremer einen seltsamen Blick zu, den er nicht deuten konnte, räusperte sich, stellte das Glas auf den Tisch und fing an zu lachen.

»Sehen Sie, mein werter Herr Kriminalhauptkommissar Bremer, meine Aufgabe war es, nach bestem Wissen und Gewissen potenzielle Straftäter anzuklagen, alle Beweise und Indizien zusammenzutragen, die meiner Auffassung nach die Täterschaft bewiesen oder widerlegten. Brunnenmeister war der Einzige, der für diese Tat in

Frage kam. Er war vorbestraft wegen Bankraubs, war zur Zeit der Tat vollkommen pleite, hatte bei seinen Kumpels geprahlt, bald hätte er keine finanziellen Sorgen mehr. Er hatte kein Alibi, und das Gutachten eines angesehenen Wissenschaftlers bestätigte, dass er der Mann war, der zur Tatzeit von den Überwachungskameras gefilmt worden war. Dann gab es noch David Schlebusch, der den Mann identifiziert hatte, und zwei weitere Zeugen, die nicht ausschlossen, dass Brunnenmeister in der Bank gewesen war. Ich weiß nicht, ob er der Täter war, aber die Wahrscheinlichkeit, dass er es war, liegt bei circa neunundneunzig Prozent. Das genügt mir vollkommen, und nicht ich habe das Urteil gesprochen, sondern die Kammer.«

Bremer lehnte sich in seinem Sessel zurück und nippte an seinem Sherry. Was hatte er erwartet? Dass Mechernich sich auf die Knie warf, um Verzeihung bat und beim Innenminister anrief, um zu erwirken, dass Brunnenmeister aus der Haft entlassen wurde? Auf jeden Fall hatte sie sich sehr schnell an alle Details des Falles erinnert. War sie vorgewarnt gewesen?

»Waren Sie jemals an einem Justizirrtum beteiligt?«

Mechernich schenkte sich nach. »Nein.«

»Aber Sie wissen, dass es so etwas wie Justizirrtümer gibt?«

»Sie vergeuden meine Zeit. Ich weiß immer noch nicht, was Sie wollen. Am besten ist es, wenn Sie jetzt gehen.«

»Warum sind Sie Staatsanwältin geworden?« Bremer leerte sein Glas und stellte fest, dass dieser Sherry gar nicht so schlecht schmeckte. Er hielt es Mechernich hin, sie zögerte, dann schenkte sie ihm nach.

»Ob Sie's wahrhaben wollen oder nicht, Herr Bremer. Ich glaube an den Rechtsstaat, ich bin davon überzeugt, dass vor dem Gesetz jeder Mensch gleich sein muss. Aber ich bin nicht naiv. Ich weiß, dass es Justizirrtümer geben kann, und ich weiß, dass es Justizirrtümer gegeben hat.«

Unverhofft zeigte Mechernich Bremer den Hebel, an dem er sie vielleicht doch noch dazu bewegen konnte, aus dem Nähkästchen zu plaudern.

»Liebe Frau Mechernich, Sie sehen doch sicherlich ein, dass Sie gar nicht wissen können, ob Sie an einem Justizirrtum beteiligt waren oder nicht. Sollte Brunnenmeister unschuldig sein, wäre das eindeutig ein Justizirrtum, aber Sie haben ja nichts davon gewusst. Ihre Einstellung entspricht auch meiner. Die Gleichheit vor dem Gesetz ist die Grundlage der Demokratie und einer lebenswerten Gesellschaft.«

Die Hunde kehrten aus dem Garten zurück und postierten sich wieder rechts und links ihrer Herrin. Sie schüttelte den Kopf und sah auf Bremer herab wie auf einen kleinen Bub. »Sie glauben, jetzt haben Sie meinen wunden Punkt gefunden, damit ich mich in Ihrem Sinne erinnere. Weit gefehlt. Warum sind alle Versuche, Brunnenmeister aus der Haft freizubekommen, gescheitert?« Sie kraulte einem ihrer Rottweiler das Genick, und wie vorhin an der Tür protestierte der andere und versuchte seinen Konkurrenten zur Seite zu schieben.

»Wenn ich das wüsste, Frau Mechernich, dann wäre ich einen Schritt weiter. Bis ich die Gründe dafür herausgefunden habe, muss ich erst einmal davon ausgehen, dass der Prozess nicht so gelaufen ist, wie er hätte laufen müssen. Ich wiederhole mich, aber das Gutachten, dieses einzige Gutachten, ist der Dreh- und Angelpunkt des Prozesses. Da werden Sie mir sicher recht geben.« Bremer machte eine Pause, wartete, ob Mechernich ihm vielleicht widersprechen wollte. Aber sie schwieg. »Vielleicht sollte ich mich an den damaligen Rechtsanwalt von Brunnenmeister wenden. Es ist mir ein vollkommenes Rätsel, weshalb er kein Gegengutachten beantragt hat. Haben Sie eine Ahnung, warum das so war?«

Margarete Mechernich schüttelte nur den Kopf und streichelte ihre Rottweiler, diesmal beide gleichzeitig. Bremer waren die Ideen ausgegangen, er wusste nicht, wie er diese eisenharte Frau noch angehen sollte.

»Falls Sie den damaligen Anwalt von Brunnenmeister aufsuchen wollen, sparen Sie sich die Mühe. Er ist seit vier Jahren tot.«

Bremer stellte das Sherryglas ab, erhob sich und fühlte sich mit einem Mal unendlich müde. Hatte er sich doch in irgendetwas verrannt? Der Anwalt tot, der Leiter der damaligen Mordkommission ebenfalls tot, das hatte er bereits recherchiert. Also blieben ihm noch die Mitglieder der großen Strafkammer, die Brunnenmeister damals verurteilt hatten.

»Danke für die Zeit, die Sie mir geschenkt haben, Frau Mechernich.«

Sie verzog die Lippen zu einem Grinsen, das ihr Gesicht in einen Totenschädel verwandelte. Sie machte keine Anstalten, aufzustehen oder Bremer die Hand zu reichen.

»Sie finden nach draußen, nicht wahr?«

Bremer trat in die kühle Abendluft hinaus, atmete durch und zweifelte an seiner Intuition. Er verwarf den Gedanken, Saskia anzurufen, um sich die Frustration zu ersparen, wenn er wieder nur die Ansage ihrer Mailbox hören würde.

Also fuhr er nach Hause, duschte heiß, und als selbst zwei Espresso seine Müdigkeit nicht vertrieben, legte er sich ins Bett und schlief sofort ein.

ZWÖLF

Bremer wachte um sechs Uhr aus einem Alptraum auf, an den er sich nicht mehr erinnern konnte. Sein Handy spielte die d-Moll-Toccata. Er hielt es sich vor die Augen und sah, dass es Saskia war. Er stellte die Verbindung her, und schon hörte er ihre Stimme an seinem Ohr, so nah, klar und deutlich, als stünde sie auf der Straße vor dem Haus.

»Hallo, Liebling«, sagte sie, Bremer wurde es warm ums Herz. Ihre Stimme ging ihm unter die Haut, er schloss kurz die Augen und wünschte sich weit weg von hier, wünschte sich, dass er in ihren Armen läge und ihr alberne Liebesbeteuerungen ins Ohr flüsterte. »Hier ist es phantastisch. Die Kollegen sind total nett, die Arbeit geht gut von der Hand, ich lerne unglaublich viel. Wie sieht's in Düsseldorf aus?«

Bremer rieb sich die Augen, und außer einem tiefen Seufzer fiel ihm nichts zu sagen ein.

»Anscheinend nicht so gut«, sagte Saskia.

»Es könnte schlimmer sein. Der Machtkampf mit Mannstein ist vorbei, Bütikof, der Polizeipräsident, hat uns wie streitende Schulbuben jeden in eine Ecke gestellt. Und mir die Leitung einer Mordkommission übergeben. Eine Ein-Mann-Mordkommission.«

Saskia fing an zu giggeln, dann brach sie in schallendes Gelächter aus, fing sich sofort wieder und wurde ernst.

»Dieser Bütikof ist wirklich ein gerissener Kerl. Was ist mit dem Fall Schlebusch? Seid ihr weitergekommen?«

Bremer hob die Augenbrauen. »Ich habe mit dem Fall nichts mehr zu tun.«

Er hörte Saskia atmen. Dann holte sie tief Luft, und er wusste, dass sie ihm jetzt eine Predigt verabreichen würde.

»So ganz geschickt bist du wirklich nicht vorgegangen. Ein wenig mehr Diplomatie hätte nicht schaden können. Wenn ich es genau nehme, bist du dort rein wie der berühmte Elefant in den Porzellanladen.«

»Saskia, du solltest wissen, dass ich zuallererst Polizist bin. Mir ist vollkommen egal, wer, wann, wo und warum den Big Boss spielen will oder nicht. Ein junger Mann ist ermordet worden, und es muss alles getan werden, um den Täter zu fangen.«

Bremer wollte noch etwas sagen, aber er merkte, dass jedes Wort zu viel war. Was machte er da? Sich vor seiner Freundin dafür rechtfertigen, dass er seinen Job richtig machte, dafür, dass er seine Verantwortung ernst nahm? Das konnte nicht sein. Er hatte keine Lust mehr, mit Saskia zu reden, die ihm genauso daherkam wie Corinna oder Mannstein. Immer schön im Gleichschritt und nur ja nichts in Frage gestellt.

»Schatz, ich muss noch ein wenig schlafen, ich habe einen langen Tag vor mir und bin immer noch hundemüde. Ich wünsche einen schönen Tag, bis bald, mach's gut.«

Er unterbrach die Verbindung, ohne eine Antwort von Saskia abzuwarten. Er hatte sich darauf gefreut, mit ihr zu sprechen, und jetzt hatte er das Gespräch gar nicht schnell genug beenden können.

Bremer ließ sich ins Kissen zurückfallen, schloss die Augen und versuchte einzuschlafen. War Saskia jetzt sauer? Oder verletzt? Warum nicht? Es geschah ihr recht. Sie war der Elefant, der auf seinen Gefühlen herumtrampelte. An Schlaf war nicht mehr zu denken, also stand er auf, holte die Akten aus dem Keller und vertiefte sich nochmals in den Fall Mintrop/Brunnenmeister. Papier gab immer irgendetwas her, man musste nur lange genug graben.

Nach nicht ganz einer halben Stunde wurde er fündig: die Gegenüberstellung. Wer hatte sie durchgeführt? Er studierte das Protokoll. Unterzeichnet war es mit einem unleserlichen Gekrakel, das von einem gestressten Arzt hätte stammen können. Ein Zeuge hatte Brunnenmeister mit Sicherheit identifiziert, nämlich David Schlebusch. Aber nicht beim ersten Durchgang. Und zwei andere Zeugen waren sich nicht sicher gewesen, vor allem waren sie dem Angeklagten das erste Mal im Gerichtssaal begegnet. Die Kollegen, die bei der Gegenüberstellung mitgespielt hatten, waren KK Franz Gelding, KK Johannes Blei und KOK Gottfried Mühl. Fast zwei Jahrzehnte waren seitdem vergangen, und Bremer konnte sich vorstellen, dass die drei Kollegen nicht mehr in Düsseldorf waren, vielleicht waren sie auch tot wie die anderen, oder sie hatten einen anderen Beruf ergriffen.

Zugang zu den Personalakten des Präsidiums hatte er nicht, also versuchte er es auf gut Glück im Internet. Er gab die drei Namen ein und konnte es nicht fassen. Innerhalb des Bruchteils einer Sekunde erschienen 4382 Einträge. Bereits der erste war ein Volltreffer. Er lud das PDF-Dokument herunter, blätterte durch die Seiten und wusste, was er zu tun hatte. Fünf Minuten später hatte er die Adressen der drei.

Er begann mit Kriminalkommissar Franz Gelding, wählte seine Nummer, plauderte ein wenig, erfuhr, was er erfahren wollte, und wiederholte sein Spiel bei den beiden anderen. Dreimal die gleiche Antwort. Dreimal ein Volltreffer. Bremer stellte seiner Espressomaschine die Frage, deren Antwort er bekommen musste, koste es, was es wolle: »Wer hat Jörg Brunnenmeister so sehr gehasst, dass er ihn lebenslänglich hinter Gitter gebracht hat? Und vor allem: Wer hatte die Macht dazu?«

DREIZEHN

Tom hasste es, zu masturbieren. Aber Tina hatte gesagt, im Moment sei es besser, wenn sie sich nicht sähen, und auf eine andere Frau hatte er im Moment einfach keinen Bock, auch nicht auf Silvia. Sie hatte ihn angerufen und angefangen, von einer Beziehung zu reden. Der traute er zu, ihm einen Balg anzudrehen. Und bevor er wieder anfing, Nägel zu kauen, nahm er die Sache lieber selbst in die Hand. Er dachte an das kurze Telefongespräch mit Tina. Sie wollte noch nicht einmal das Geschenk haben. Ob sie schon wieder einen anderen hätte, hatte er wissen wollen, aber sie versicherte ihm, er sei jetzt, wo David tot sei, der Einzige. Nur ein paar Wochen Geduld müsse er haben, dann könnten sie wieder zusammen sein, und dann für immer.

Tom gab sich damit zufrieden, was hätte er auch machen sollen? Tina war in solchen Dingen sehr eigen, ihre Bitten nichts anderes als Befehle. Und wer Tinas Befehle nicht befolgte, wurde augenblicklich degradiert. Warten war für ihn kein Problem. Wenn er im Knast nichts gelernt hatte, warten hatte er gelernt. Mit dem Geld, das er in den letzten Tagen verdient hatte, konnte er sich das Warten versüßen. Ski fahren! Davon hatte er in seiner Zelle oft geträumt. Außer Geld und Personalausweis brauchte er nichts, die Ausrüstung konnte er sich in der Skihalle leihen. Vom prallen Sommer in den Schnee, das war echter Luxus, und genau das wollte Tom bis ans Ende seiner Tage: So viel Geld haben, dass er sich alles kaufen konnte, Autos, Häuser, Bullen, ganze Inseln. Kein Problem, wenn er endlich ins große Geschäft einsteigen und das Geld tonnenweise scheffeln würde.

Das Geplärr seines Handys riss ihn aus seinen Träumen. Er nahm das Gespräch an, obwohl der Anrufer seine Nummer unterdrückt hatte. Die Stimme jagte ihm einen Schauer über den Rücken. Der Boss persönlich. Cochise.

»Na, Tom, alles klar?«

Tom verschluckte sich fast. »Klar, Boss, bei mir läuft alles rund. Bei den geilen Jobs! Hey, vielen Dank noch mal.«

»Kein Thema.«

Tom wartete darauf, dass Cochise weitersprach, eine Minute verging und noch eine. Außer Atemgeräuschen war nichts zu hören. Endlich meldete sich Cochise wieder.

»Ich habe ein Problem. Es gibt jemanden, der innerhalb meiner Sicherheitszone herumschnüffelt.«

Pause. Wieder das Atmen, das Tom seltsam bekannt vorkam. Aber er konnte es nicht zuordnen.

»Dieser Jemand ist für uns alle eine große Gefahr. Auch für dich.«

Tom spürte ein Ziehen im Magen. Verdammt, gerade jetzt lief alles so gut, und dann kam da irgendein Depp daher und brachte alles durcheinander.

»Und, was meinst du?«

Tom suchte einen Moment nach Worten. »Das ist absolute Kacke, ist doch klar, oder?«

»Schöner hätte ich das nicht formulieren können. Was sollen wir tun?«

»Schick doch einen von deinen Rockern, die sollen dem den Marsch blasen, dann ist da schnell Ruhe.«

Tom hörte wieder einige Atemzüge.

»Das ist grundsätzlich keine schlechte Idee, aber denen traue ich nicht über den Weg.«

Siedend heiß fiel Tom ein, dass sie gerade über Dinge am Telefon sprachen, die sie locker in den Knast bringen konnten.

»Sollten wir das vielleicht besser nicht am Telefon besprechen?«

Cochise lachte leise. »Kein Problem, die Leitung ist sicher.«

Das glaubte Tom sofort, aber er wunderte sich trotzdem. Woher wollte Cochise das so genau wissen? Wahrscheinlich hatte er irgendeinen Bullen geschmiert. So musste es sein. Und Cochise wäre nicht Cochise gewesen, wenn er sich nicht sicher war. Also konnte Tom deutlicher werden. Was ihn aber noch mehr wunderte, war, dass Cochise den Compadres nicht traute. Schließlich machte er fette riskante Geschäfte mit ihnen.

»Lass ihn doch abschießen. Das dürfte kein Problem sein, oder?«

»Korrekt, mein Lieber, korrekt. Gute Idee.«

Wunderbar. Ein Lob vom Oberboss, das war Gold wert.

»Bei uns ist es so, dass der Ideengeber auch für die Umsetzung verantwortlich ist«, sagte Cochise leise.

»Aha.« Tom glaubte den Boden unter den Füßen zu verlieren. Das war ein schlechter Scherz. Das musste ein schlechter Scherz sein. »Ich bin ja wohl nicht der Erste, der auf so eine Idee kommt.«

»In diesem Fall schon. Und du willst doch, dass die Geschäfte weitergehen?«

Schweiß sammelte sich unter Toms Achseln. »Ja, klar, aber ...«

»Aber was? Jeder muss sich einsetzen. Niemand kann sich nur die Rosinen rauspicken.« Cochises Stimme schnitt Tom in die Eingeweide. »Außerdem muss ich wissen, ob du wirklich loyal bist, und ich will sicher sein, dass du es auch dann bleibst, wenn du bei mir in die Führungsebene aufsteigst. Betrachte es als den großen Abschlusstest. Wenn du den bestehst, wirst du die rechte Hand von Alfonse, der den Einkauf für Europa organisiert. Und nach einer gewissen Einarbeitungszeit übernimmst du die Geschäfte komplett. Alfonse möchte in Rente, das kann ich ihm nicht verdenken. Weißt du, was das heißt?«

Natürlich wusste Tom das. Das Ziel seiner Träume. Geld ohne Ende. Ein hohes Tier sein. Macht haben. Aber Mord?

»Das ist mir alles klar, aber ich bin einfach kein Killer. Das kann ich nicht.«

»Hey, Tom, jetzt mach mal halblang. Das ist keine Wunschparty hier. Du gehörst zur Familie, und da gibt es kein ›Ich kann das nicht‹. Du kannst und du wirst. Und damit dir das leichter fällt, haben wir deine kleine Freundin zu Gast.«

Das Atmen. Cochise hatte Tina den Hörer an den Mund gehalten.

»Ihr geht es wunderbar, sie schläft wie ein Kind und wird sich an nichts erinnern, wenn sie wieder aufwacht.«

Cochise machte eine Pause, und Tom wusste, was jetzt kam.

»Falls sie wieder aufwacht. Und das wird sie, sobald ich erfahren habe, dass du deinen Auftrag erfolgreich ausgeführt hast. Na, was sagst du?«

Tom wollte in den Hörer brüllen, dass Cochise ein mieses Schwein sei und dass er, Tom, ihn killen würde und sonst niemanden. Aber sein Mund war so trocken, dass er keinen Laut herausbrachte.

»Ich deute das als Zustimmung. Deine Zielperson ist ein Polizist. Das müsste dir doch Spaß machen. Der Typ heißt Bremer und wohnt in der Volmerswerther Straße. Er ist lang und dünn, nicht zu übersehen. Kriminalhauptkommissar. Er fühlt sich sehr sicher, und das wird sein Tod sein. Übermorgen um vierzehn Uhr bist du im Bunker, alles klar? Denk an deine Freundin und an das Geld, das du verdienen wirst.« Cochise lachte. »Entschuldige, fast hätte ich was vergessen. Du musst das natürlich nicht umsonst machen, im Gegenteil. Für Bullenkillen gibt's hunderttausend Euro. Und danach fährst du mit deiner Kleinen erst mal ein paar Wochen in Urlaub. Und glaub mir: Einen umzulegen ist die einfachste Sache der Welt. Ich baue auf dich. Bis bald.«

Bevor Tom noch irgendetwas sagen konnte, war die Leitung tot, so tot, wie sich Tom fühlte. Was war da schiefgelaufen? Verdammte Scheiße, einen Bullen killen, dafür ging man bis zum Abkratzen in den Knast, wenn man nicht vorher bei irgendeiner Gelegenheit die Treppe runterfiel oder den Löffel abgab, weil mit dem Essen was nicht stimmte. Zwei Dinge waren Tom klar. Erstens: Cochise scherzte nicht, und deshalb war Tina in Lebensgefahr. Zweitens: Er konnte niemanden umbringen, einfach so. So wie es aussah, gab es nur eine Lösung. Er musste abhauen. Das mit Tina war ätzend, seinen Job war er auch los, aber er hatte keine andere Wahl, denn alles war besser, als einen Bullen zu killen. Er hatte noch über dreißigtausend Euro, damit konnte er eine Weile auskommen.

Fast rutschte ihm das Handy aus den Händen, so sehr trieb ihm die Angst den Schweiß aus allen Poren. Cochise würde ihn gnadenlos verfolgen, und wenn er ihn gefunden hatte, würde Tom sich wünschen, nie geboren worden zu sein. Zu den Bullen konnte er auch nicht gehen, da war noch die Sache mit Schlebusch, die würden ihn sofort einsacken, wenn rauskam, dass er Tom Breininger war und in welchem Verhältnis er zu Tina stand. Scheiße, Scheiße, Scheiße. Wie er es auch drehte und wendete – entweder landete er verstümmelt im Rhein oder für alle Zeiten im Knast.

Immer schneller kreisten die Bilder, machten ihn wahnsinnig. Tom begann mit den Fäusten auf den Boden zu hämmern, das tat gut, der Schmerz lenkte ihn ab, die Haut platzte auf, Blut zerstob wie Sprühregen, benetzte sein Gesicht, er leckte es sich mit der Zunge von den Lippen. Schmerz, Verzweiflung, Blut, in seinem Kopf entstand purer Matsch, reiner Schlamm, in dem er nur einen Satz erkennen konnte: Tom Breininger ist der totale und absolute Verlierer, und das wird sich nie ändern. Hundertmal sagte er den Satz vor sich hin, bis er spürte, dass Trauer aufstieg, Trauer um sein armseliges verpfuschtes Leben, auf dem alle nach Belieben rumtrampeln konnten. Er schrie nach seiner Mutter, aber die antwortete nicht, er begann zu weinen, er versuchte sich an seinen Vater zu erinnern, aber der hatte kein Gesicht und keine Stimme. Aus dem Schlamm blubberten Blasen, platzten und flüsterten Tom dumme Sachen zu: »Wehr dich, mach sie alle fertig, töte Cochise, rette Tina, was hast du zu verlieren außer deinem nichtswürdigen, verschissenen Leben? Lass es noch einmal richtig krachen, und dann trittst du ab. Du weißt doch: Tot sein ist nicht schlimm. Im Gegenteil. Tot sein heißt frei sein.«

Tom hörte auf, die Fäuste auf den Boden zu schlagen. Er hörte auf zu schreien, er hörte auf zu weinen. Schwer atmend kauerte er auf dem blutverschmierten Holzboden und fühlte sich besser. Warum war er nicht früher darauf gekommen? Das war sein Schicksal, und seinem Schicksal konnte man nicht entkommen. Cochise musste sterben, weil er Tina bedrohte und ihn erpresste, weil er ihn wie einen Kampfhund behandelte, dem man »Fass!« zurief und dann nur noch zusehen musste, wie er sein Opfer zerfleischte. Cochise war ein Verräter. Und Verräter mussten sterben.

Tom reinigte zuerst den Boden, dann sich selbst, versorgte seine Wunden, die ihn nicht ernsthaft behinderten, nahm sich eine Flasche Bier, einen Stift, ein Blatt Papier und begann einen Plan zu schmieden, gegen den Cochise machtlos sein würde.

***

Bremer grüßte den Wachhabenden, sprang in den Paternoster, machte einen Satz auf den Flur, marschierte in sein Büro und ließ sich in den Schreibtischsessel fallen. Niemand war ihm in die Quere gekommen, und im Gegensatz zu seinem ersten Tag, der Jahre zurückzuliegen schien, waren die Türen aller anderen Büros geschlossen. Mit spitzen Fingern legte er die Akte seines Mordfalls auf den Schreibtisch. Gestern hatte er sie überhaupt nicht mehr beachtet. Bütikof würde über kurz oder lang einen Bericht einfordern, also musste Bremer den Fall zumindest oberflächlich bearbeiten.

Er ging die sauber geführte Akte durch, machte sich hier und da Notizen und erkannte schnell, dass der Fall so gut wie verloren war. Am 24. August 2003 war in der Nähe des Unterbacher Sees eine männliche Leiche gefunden worden, circa achtundzwanzig Jahre alt, die Physiognomie wies ihn als Mitteleuropäer aus, ein DNA-Test zeigte, dass er mongolisches Blut in den Adern hatte, dass seine Vorfahren in grauer Vorzeit aus Asien gekommen sein mussten. In seinem Kopf steckte ein Projektil, das aus einer russischen Makarov, Kaliber neun Millimeter, stammte. Der Mann war nackt, trug keine Tätowierungen, hatte keine Narben und auch sonst nichts Auffälliges. Die Obduktion ergab das Offensichtliche: Der Mann war durch den Kopfschuss gestorben. Nichts weiter. Obduzentin war Susanna Brand gewesen. Das war nicht schlecht, so konnte Bremer sie aufsuchen, ohne Verdacht zu erwecken. Der Abgleich der Vermisstendateien in ganz Europa hatte nichts erbracht. So wie es aussah, ging es dem Mann wie Bremer: Niemand vermisste ihn. Auch bei den russischen Behörden erntete man nur Kopfschütteln. Am Tatort fanden sich keine Spuren, ein Hinweis darauf, dass es sich um Profis gehandelt haben musste. Ein Foto wurde veröffentlicht, keine Hinweise gingen ein, die Akte wurde geschlossen. Bremer seufzte. Bütikof würde ihm wahrscheinlich alle toten Fische der Abteilung vorlegen. So lange, bis er aufgeben und ins Saarland zurückkehren würde.

Es klopfte. Bremer rief: »Herein«, und Giorgio Cantabile schlüpfte wie ein Verschwörer in den Raum.

»Grüß dich, Giorgio. Was kann ich für dich tun?«

»Die Frage ist, was ich für dich tun kann.«

»Du sprichst in Rätseln.«

Giorgio nahm auf dem Besucherstuhl Platz. »Ich will mit offenen Karten spielen. Ich halte dich für einen überheblichen, unkollegialen Einzelkämpfer, der in seinem grenzenlosen Ehrgeiz alles niedermacht, was ihm in den Weg kommt.«

Bremer schmunzelte. »In dieser Beschreibung kann ich mich durchaus wiederfinden, nicht ganz, aber doch größtenteils.«

Giorgio hob überrascht die Augenbrauen. »Gut. Okay. Wunderbar.« Er blickte Bremer noch eine Weile in die Augen, dann zog er einen braunen Umschlag aus der Innentasche seines Boss-Jacketts.

»Schau dir das hier an.« Er entnahm dem Umschlag einige Fotos und reichte sie Bremer, der sofort erkannte, dass es sich um Abzüge der Sphärenkamera handelte. »Und? Fällt dir was auf?«

Bremer betrachtete die Bilder ausgiebig, aber es gab nichts, was seine Aufmerksamkeit erregte.

»Nein. Müsste mir etwas auffallen?«

Giorgio grinste. »Noch nicht.« Er reichte Bremer ein weiteres Foto. Es zeigte David Schlebusch am Tatort auf dem Rücken liegend.

Sofort wurde ihm klar, was Giorgio gemeint hatte. »Die Hände.«

»Die Hände! Du könntest mit deiner Theorie recht haben, mit großer Betonung auf ›könntest‹.«

»Warst du damit schon bei Mannstein? Hast du mit ihm darüber geredet?«

Giorgio schüttelte den Kopf. »Ich arbeite seit über zehn Jahren mit ihm zusammen, er ist ein echt guter Cop. Er hat mir schon zweimal das Leben gerettet, ohne dabei auf sein eigenes zu achten und ohne großes Gewese darum zu machen. Wenn Mannstein dabei ist, dann fühle ich mich gut aufgehoben. Wir kriegen unsere Pappenheimer, es sei denn, wir haben echt Pech, und das ist Lebensrisiko und verdammt selten. Mannstein übersieht nie etwas.«

»Außer im Fall Schlebusch?«

»Ja.« Giorgio senkte den Kopf. »Er hat die Bilder gesehen, aber nicht reagiert.«

»Kannst du mir Kopien machen?«

»Das sind Kopien. Wirst du sie deinem ehemaligen Team schicken, zur Analyse?«

»Das wäre ein schwerer Dienstverstoß.«

Giorgio nickte. »Natürlich. Entschuldige.«

»Warum riskierst du, von Mannstein filetiert zu werden?«, fragte Bremer.

»Warum riskierst *du* deine Karriere?«

Beide schwiegen, denn beide hatten keine ehrliche Antwort für den anderen. Giorgio ging ohne ein weiteres Wort, Bremer blieb zurück, verwirrt, ohne Orientierung. Er schob die Fotos in seine

Aktentasche, und kaum hatte er sie verschlossen, klopfte es erneut. Bremer schloss kurz die Augen. Corinna. Er behielt recht. Sie trat lächelnd ein, setzte sich, stützte ihren Kopf auf die Hände und bohrte ihren Blick in Bremers.

»Nicht schlecht«, sagte sie, ohne das Lächeln zu unterbrechen. »Du hast Mannstein ganz schön vorgeführt. Er ist immer noch stinksauer, weil Bütikof dich nicht rausgeschmissen hat. Wie hast du das gemacht? Jeder andere hätte gut sichtbar im Hof am Galgen gebaumelt.«

Bremer stellte fest, dass ihre braunen Augen nicht nur türkisgrüne Sprengsel hatten, sondern auch schwarze, und er stellte fest, dass er Lust hatte, mit ihr zu schlafen. Jetzt. Hier.

»Bütikof hat mich kastriert. Reicht das Mannstein nicht?«

Sie lachte. »Nein, er ist erst zufrieden, wenn du über die Klinge gesprungen bist. Du hast seine Autorität in Frage gestellt, vor versammelter Mannschaft. Das wird er dir nie verzeihen. Das Tuch zwischen euch ist zerschnitten.«

»Damit kann ich leben.«

»Aber du sitzt quasi auf dem Altenteil. Tote Fische bearbeiten – das muss dir doch gehörig stinken, oder?«

Bremer stützte seinen Kopf ebenfalls auf die Hände und hielt Corinnas Blick stand.

»Mord ist Mord, egal, wie lange er zurückliegt.«

Sie spitzte ihre Lippen. »Da hast du allerdings recht. Mit wem quälst du dich rum? Mit dem Mongolen?«

»Ist der euer Maskottchen?«

»Den kriegt jeder mal vorgesetzt, damit man weiß, dass man nicht Gott ist, sondern ein fehlbarer Mensch.«

»Oho! Da bin ich also mitten in eine Erziehungsmaßnahme für renitente Kommissare geraten. Wann kommt die Gehirnwäsche?«

»Wenn du willst, heute Abend. Wir gehen nett essen, dann zeige ich dir die Altstadt. Was hältst du davon?«

»Das klingt gut. Wo treffen wir uns?«

»Hammer Straße. Roberts Bistro. Französisch. Das wird dich ein wenig davon ablenken, dass du im Rheinland aufgeschlagen bist wie ein Schrapnell.«

»Sind alle Frauen im Rheinland so charmant wie du?«

»Neunzehn Uhr?« Corinna klimperte mit den Wimpern.

Bremer nickte, sie stand auf und ließ ihn mit dem Mongolen allein.

Drei Stunden lang unternahm Bremer alles, was er in diesem Fall unternehmen konnte. Die gleiche Prozedur, die schon mehrfach abgewickelt worden war: Vermisstendateien; ein Amtshilfeersuchen an die russischen Behörden, die über die einzige vernünftige Vermisstendatei des gesamten asiatischen Raums verfügten, das von hier zum Innenministerium lief, um dort ein oder zwei Wochen im Orbit zu kreisen, bevor es bei den russischen Behörden ähnliche Wege nahm, um vier oder sechs Wochen später wieder auf seinem Schreibtisch zu landen, mit dem Vermerk: »Ohne Ergebnis«.

Immerhin gab ihm der Fall die Möglichkeit, unauffällig mit Susanna Brand Kontakt aufzunehmen. Er wählte die Nummer des rechtsmedizinischen Instituts, das auf dem Gelände der Unikliniken der Heinrich-Heine-Universität untergebracht war. Sie war nicht da, aber Bremer erfuhr, dass sie in zwei Stunden, also um dreizehn Uhr, mit der Sektion einer Leiche beginnen würde. Bremer nutzte die Zeit, um den nötigen Papierkram zu erledigen.

Susanna Brand war hinter der Schutzmaske nicht zu erkennen, das Gesicht war bis auf die Augen verdeckt. Ihre Haare waren unter einer Haube verborgen, die Hände steckten in mindestens zwei Schichten Latexhandschuhen, extrafest. In die Schutzmaske war das Mikrofon montiert, in das sie ihre Ergebnisse diktierte, mit einem Stecker und einem flexiblen Kabel war es an das Diktiersystem angeschlossen. Ihr Assistent hatte sich ebenso vermummt und war gerade dabei, der Leiche die Kopfhaut oberhalb der Augenbrauen aufzuschneiden, um sie dann nach hinten über den Schädel zu ziehen, damit er im nächsten Schritt die Säge ansetzen und das Gehirn entnehmen konnte. Am Kopfende des Sektionstisches stand ein Mann in den Vierzigern, entweder ein Staatsanwalt oder der zuständige Sachbearbeiter der Kripo, der ebenfalls eine Schutzmaske trug, die aber nur Mund und Nase bedeckte. Bremer musterte den Mann und kam zu dem Schluss, dass es sich um einen Kollegen handelte.

Die Leiche, die Susanna unter dem Messer hatte, musste schon einige Zeit tot sein. Die Leichenstarre hatte sich schon wieder gelöst, der Bauchraum war stark angeschwollen, Susannas erster Schnitt würde die Gase freisetzen, ein Geruch, der fast jeden dazu brachte, seinen Mageninhalt von sich zu geben. Sie setzte an, der Bauch fiel zusammen wie ein Luftballon, in den man eine Nadel sticht, sie zog den Schnitt bis unter den Nabel, legte das Skalpell weg und diktierte eine Zeit lang.

Bremer klopfte an die Glasscheibe, sie wandte sich um, zog das Kabel aus dem Mikrofon, trat zur Tür und bedeutete ihm hineinzukommen. Er wedelte mit dem Zeigefinger hin und her, sah ihr Grinsen unter der Maske und trat einen Schritt zurück. Sie schlüpfte durch die Tür, befreite ihr Gesicht und sagte: »Du bist kein Anfänger, das steht fest. Was kann ich für dich tun?«

Bevor Bremer etwas sagen konnte, redete sie weiter. »Falls du mit dem Du Probleme hast, sag es gleich oder schweige für immer.«

Bremer schwieg.

»Falls es um David Schlebusch geht, vergiss es. Kein Kommentar. Leichenschau beendet. Der Sack ist zu.«

»Obwohl du weißt, dass Schlebusch nicht erschlagen worden ist?«

»Wie gesagt: kein Kommentar. War es das?« Ihr Lächeln war verschwunden.

Sie wandte sich zur Tür, Bremer griff sie vorsichtig an der Schulter.

»Ich habe den Mongolen am Hals.«

Susanna Brand gab Bremers Hand nach, drehte sich um.

»Alle Jahre wieder. Mein Gott, der Fall ist so tot wie der Mann selbst. Alles, was es zu sagen gibt, steht im Bericht.«

»Angeblich ist er erschossen worden.«

»Wieso angeblich? Hast du den Täter? Eine Zeugenaussage, die deine These stützt? Wenn nicht, dann lass mich bitte weiterarbeiten.«

Jegliche Wärme war aus ihrem Gesicht verschwunden. Bremer musste achtgeben, was und wie er es sagte. Bei Mechernich hatte seine Strategie, sie bei ihrer Berufsehre zu packen, nicht funktioniert. Vielleicht funktionierte es bei Susanna.

»Du bist Wissenschaftlerin. Du verlässt dich nur auf das, was du beweisen kannst. Du arbeitest sorgfältig und präzise. Warum vergisst du das alles bei David Schlebusch? Ich ...«

Susanna verpasste ihm einen Schlag vor die Brust, dass er nach hinten taumelte und wohl gestürzt wäre, hätte ihn die Wand nicht aufgefangen.

»Wag es nicht, dein schmutziges Spiel mit mir zu spielen.«

Sie trat mit dem Fuß gegen die Tür, sie schwang auf, und bevor sie wieder zurückschwang, war Susanna schon hindurch. Bremer hatte geglaubt, schnelle Reflexe zu haben, aber er hatte ihre Hand nicht kommen sehen. Unglaublich. Sie musste mindestens einen dritten Dan in Karate haben.

Bremer beglückwünschte sich selbst. Er hätte ihr genauso gut in den Schritt fassen können. Unsensibler ging es wirklich nicht. Susanna Brand würde ab jetzt einen Blutsturz bekommen, wenn sie nur an ihn dachte. Wenn ihm nichts Besseres einfiel, als Leute vor den Kopf zu stoßen, würde Schlebusch in ein paar Tagen eingeäschert werden, und er würde nie beweisen können, dass der Mann nicht erschlagen worden war.

Ein Gedanke keimte auf, eine Idee beschleunigte seinen Herzschlag. Susanna Brand war damit beschäftigt, eine Leiche auseinanderzunehmen. Das verlangte ihre ganze Konzentration, und sie würde noch mindestens drei Stunden damit zubringen. Der Eingang zum Institut war weder gesichert, noch wurde untersucht, was Besucher in ihren Taschen, Rucksäcken oder Körben hinein- und vor allem hinaustrugen. Der Asservatenkühlraum, in dem die einzelnen Körperteile aufbewahrt wurden, war nicht schwer zu finden, ein Schild mit roten Buchstaben wies darauf hin. Er lag am anderen Ende des Flures.

Bremer ging die wenigen Schritte zügig, drückte die Klinke, die Tür war offen.

Auf dem Weg in die Pathologie war Bremer an einer Metzgerei vorbeigekommen, die damit warb, frische Innereien und, was noch wichtiger war, schlachtfrisches Hirn vorrätig zu haben. Er zögerte nicht, verließ das Gebäude, kaufte in der Metzgerei Innereien und Hirn, fuhr zurück, passte einen Moment ab, in dem der Pförtner abgelenkt war, und vollzog, was ihn seinen Job kosten konnte: Er stahl Schlebuschs Gehirn samt zersplittertem Schädel und ließ dafür frisches Schweinehirn zurück. Im Eiltempo fuhr er zu seiner Wohnung und fror sein Diebesgut ein.

Keine Frage, die Zeit für einen Besuch im Saarland war gekommen. Er brauchte dringend Hilfe von Menschen, denen die Aufklärung eines Verbrechens wichtiger war als die Karriere oder die allzu enge Auslegung von Vorschriften und Gesetzen. Am liebsten wäre er sofort aufgebrochen, aber er wollte Corinna nicht absagen, zum einen weil er Lust hatte, auszuprobieren, ob er als Mann noch Wirkung auf Frauen hatte, zum anderen weil er nicht unnötig Verdacht erregen wollte. Er würde ganz normal seinen Dienst absolvieren, noch ein Gespräch führen, sich mit Corinna treffen und morgen, am Samstag, sehr früh nach Saarbrücken fahren. Vorher musste er Rudi Zerb anrufen, ihn einweihen, damit sie sich in Homburg, in der Gerichtsmedizin, treffen konnten. Aber das würde er nicht von seinem Handy aus machen.

Im nächsten Supermarkt kaufte er sich eine Prepaidkarte, wählte Rudis Geheimnummer, erklärte ihm alles und verabredete sich mit ihm für Samstagvormittag, halb elf. Rudi brannte darauf, Schlebuschs Gehirn unter die Lupe zu nehmen und ein wenig Schädelpuzzle zu spielen.

Um fünfzehn Uhr dreißig saß Bremer wieder an seinem Schreibtisch und tippte den vorläufigen Bericht. Die Kurzfassung lautete: In der Mongolei nichts Neues. Per E-Mail schickte er den Bericht direkt an Bütikof, eine zweite E-Mail schickte er an Susanna Brand und entschuldigte sich für seinen Auftritt.

Pünktlich um sechzehn Uhr dreißig machte er Schluss und beeilte sich, in den Norden Düsseldorfs zu kommen, um Richter Ralf Maier aufzusuchen, der vor achtzehn Jahren dem Gericht vorgesessen hatte, das Jörg Brunnenmeister lebenslang hinter Gitter schickte.

Das Anwesen des Richters war, ähnlich wie das von Margarete Mechernich, von einem Zaun umgeben, der Eingang mit einer Kamera und einer Gegensprechanlage bewehrt. Bremer drückte den Knopf unter dem Namensschild, auf dem schlicht »Maier« stand. Kein »Richter a. D.« wies darauf hin, dass hier ein ehemaliger Strafrichter wohnte, der im Laufe seiner Karriere viele tausend Jahre Gefängnis verhängt hatte.

Zu seinem Erstaunen meldete sich sofort eine dunkle, wohltönende Stimme und fragte ihn nach seinem Namen und seinem Anliegen. Bremer nannte beides, und schon schwang das Tor auf. Er trat hindurch und ging geradewegs zum Eingangsportal, das breit genug war, um einen Kleintransporter hindurchzulassen. Der Mann, der Bremer den rechten Flügel öffnete, passte zu diesem Eingang. Er überragte Bremer um Haupteslänge und war fast doppelt so breit in den Schultern. So stellte sich Bremer einen amerikanischen Footballspieler in Rente vor.

»Herr Bremer! So eine Überraschung. Freut mich, Sie kennenzulernen.«

Maier streckte Bremer seine Pranke hin, in der Bremers Hand wie die eines Kindes wirkte.

»Keine Angst, ich werde Ihre Finger nicht zerquetschen. Kommen Sie doch herein.«

Maier ging vor, sie durchquerten einen Patio, der mindestens vierzig Quadratmeter maß, wechselten in einen Salon mit Fischgrätparkett aus heller Eiche, um schließlich auf einer Terrasse mit Blick auf einen verspielt angelegten Teich Platz zu nehmen. Bremer nahm einen Kaffee, der Richter einen schwarzen Tee, den er zelebrierte wie ein britischer Lord. Er schenkte den Tee aus einer zerbrechlichen Porzellankanne in eine noch zerbrechlicher wirkende Tasse, ließ einen Löffel Zucker hineinrieseln, um dann zwei Tropfen augenscheinlich frischer Sahne in den Wirbel fallen zu lassen, den sein Rühren in der bernsteinfarbenen Flüssigkeit ausgelöst hatte. Er trank, schmatzte zweimal und wandte sich Bremer zu.

»Ein wirklich guter Tee ist durch nichts zu ersetzen, meinen Sie nicht?«

Bremer war sich sicher, dass Maier keine Antwort erwartete, nahm den Kaffee, lüpfte seine Augenbrauen und schaute den Richter an, der erwartungsvoll auf Bremers Tasse starrte.

»Ein wirklich guter Kaffee, und das meine ich ernst. Dieser Kaffee in meiner Tasse ist ebenfalls durch nichts zu ersetzen«, sagte Bremer und trank einen weiteren Schluck.

»Damit wäre das ja geklärt. Und jetzt wollen Sie wissen, warum Jörg Brunnenmeister im Gefängnis sitzt.«

»Genau das interessiert mich brennend.« Bremer spürte Adrenalin in seine Adern schießen. Maier schien reden zu wollen, schien beichten zu wollen. Warum beichten? Bremer merkte, dass er seine Objektivität verloren hatte. Er wollte, dass Brunnenmeister unschuldig hinter Gittern saß, damit er, Bremer der Große, recht behielt. War es nicht so? Oder ging es ihm wirklich um Gerechtigkeit, um Wahrheit? Beides. Er wollte recht behalten, und er wollte die Wahrheit herausfinden. Aber dafür musste er wieder die Möglichkeit ins Auge fassen, dass Brunnenmeister doch der Täter war.

»Mir ist es egal, wissen Sie. Ich bin jetzt über siebzig Jahre alt, und glauben Sie mir, ich fürchte nur Schmerz und Einsamkeit. Der Tod lässt mich kalt, dummes Gerede über meine Person lässt mich kalt, die Fehler, die ich gemacht habe, sind Geschichte. Gegen Schmerzen gibt es wirksame Medikamente, und gegen die Einsamkeit helfen Enkel, Töchter und Söhne, mit denen ich mich wieder gut verstehe, seit wir uns gegenseitig lassen, wie wir sind. Ich habe genug Geld, um zweihundert Jahre alt zu werden. Also was soll's?«

»Was ist vor achtzehn Jahren passiert?« Bremer rieb die Finger der rechten Hand aneinander, er war so nervös, dass er sich nur mit Mühe beherrschen konnte, nicht aufzuspringen und hin und her zu rennen wie ein Tiger im zu engen Käfig.

»Ich war die einzige Gegenstimme. Die beiden Schöffen und die beiden beisitzenden Richter waren sich einig. Dagegen konnte ich nichts tun.«

»Aber Sie haben Brunnenmeister dermaßen die Leviten gelesen, dass ich annahm, Sie seien die treibende Kraft gewesen.«

»Das war mein Job. Die anderen Richter hätten mir richtig Ärger gemacht, wenn ich nicht deutliche Worte gesagt hätte.«

Bremer wusste, dass der vorsitzende Richter, im Gegensatz zur Meinung vieler Menschen, nicht der unumschränkte Herrscher bei Gericht war.

»Die waren von Brunnenmeisters Schuld absolut überzeugt, ebenso wie die Schöffen.«

Bevor Bremer nachhaken konnte, hob Maier die Hand. »Wenn Sie glauben, dass die gekauft waren, irren Sie sich. Die beiden Schöffen hätten Brunnenmeister am liebsten zum Tode verurteilt, und meine Kollegen waren schlicht und ergreifend felsenfest von seiner Schuld überzeugt.«

Bremer schlürfte einen Schluck Kaffee. »Aber das Gutachten war doch der reine Hohn.«

Maier verzog das Gesicht. »Die Mechernich hat mich angerufen und gejammert, dass Sie bei ihr eingefallen sind. Sie hat Ihnen das mit dem Gutachten doch sicherlich erläutert? Und dann hatten wir einen Zeugen, der Brunnenmeister bei der Gegenüberstellung ganz klar erkannt hat.«

Jetzt konnte Bremer seinen Trumpf ausspielen. Er zog die Vereinsbroschüre heraus, in der die drei Beamten abgebildet waren, die damals an der Gegenüberstellung teilgenommen hatten. Alle drei waren Trainer für Jiu-Jitsu beim Polizeisportverein.

»Kennen Sie diese drei Männer?«

Maier nahm die Broschüre, studierte die Fotos eingehend und schüttelte den Kopf.

»Nie gesehen. Wer ist das?«

»Diese drei Männer waren die Pappkameraden bei der Gegenüberstellung von Jörg Brunnenmeister. Sie erinnern sich an Brunnenmeister?«

Maier wurde blass. »Natürlich. Er hat selbst in der U-Haft nicht abgenommen und wog bei der Urteilsverkündung knapp einhundertfünfzig Kilo. Ein echter Koloss. Und die drei Heringe standen mit ihm in einer Reihe?«

»So ist es. Der Zeuge hatte gar keine andere Wahl, als Brunnenmeister zu identifizieren. Und ich möchte nicht wissen, wie der noch manipuliert worden ist. Der Knackpunkt war also das Gutachten. Wäre es anders ausgefallen, wäre der gesamte Prozess geplatzt, denn der objektive Beweis einer Überwachungskamera ist dem Zeugenbeweis zumindest ebenbürtig. Und die anderen Zeugen waren Wackelkandidaten.«

»Wer hat denn die Gegenüberstellung geleitet?« Maier fingerte an der Broschüre herum.

»Ich kann den Namen nicht entziffern.« Bremer reichte ihm das Protokoll, das Maier vor vielen Jahren schon mal gelesen haben musste. »Der Leiter der Moko ist es wohl nicht gewesen.«

»Warum fragen Sie ihn nicht?«

Bremer grinste. »Weil der Mann tot ist.«

Maier stellte seine Tasse klirrend auf dem Glastisch ab. »Tot? Gestern war er noch quicklebendig und hat mir von Ihren Eskapaden erzählt und mich gewarnt, dass Sie mit abstrusen Theorien über den Fall Schlebusch zu mir kommen würden.«

Bremer hielt den Atem an. »Herr Maier, meinen Sie Hartmut Mannstein?«

»Wen sonst. Mannstein hat damals de facto die Moko Mintrop geleitet, obwohl ein anderer unterschrieben hat. Sein Name taucht daher auch nicht in den Akten auf.«

Bremer spürte Hitze in sich aufsteigen. Er hatte die fehlende Verbindung gesucht, und jetzt hatte er sie gefunden. Mannstein hatte Schlebusch gekannt! Er war sein wichtigster Zeuge in einem Mordfall gewesen, und jetzt war David Schlebusch tot, und Hartmut Mannstein benahm sich wie geisteskrank, versuchte, ihn mit allen Mitteln von David Schlebuschs Vergangenheit abzuhalten.

»Geht es Ihnen gut, Herr Bremer? Sie sehen aus, als hätten Sie ein Gespenst gesehen.«

»Ja, verstehen Sie denn nicht? Der Fall Brunnenmeister und der Fall Schlebusch haben eine Verbindung: Hartmut Mannstein!«

Maier schenkte Bremer nach.

»Ach was, nein, da denke ich wie Mannstein. Sie bilden sich etwas ein, überinterpretieren die Fakten. Ich gebe zu, dass ich Brunnenmeister vielleicht nicht verurteilt hätte. In dubio pro reo, im Zweifel für den Angeklagten. Die beiden anderen Zeugen waren sich nicht sicher, das Gutachten gab den Ausschlag. Und der Anwalt war eine echte Pfeife. Ich glaube, der hat die Akten erst nach dem Prozess gelesen, falls er es überhaupt getan hat. Brunnenmeister könnte der Täter gewesen sein, mit sehr hoher Wahrscheinlichkeit. Mittel, Motiv und Möglichkeit – alles fein säuberlich vorhanden, dazu das Gutachten und, zugegebenermaßen, etwas, das ich nicht wusste: eine nicht ordnungsgemäße Gegenüberstellung. Letzteres ist zwar bedauerlich, aber da ist keine Verschwörung im Gange, glauben Sie mir. Und das mit der Gegenüberstellung reicht niemals aus für eine Wiederaufnahme.«

Bremer glaubte gerne, dass Maier nicht an eine Verschwörung glaubte. Es spielte auch keine Rolle. Maier hatte ihn ein riesiges Stück nach vorn gebracht. Mannstein war die Verbindung! Jetzt hieß es, vorsichtig vorzugehen. Das Pulverfass, auf dem er saß, war bis zum Rand gefüllt, und die Lunte brannte.

Er leerte seine Tasse und blickte Maier in die Augen. Darin konnte er nichts erkennen, außer dass sie stahlblau waren und freundlich seinen Blick erwiderten. Eine gefährliche Mischung.

»Sie haben recht, Herr Maier. Manchmal habe ich das Gefühl,

wirklich überall Gespenster zu sehen. Vielleicht war mein Wechsel hierher etwas zu abrupt.«

»Herr Bremer, gönnen Sie sich ein paar Tage Ruhe. Und der Polizeipräsident hat Sie ja nicht in Bausch und Bogen verdammt. In ein paar Monaten wird sich das alles wieder einrenken. Das ist wie in der Chemie, wenn Wasser auf Carbid trifft, dann knallt es halt. Wir Rheinländer sind nun mal Hitzköpfe, aber wenn das Gewitter vorbei ist, scheint auch wieder die Sonne. Und was die toten Fische angeht: Nehmen Sie's sportlich. Noch Kaffee?«

»Gerne«, sagte Bremer und hielt seine Tasse hin.

Maier schenkte nach, lehnte sich zurück, beschäftigte sich mit seiner Teetasse und verfiel in Schweigen. Bremer musste noch eine Frage stellen.

»Was, wenn Brunnenmeister nachweisbar unschuldig ist?«

Maier kräuselte die Lippen. »Kollateralschaden. Der Preis für den Rechtsstaat, der von Menschen geschaffen und daher fehlbar ist. Wenn Sie mir handfeste Beweise bringen, werde ich an Ihrer Seite stehen und für Brunnenmeister kämpfen. Mit flammendem Schwert.« Er lachte. »Ein schönes Bild, meinen Sie nicht?«

»Dann holen Sie schon mal Ihr Schwert aus dem Keller, verehrter Herr Richter. Denn ich werde Beweise finden.«

»Falls Sie auf das Gutachten anspielen – vergessen Sie's. Zwei andere Gutachter sind zum selben Ergebnis gekommen. Deswegen gab es nie eine Wiederaufnahme des Falls.«

Diese Details waren Bremer neu, das hatte nicht in den Akten gestanden. »Kennen Sie die Gutachter?«

»Ja, ich habe mit allen dreien lange zusammengearbeitet. Klöber heißt der eine, Hans-Walter Klöber, er ist noch aktiv. Der andere heißt Franz-Walter Scheinbar. Lange Zeit habe ich die immer verwechselt wegen der Vornamen. Aber dann habe ich mir eine Eselsbrücke gebaut: Scheinbar ist Franz-Walter Hans-Walter. Gut, nicht?«

Bremer unterdrückte einen Lachanfall. »Geradezu genial.«

Maier spitzte die Lippen. »Sie nehmen mich auf den Arm?«

»Ehrlich gesagt würde mich diese Eselsbrücke nicht tragen, mir erscheint der Satz eher wie ein Eselssumpf. Aber Ihnen hat er ja geholfen.«

»In der Tat. Das hat er.«

Bremer warf einen Blick auf die Uhr.

»Sie haben noch einen Termin?«

»Ja. Mit einer Dame.« Bremer wunderte sich über seine Redseligkeit. Es mochte daran liegen, dass Maier etwas an sich hatte, was er als angenehm väterlich empfand. Vielleicht war es auch nur die entspannte Atmosphäre, die Bremer einlullte und ihn dazu brachte, Intimes auszuplaudern. Immerhin hatte er Corinnas Namen nicht erwähnt.

Maier brachte ihn zur Tür, klopfte ihm zum Abschied auf die Schulter und gab ihm den guten Rat, alles nicht so dramatisch zu sehen.

Bremer bedankte sich für Rat, Kaffee und Informationen und machte sich auf den Weg zu seinem ersten Rendezvous seit vielen Jahren.

Nach ein paar Schritten wurden ihm Maiers Widersprüche wieder bewusst: Während des Prozesses hatte er Brunnenmeister ständig attackiert. Seine Urteilsbegründung war gespickt gewesen mit Vorwürfen. Nein, Maier hatte nicht auf Druck gehandelt. Er hatte ein schlechtes Gewissen, weil er wusste, dass er für Brunnenmeisters Martyrium mitverantwortlich war, und vielleicht war das der Grund gewesen, warum er ihn auf Mannsteins Spur gestoßen hatte. Maier wäre nicht der Erste und würde nicht der Letzte sein, dessen Schuld sich darin äußerte, dass er seinen Jägern eine Fährte legte. Jetzt aber begab sich Bremer auf die Fährte seiner schönen Kollegin.

VIERZEHN

Tom klopfte das Herz bis zum Hals, als er Cochise anrief. Wie immer ging er nicht selbst ran, sondern einer seiner Lakaien von den Compadres. Ohne Zögern verlangte Tom, den Chef persönlich zu sprechen, und unterbrach die Verbindung. Unendliche zehn Minuten später meldete sich Cochise und sagte nur einen Satz: »Du hast zwei Minuten.«

»Ich brauche nur eine halbe. Der Deal heißt: Vertrauen gegen Vertrauen. Ich lege jeden für dich um, wenn ich dein Gesicht gesehen habe.«

Die Leitung war augenblicklich tot, und Tom fiel das Herz in die Hose. Er war geliefert, musste sofort abhauen, Cochise würde ihn häuten lassen. Er hastete ins Schlafzimmer, warf seine Reisetasche aufs Bett und stopfte sie voll, in eine Seitentasche packte er sein Geld. Was brauchte er noch? Ein Handtuch. Rasierzeug. Er schwitzte. Sein Handy meldete sich. Er drückte den grünen Knopf.

»In einer halben Stunde im Bunker. Dann wirst du mein Gesicht sehen und für immer zu uns gehören. Ist dir das klar? Du wirst entweder sterben oder dabeibleiben. *Das* ist der Deal.«

Toms Herz wollte heraus aus seiner Brust, er presste mühsam ein paar Worte hervor. »Deal. Ich werde da sein.«

Er wischte das Handy und sein Ohr trocken, er hätte es nicht für möglich gehalten, solche Mengen Schweiß abzusondern. An den Ohren, nicht zu fassen! Einen Moment lang spielte er mit dem Gedanken, sich eine Line Koks zu besorgen, damit er ruhiger wurde, aber er verwarf ihn wieder. Koks machte zu überheblich und trübte den Verstand. Er packte seine Tasche wieder aus, das Geld verstaute er in seinem Gürtel. Wenn er fliehen musste, hatte er nicht die Zeit, hierherzukommen und die Kohle mitzunehmen. Sein Messer ließ er ebenfalls hier, die Rocker-Freaks würden ihn mit Sicherheit durchsuchen.

Tom ging noch einmal seinen Plan durch und stellte fest, dass er schlicht genial war, jetzt, da Cochise auf ihn hereingefallen war.

FÜNFZEHN

Das Interieur passte zum Namen, Roberts Bistro hätte man genauso gut in einem der vielen elsässischen Dörfer finden können, in denen es zwar keinen Bäcker mehr gab und auch keine Polizeistation, aber mindestens drei hervorragende Restaurants.

Bremers Blick kehrte zurück zu Corinna, die ihm gegenübersaß und einfach phantastisch aussah. Ein rotes, taillenbetontes Kleid, das bis knapp über die Knie reichte, flache Ballerinas, ebenfalls rot, die Haare fielen über die Schultern nach vorn bis zu ihren Brüsten und betonten, dass Corinna darauf verzichtet hatte, einen BH anzuziehen. Sie duftete nach Rosen, ihre Fingernägel waren kurz geschnitten und nicht lackiert. Sie studierte die Speisekarte seit mindestens fünf Minuten, murmelte unverständliche Worte, leckte sich manchmal die Lippen, manchmal schmatzte sie genießerisch, wohl in Vorfreude auf das nahende Mahl. Eine Flasche Rotwein stand bereits auf dem Tisch, sie waren der Empfehlung des Sommeliers gefolgt: ein Beaujolais von 2002.

Bremer nahm die Karte noch mal zur Hand, er hatte sich spontan für ein Filetsteak entschieden, aber ein Gericht ging ihm nicht aus dem Kopf. Kalbsnieren in Sherry. Das letzte Mal, als er Kalbsnieren gegessen hatte, war er wenig später fast ermordet worden, weil er die Situation falsch eingeschätzt hatte. Er war sich nicht sicher, ob er seitdem klüger geworden war. Im Moment jedenfalls tat er alles, um seinen Beruf, sein Privatleben und sich selbst aus der Bahn zu stoßen. Das Fatale daran war, dass er geradezu Lust verspürte, genau das zu tun. War das die Midlife-Crisis? Produzierte sein Körper die gleichen Hormone wie in der Pubertät, die dem Hirn verboten, sich über die Konsequenzen des eigenen Handelns Gedanken zu machen? So fühlte es sich an. Er dachte an Saskia, und nichts als Wut stieg in ihm auf. Er dachte an das Saarland, und schon schnürte sich seine Kehle zusammen, als würde er stranguliert. Er dachte an die toten Fische, die er bearbeiten musste, und spürte Brechreiz. Das war eindeutig eine Midlife-Crisis, und es versprach richtig spannend zu werden. Und da Bremer alles, was er tat, richtig machte, stellte er sich für heute Abend seine erste bewusste Midlife-Crisis-Aufgabe: Corinna abschleppen und heißen Sex haben. Er horchte in sich hinein, und alles in ihm jubelte und gratulierte zu dieser Entscheidung. Also würde er kein Filet bestellen, sondern Kalbsnieren. Was hatte Richter Maier so treffend erkannt: Der Tod war nichts Schreckliches. Einsamkeit und Schmerz musste man meiden. Schmerzen hatte er keine, also war es an der Zeit, seine Einsamkeit zu vertreiben.

Corinna senkte die Karte. »Und? Was gefunden?«

»Die Kalbsnieren in Sherry und Bier-Senf-Soße.«

»Nicht zu glauben. Genau das habe ich mir auch ausgesucht. Wir scheinen einen ähnlichen Geschmack zu haben.« Corinna winkte dem Kellner und gab die Bestellung auf.

Bremer setzte seinen verschmitzten Jungenblick auf. »Stehst du auch auf schöne Frauen?«

Mit dem Zeigefinger stupste sie ihm auf die Nase. »Du bist ein kleiner eitler Pfau, Martin Bremer.«

Ihre Augen blitzten, Bremer war sich nicht sicher, ob aus Ärger über seine Eitelkeit oder aus Zuneigung.

»Du hast doch eine Freundin, oder?«

»Grundsätzlich schon. Aber ich bin mir nicht sicher ...«

»... ob sie dich tatsächlich liebt«, ergänzte Corinna und wurde ernst.

»So ist es. Sie sagt es zwar, aber sie tut nicht wirklich etwas dafür. Die alte Leier. Zuerst die Karriere, dann die Liebe. Bei mir ist das umgekehrt. Deswegen bin ich nach Düsseldorf gekommen.«

»Sie ist von hier?« Corinna schien unangenehm überrascht.

»Nein, aber sie wird demnächst eine Stelle beim LKA als Sektenbeauftragte antreten. Ihr großer Traum geht endlich in Erfüllung.«

»Und da hat sie gesagt: ›Lass uns nach Düsseldorf gehen, wir nehmen eine Wohnung, und alles wird gut.‹«

»So ähnlich.« Bremer nippte an seinem Wein und pickte eine der köstlichen kleinen Oliven, die als Amuse-Gueule auf dem Tisch standen, auf die Gabel. »Im Moment ist sie in den Staaten, weil sie einen Kollegen vertritt, der dort irgendwelche Untersuchungen machen sollte, was weiß ich. Auf jeden Fall dauert es noch eine Weile, bis sie wieder nach Deutschland kommt.«

»Falls sie wiederkommt.« Corinna legte ihre Hand auf Bremers.

»Genau das ist der Punkt. Ich habe das Gefühl, sie wird dort bleiben, wenn sie nur die Chance dazu bekommt. Und ich werde Deutschland nicht verlassen. Das steht fest.«

Corinna begann, seine Handfläche mit einem Finger zu streicheln. Ein warmer Schauer lief ihm über den ganzen Körper. Er schloss kurz die Augen, seufzte und öffnete sie wieder. Corinna beugte sich über den Tisch und küsste ihn auf den Mund. Ihre Lippen waren samtweich, und Bremer schämte sich nicht für die Erektion, die seine Jeans im Schritt eng werden ließ. Sie löste ihre Lippen nicht ganz, sondern ließ sie sanft wie einen Schmetterling tanzen.

»Ich habe Lust auf dich.«

Statt einer Antwort knabberte er an ihrer Oberlippe, sie lachte kurz und saugte seine Unterlippe in ihren Mund. Ein Räuspern störte sie.

»Ich möchte nur ungern Ihre Vorspeise unterbrechen, aber der Hauptgang ist da.«

Bremer kehrte zurück in die reale Welt, sie ließen voneinander ab, machten den Tisch frei, damit der Kellner zweimal Kalbsnieren servieren konnte.

Sie aßen schweigend, verzehrten sich mehrfach mit den Augen, ließen Dessert und Kaffee aus, damit sie schneller an einen Ort kamen, an dem sie ungestört waren. Ein- oder zweimal blitzte Saskia in Bremers Gedanken auf und eine Spur von schlechtem Gewissen, doch Corinnas Fertigkeiten in Sachen Sex spülten alle Vorbehalte weg.

Um vier Uhr morgens schlief Corinna erschöpft ein, um acht schlich sich Bremer aus ihrer Wohnung, um ins Saarland zu fahren und in Erfahrung zu bringen, ob er seine Karriere zu Recht aufs Spiel setzte.

Bremer steuerte den Wagen auf die Münchener Straße, bog rechts ab auf die Fleher Brücke, die sich wie ein mahnender Finger über ihm erhob, also wollte sie ihm sagen, dass er einen großen Fehler begangen hatte und dabei war, einen noch größeren zu begehen. Er hatte Saskia hintergangen, keine Frage; das Wort »betrogen« verwies er auf einen hinteren Rang. Es war kein Betrug, und er würde es ihr auch nicht erzählen. Was er mit Corinna erlebt hatte, ging nur ihn und Corinna etwas an und änderte nichts an den Problemen, die er mit Saskia hatte. Das größte war, dass er sich tatsächlich nicht sicher war, ob sie etwas für ihn empfand und, wenn ja, was. Der Abend und die Nacht mit Corinna hatten ihn Saskia gegenüber milder gestimmt, aber seine Gefühle für sie auch deutlicher werden lassen. Er wollte sie lieben, aber nicht um jeden Preis. Würden sie sich trennen müssen, würde er trauern, aber er wusste, dass er auch eine andere Frau lieben konnte, eine Frau wie Corinna. Das gab ihm ein gutes Gefühl von Klarheit und Unabhängigkeit. Kurz vor der Ausfahrt Mayen schaltete er das Radio ein, suchte sich einen Sender mit Oldies und stellte den Rest der Fahrt das Denken ein.

Um zehn Uhr dreißig stand Bremer im Flur der Rechtsmedizin Homburg, nur ein paar Minuten später stürmte Rudi Zerb durch die Tür, drückte Bremer die Hand und strahlte mit ihm um die Wette.

»Mensch, Martin, es ist wirklich schön, dich zu sehen. In Düsseldorf läuft es nicht ganz so rund, was?«

»Es läuft definitiv eckig, so eckig, dass ich schon überall angestoßen bin. Danke, dass du hier bist. Du glaubst nicht, was das für mich bedeutet.«

Rudi winkte ab. »Kein Thema, wenn es ein Rätsel zu lösen gibt, bin ich immer mit dabei. Komm, gehen wir runter, ich habe Kowacki dazugebeten, er ist seit vier Wochen hier, ein echt guter Mann. Wo hast du denn den Kram?«

Bremer reichte Rudi eine Kühltasche.

»Müsste alles so weit aufgetaut sein, dass ihr es untersuchen könnt.«

Rudi konnte es nicht abwarten und warf einen Blick in die Tasche.

»Mannomann«, sagte er, »also das sieht ja echt aus wie Hackepeter.« Er brummelte weiter in seinen Bart, sie stiegen hinab in den Keller, betraten den Sektionsraum, in dem Bremer schon viele Stunden verbracht hatte. Ein kleiner, drahtiger Mann kam ihnen entgegen, und bevor er Bremer begrüßen konnte, hatte Zerb ihn schon abgefangen und in ein Gespräch verwickelt. So kannte Bremer seinen Rudi. Ein heftiges Gefühl von Heimweh durchfuhr ihn.

Was hatte er alles aufgegeben! Er schaute zu Boden. Jede Kachel kannte er. Die siebte in der sechsten Reihe hatte einen Sprung. Seit Jahren.

Rudi und Kowacki packten Gehirn und Schädelreste aus und fingen an, durcheinanderzureden wie junge Mädchen, die ihren Schwarm heimlich beim Duschen beobachten. Bremer ließ sich auf einem Stuhl nieder und dämmerte vor sich hin.

Ein Stoß an die Schulter ließ ihn hochschrecken. Zerb stand rechts von ihm, Kowacki hielt ein Reagenzglas in die Höhe und stolzierte auf Bremer zu, als hätte er die Kaiserkrone in der Hand.

»Dieses Gehirn ist voll mit Schmauchspuren.« Er deutete auf das Reagenzglas. »Der Mann ist erschossen worden, daran gibt es keinen Zweifel.«

Rudi kam mit einer Papierfahne an, auf der bunte Kurven miteinander um die Wette liefen.

»Und jetzt kommt der Hammer. Es war Polizeimunition. Und zwar aus der Dienstwaffe eines Polizisten aus Nordrhein-Westfalen. Die haben eine Zeit lang zusätzlich zur normalen Polizeimunition eine eigene ausprobiert, mit einer speziellen Pulvermischung, die dem Geschoss eine etwas geringere Mündungsgeschwindigkeit verpasst. Damit die Kugeln nicht durch die Zielperson hindurchgeht und Dahinterstehende in Mitleidenschaft ziehen. Der Versuch wurde eingestellt, als die Action-4-Munition serienreif und verpflichtend wurde. Das ist mehr als zehn Jahre her.«

Kowacki trat an Bremer heran. »Warum, zum Teufel, haben die Düsseldorfer das nicht bemerkt? Die verstehen doch ihr Handwerk. Sogar Sie, verzeihen Sie mir den Ausdruck, als Laie haben auf den Fotos der gereinigten Schädelfragmente erkannt, dass Bruchstücke des Schädels sozusagen rund ausgestanzt waren.«

Bremer nickte. »Wenn ich das wüsste. Der Täter hat Schlebusch also mit einem Kopfschuss hingerichtet, dann den Schädel zertrümmert und das Projektil aus der Gehirnmasse herausgepult. Außerdem hat er die Arme so angeordnet, dass es aussah, als wäre Schlebusch durch den Schlag auf den Kopf nach vorn gestürzt.«

Rudi wedelte mit den Fotos, die Giorgio Cantabile Bremer zugesteckt hatte. »Die Verletzungen der Hände sprechen eine andere Sprache, die ganze Köperhaltung. Mit an Sicherheit grenzender Wahrscheinlichkeit ist Schlebusch mit einem Schuss schräg von oben in den Schädel hingerichtet worden. Kleinhirn, Stammhirn, alles sofort kaputt. Er muss zusammengeklappt sein wie ein Messer. Alle Muskeln erschlaffen. Wäre er von hinten erschossen worden, hätten wir andere Verletzungen. Mein lieber Scholli, Martin, da hast du ja voll in die Scheiße gegriffen. In die Geschichte sind mindestens drei Kollegen verwickelt. Vorneweg die Gerichtsmedizinerin. Wen hast du sonst noch im Visier?«

Mit Daumen und Zeigefinger rieb sich Bremer die schmerzenden Augen. »Als Allerersten den Leiter der Moko, Hartmut Mannstein. Der hat vor achtzehn Jahren ermittelt und einen Jörg Brunnenmeister wegen Bankraub und Mord lebenslänglich hinter Gitter gebracht. Wichtigster Zeuge damals war David Schlebusch. Wie das zusammenhängt, kann ich nicht sagen, aber Mannstein hat alle meine Ansätze, in eine andere Richtung als seine zu ermitteln, verhindert und mich schließlich kaltgestellt, und ich Idiot habe ihm noch die Munition dazu geliefert.«

Rudi deutete auf die Kühltasche. »Das kannst du nicht verwenden, ohne dich zu verraten.«

»Es sei denn, ich bringe alles zurück.«

Kowacki hielt sich die Hände vor die Augen, den Mund und dann über die Ohren. »Ich bin Wissenschaftler, kein Polizist. Brauchen Sie mich noch?«

Bremer schüttelte den Kopf. »Vielleicht später. Für den Moment haben Sie mir sehr geholfen. Vielen Dank.«

»Halten Sie mich bitte auf dem Laufenden.« Er deutete eine Verbeugung an. »Meine Herren, es war mir ein Vergnügen.«

»Ganz meinerseits«, entgegnete Bremer und drückte Kowacki die Hand, der sich sofort daranmachte, den Sektionssaal aufzuräumen.

Zerb und Bremer verließen die Gerichtsmedizin, Schlebuschs Gehirn lag wohlverwahrt und gut gekühlt auf Eis im Kofferraum.

Sie fuhren nach Bliesmengen-Bolchen, einem kleinen Ort im Bliesgau nahe der französischen Grenze, um Sascha Bellorz zu treffen, der in diesem gottverlassenen Fleckchen Erde ein Haus gebaut hatte und mit seiner Frau und seinen drei Töchtern vor sechs Jahren dorthin gezogen war. Bremer war zweimal zum Essen eingeladen gewesen, und Janni, Saschas Frau, hatte ein Essen gezaubert, das jedem Sternekoch Ehre gemacht hätte. Und jedes Mal hatte Bremer die in seinen Augen intakte Familie beneidet. Der Staatsanwalt Sascha Bellorz mochte gefürchtet sein, der Ehemann und Vater wurde geliebt. Was war von Bremers Familie übrig? Ein Sohn, der mit Zocken sein Geld verdiente, eine Tochter, die er seit vier Jahren nicht gesehen hatte, zwei Mütter, zwei Rosenkriege und Schamesröte, wenn Bremer an seine Art und Weise, Vater zu sein, dachte. Besonders heute kam er sich vor wie ein Störenfried, wie jemand, der Krieg brachte in eine friedliche Welt. Aber Sascha hatte darauf bestanden, sich privat mit ihm zu treffen.

Sascha Bellorz öffnete die Tür, drückte Zerb die Hand, legte Bremer eine Hand auf die Schulter, sein Bass dröhnte durch den Flur:

»Janni! Der Verrückte aus Düsseldorf ist da.«

»Du bist und bleibst ein ungehobelter Bursche, Sascha Bellorz!«

Jannis warme Altstimme drang aus der Küche in den Flur, sie kam aus der Tür, eine Schürze umgebunden, drückte Sascha beiseite und umarmte Bremer lang und herzlich. »Also ich weiß nicht, wie es den andern geht, ich vermisse dich, obwohl du erst zweimal hier warst. Aber das waren sehr schöne Abende, und Sascha hat nicht viele Freunde, die so wohlerzogen sind wie du.«

Bremer räusperte sich, Sascha hustete, Rudi Zerb gab Janni artig die Hand.

»Ihr geht jetzt am besten in Saschas Arbeitszimmer, besprecht, was zu besprechen ist, und dann gibt es etwas Anständiges zu essen.« Sie musterte Bremer. »Du bist ja nur noch ein Skelett, Martin. Wenn das so weitergeht, dann holen wir dich zurück ins Saarland, wenn es sein muss, mit Gewalt, und deine Saskia wird hier irgendwo festgebunden.«

Bremer fuhr ein Stich durchs Herz. Saskia! Sie hatte sich nicht gemeldet, er hatte sie nicht angerufen, es herrschte Funkstille. Ob Frauen über Tausende von Kilometern spüren konnten, wenn ihre Männer fremdgingen? Konnten sie es am Tonfall erkennen, an der Art, wie die Männer »Hallo, Schatz« oder »Ich liebe dich« sagten? Hoffentlich nicht.

»Habe ich was Falsches gesagt, Martin?«

Bremer winkte ab. »Ich habe die letzte Nacht nicht viel geschlafen, das ist alles.«

»Ich mache dir einen extrastarken Espresso und bringe ihn dir ins Arbeitszimmer. Und jetzt: Hopp, hopp.«

Die drei Männer gehorchten, ließen sich in Saschas Reich nieder, das vollgestopft war mit Büchern aller Art: Gesetze, Kommentare, Psychologie, Romane. Berge von Zeitschriften lagen herum, dazwischen Akten, Bremer konnte einige erkennen, die schon geschlossen waren. Er wusste, dass Sascha sich immer wieder alte Fälle vornahm, einerseits um die Strategien der Anwälte zu studieren, andererseits um nachzuforschen, ob es neue Ansatzpunkte gab.

»Der ganze Prozess gegen Brunnenmeister war ein gespielter Witz.« Sascha wedelte mit Kopien der Akte Mintrop/Brunnenmeister.

»So weit war ich auch schon«, erwiderte Bremer, und Sascha nahm ihm das nicht übel.

»Schon klar, schon klar.« Er schlug die Beine übereinander. »Habt ihr was Neues?«

»Kurzfassung: Schlebusch ist erschossen worden, Mannstein hatte die Leitung der Moko Mintrop/Brunnenmeister, ich werde von Anfang an boykottiert.«

»Dann lass uns mal ein wenig rumspinnen«, sagte Bellorz. »These eins: Mannstein steckt hinter dem Mord an Schlebusch. Dafür spricht etwas, was ich herausgefunden habe, was Mannstein und seine Leute auch wissen müssten. Schlebusch hatte Schulden.«

Bremer pfiff durch die Zähne. »Schlebusch hat Mannstein erpresst, mit der Drohung, auszuplaudern, dass er damals gelogen hat. Mannstein erschießt ihn und täuscht einen Raubmord vor.«

Bellorz nickte.

»Alles schön und gut«, sagte Zerb, »aber Schlebusch wäre ebenfalls erledigt gewesen. Wenn er das in Erwägung gezogen hat, muss er sehr verzweifelt gewesen sein.«

»Vollkommen richtig«, entgegnete Bellorz, »Schlebusch hat Brunnenmeister ans Messer geliefert, er war der wichtigste Zeuge der Anklage. Die anderen beiden waren Wackelkandidaten, die kurz davor waren, ihre Aussagen zu widerrufen und einzugestehen, dass sie Brunnenmeister nicht sicher identifizieren konnten.«

»Woher weißt du das?«, fragte Bremer, und seine Überraschung war ihm anzumerken.

Bellorz lehnte sich in seinem Sessel zurück. »Ich habe auch so meine Quellen. Du warst ja bei Richter Maier, ich habe mir den damaligen stellvertretenden leitenden Staatsanwalt vorgeknöpft, er lebt inzwischen in Berlin und bearbeitet Verkehrssachen. Der ist vielleicht sauer. Stellt euch vor …« Bellorz brach ab. »Ich langweile euch?«

Bremer und Zerb nickten gleichzeitig.

»Also zurück zur These. Rudi hat recht. Das Motiv! Es muss Schlebusch verdammt schlecht gegangen sein.« Bellorz langte nach hinten und zog einen Bogen Papier vom Schreibtisch. »Vierhunderttausend Euro. Er hat sich verzockt. Geld von Privatkunden, die nichts mit der Omnos-Bank zu tun hatten und daher auch nicht auf eurer Liste aufgeführt waren. Er stand ganz kurz davor, hochzugehen.«

Die Tür öffnete sich, Janni kam herein, brachte Espresso für Bremer, Wasser für Bellorz und für Rudi ein Bier. Sie bedankten sich, tranken und kehrten zurück zu Mord und Totschlag.

»Wo sollte Mannstein so viel Geld herholen?« Zerb hob die Hände.

»Ich habe alle Kanäle angezapft, aber keinerlei Hinweise darauf gefunden, dass Mannstein in krumme Geschäfte verwickelt ist«, sagte Bellorz.

»Das muss nichts heißen. Denk an unsere Rotlichtaffäre. Hätte nie gedacht, dass Leute aus unserem Haus darin verwickelt sein könnten.« Bremer starrte auf den Boden. Zwei Kollegen, mit denen er einige Jahre eng zusammengearbeitet hatte, hatten sich mit Sex und Geld dafür bezahlen lassen, dass bei den entsprechenden Etablissements nur nach vorheriger Absprache Razzien stattfanden. Die Medien hatten sich darauf gestürzt und die gesamte saarländische Polizei unter Generalverdacht gestellt. Dabei hatten sie genussvoll verschwiegen, dass es Polizisten gewesen waren, die gegen ihre Kollegen ermittelt hatten. Ohne Rücksicht auf Verluste.

»Wenn wir Mannstein zu Unrecht verdächtigen, sind wir erledigt.« Bellorz schenkte sich nach. »Also These zwei: Mannstein hat nichts mit dem Mord an Schlebusch zu tun, hat aber am Fall Brunnenmeister gedreht, weil er als Youngster unbedingt einen abgeschlossenen Mordfall haben wollte, noch dazu einen so spektakulären. Als du plötzlich vom Himmel fällst und in seiner Vergangenheit rumstochern willst, wird er nervös und stellt dich kalt, wobei du ihm sehr zur Hand gehst. Der Rest ist Schlamperei, Überarbeitung, Überheblichkeit. Brunnenmeister ist ja kein Einzelfall. Wir schätzen, dass drei Prozent aller Urteile Fehlurteile sind. Da kommt ganz schön was zusammen.«

Bremer schlug sich die Faust in die Handfläche. »Keine Frage. Ich bin so ein Trottel! Hätte ich den Ball flach gehalten, hätte ich Mannstein wahrscheinlich schon am Wickel.«

»Falls es überhaupt etwas am Wickel zu packen gibt«, gab Bellorz zu bedenken, und bevor Bremer etwas einwenden konnte, fuhr er fort: »Die ganze Sache stinkt zum Himmel, ich weiß, aber du weißt auch, dass wir Beweise brauchen, zumindest gute Indizien. Wenn ich die Pferde scheu mache, dann nur, wenn ich weiß, dass sie in die richtige Richtung rennen.«

Sie drehten sich im Kreis, Bremer wurde schon schwindelig davon. Auf korrektem Wege würde er nichts erreichen können, das stand außer Frage. Sie wussten, dass Schlebusch nicht erschlagen, sondern mit Polizeimunition erschossen worden war. Sie wussten, dass Mannstein einen Fall so manipuliert oder zumindest so geschlampt hatte, dass wahrscheinlich ein Unschuldiger lebenslänglich im Gefängnis saß. Sie wussten, dass Schlebusch so tief in der Scheiße gesteckt hatte, dass er ohne Probleme zu einer Erpressung fähig gewesen wäre.

»Ich werde Schlebuschs Gehirn und seinen Schädel zurückbringen und dann versuchen, Susanna Brand davon zu überzeugen, eine weitere Untersuchung durchzuführen. Lehnt sie ab, mache ich es öffentlich. Mir ist es egal, ob ich rausfliege oder nicht. Euch halte ich natürlich raus aus allem.« Bremer leerte seine Tasse, der Espresso war mittlerweile kalt geworden.

»Nicht so schnell, du Märtyrer. Verdammt, was ist denn mit dir los? Willst du unbedingt in dein Verderben rennen? Wir leben in einem Rechtsstaat, trotz allem, und es gibt Mittel und Wege, eine Nachuntersuchung, vielleicht eine Wiederaufnahme zu erreichen, ohne dass man dir Nägel durch Hände und Füße treibt. Eins hast du richtig erkannt: Du musst das Schädel-Gehackte zurückbringen, und wehe, jemand erwischt dich dabei. Dann hältst du dich erst mal ruhig, weil ich einem Kollegen von mir, der zufällig in Düsseldorf sitzt, einen anonymen Tipp zuspielen werde, woraufhin dieser nette Mann, dessen Namen ich nur unter Folter preisgeben werde, eine Zweitobduktion von David Schlebusch anordnen wird. Und es wird nicht Susanna Brand sein, die ihr Messer ansetzt, damit wir sicher sein können, dass nichts verschwindet oder zufällig untergeht. Du, lieber Martin, wirst einen Zentner Kreide fressen und dich bei deinen verprellten Kolleginnen und Kollegen so einschleimen, dass die anfangen, an Jesus zu glauben. Alles klar?«

Bremer kam nicht umhin, laut aufzulachen. Er stand auf, klopfte Bellorz auf die Schulter und setzte sich wieder. »Vielen Dank für die Nachhilfe. Willst du mir nicht einen Aufpasser mitgeben? Ich glaube, ich könnte einen gebrauchen.«

»Das kriegst du schon hin, und wenn nicht, dann werde ich persönlich dafür sorgen, dass man dir so richtig die Hölle heißmacht, allein schon, um mich selbst zu schützen.«

Rudi Zerb meldete sich zu Wort. »Wo wir schon dabei sind. Wie kommen wir an die Asservate aus dem Fall Mintrop/Brunnenmeister? Es wäre interessant, mal nachzuschauen, ob die andere DNA, die in der Bank gefunden worden ist, uns irgendwas zu erzählen hat.«

Bevor Bremer etwas sagen konnte, stellte Bellorz klar, dass er sich darum kümmern würde. Es gab zurzeit eine Bankraubserie in Südwestdeutschland, von der auch das Saarland betroffen war. Da lag es auf der Hand, alte Fälle nach ähnlichen Mustern zu durchleuchten.

»Ach wirklich? Neue Ermittlungsmethoden?«, fragte Bremer.

»Ich werde mir was einfallen lassen. Und jetzt ist Schluss. Janni wartet. Habt ihr keinen Hunger?«

Als Antwort knurrte Bremers Magen.

Um siebzehn Uhr stand Bremer wieder vor der Rechtsmedizin in Düsseldorf, in der einen Hand einen Blumenstrauß als Versöhnungsgeschenk für Susanna Brand für den Fall, dass er überrascht wurde, in der anderen die Tasche mit Schlebuschs Kopfresten. Unbemerkt schlüpfte er am Pförtner vorbei, huschte in den Keller, blieb an der Ecke zum Sektionssaal stehen und lauschte. Er hörte Susanna Brands Stimme – er hatte also Glück, sie hatte Dienst –, dann begann ein elektrisches Gerät zu surren, Bremer vermutete einen

Bohrer oder die Knochensäge. Das einsetzende schrille Kreischen sprach für die Knochensäge. Die Gelegenheit, seine Leihgabe ordnungsgemäß zurückzugeben.

Der Kühlraum war menschenleer, zumindest was Lebende anging. Er verstaute den Kopf an seinem alten Platz, kontrollierte das Haar, das er angebracht hatte. Niemand hatte das Fach geöffnet.

Er betrachtete die Blumen in seiner Hand, spazierte zum Sektionssaal, klopfte an die Tür. Die Säge kreischte auf, er klopfte lauter, gestikulierte, bis der Assistent Susanna Brand auf ihn aufmerksam machte. Die Säge verstummte, Susanna kniff kurz die Augen zusammen, ließ die Säge los, die, von einer Feder gezogen, ein Stück nach oben ruckte, stemmte die Hände in die Hüften und rief:

»Was willst du schon wieder?«

Bremer hob die Blumen vor das Bullauge und lächelte so nett wie möglich. Susanna ließ die Arme fallen, schüttelte den Kopf und kam ihm entgegen. Sie zog sich die Schutzmaske vom Gesicht, und Bremer konnte sehen, dass sie nicht mehr wie ein angeschossener Tiger aussah.

»Die sind für dich, zum einen weil ich mich entschuldigen möchte, und zum anderen damit deine Wochenendschicht einen kleinen Lichtblick bekommt.«

Sie zögerte einen Moment, griff zu. »Danke. Sonst noch was?«

»Nein. Das war alles.«

»Dann ist es ja gut.« Sie zögerte. »Ich muss weitermachen.«

Bremer drehte sich um, aber sie hielt ihn an der Schulter fest.

»Ich hab mir durch den Kopf gehen lassen, was du gesagt hast. Natürlich ist mir was aufgefallen. Aber ich habe es nicht untersucht, weil die Sache klar schien und ich nicht unnötig Zeit verschwenden wollte. Ich nehme mir Schlebuschs Gehirn und seinen Schädel morgen noch mal vor, mache ein paar Standardtests. Schmauch und so.« Sie blickte zu Boden. »Du warst trotzdem unverschämt und beleidigend, das ist dir klar?«

Bremer wurde heiß und kalt. Wenn sie schon heute auf die Idee gekommen wäre, dann hätte er ein Problem gehabt. »Deswegen die Blumen. Ich habe mich wirklich danebenbenommen, nicht nur bei dir.«

Ihr Gesicht hellte sich auf wie der Himmel nach einem Gewitter. »Na dann, ich werde dir Bescheid sagen, okay?«

»Ja, das ist toll, vielen Dank …« Bremer war tatsächlich mehr als überrascht. Mit diesem Sinneswandel hatte er nicht gerechnet.

»Du fragst dich, warum?« Sie wartete keine Antwort ab. »Ich bin unabhängige forensische Gutachterin. Ich habe einen Eid geleistet.«

Sie machte eine Pause, als müsse sie erst Mut fassen, weiterzureden.

»Mannstein war hier, bevor ich mit der Obduktion von Schlebusch anfangen konnte. Er hat keinen Druck gemacht, zumindest nicht direkt. Er hat nur gesagt, ich könne andere Leichen vorziehen, grundsätzlich sei der Fall klar. Raubmord. Das fand ich nett, nahm dankend an und beschränkte mich nur auf das Grobe. Aber das war ein Fehler. Wenn du recht hast, habe ich ein Problem.« Sie seufzte tief. »Ich muss weitermachen, sonst läuft mir noch meine Leiche weg.«

Beide lachten kurz, Susanna ging zurück zu ihrer Knochensäge, Bremer blieb noch einen Moment stehen und versuchte, seine Gefühle zu ordnen, die wie eine wild gewordene Herde Büffel in seiner Brust tobten. Er hätte schwören können, dass Susanna Dreck am Stecken hatte, und jetzt das. Sie hatte sich einfach nur entlasten wollen, verständlich, aber doch unverzeihlich. Sie würde Schwierigkeiten kriegen, und zwar ernsthafte, weil sie dem Offensichtlichen nicht nachgegangen war. Es würde sie nicht den Job kosten, aber ihre Akte würde einen dicken Vermerk bekommen und ihre Aufstiegschancen würden sich drastisch verschlechtern. Fehlte nur noch, dass sich herausstellte, dass Mannstein ein feiner Kerl war. Dann, daran gab es für Bremer keinen Zweifel, würde er eine Kur beantragen, die mindestens sechs Wochen dauern sollte.

Er holte tief Luft, das innere Chaos ordnete sich ein wenig. Vor der Tür blieb er einen Moment stehen, beobachtete ein paar Wolken, die über den ansonsten makellosen Himmel zogen, und fragte sich, warum er ständig unter Strom stand, warum ihm sein Beruf wichtiger war als seine Beziehung, warum er nicht einfach ein paar Wochen Urlaub nahm und in die USA flog. Da ihm keine Antworten einfielen, ging er zu seinem Wagen und fuhr zurück in die Stadt, aber nicht nach Hause, dort würde ihm nur die Decke auf den Kopf fallen.

Der Samstag neigte sich dem Ende zu, an und für sich gab es nichts mehr zu tun. Es war Wochenende. Seine Handschellen und seine Dienstwaffe verstaute er in einer Metallkiste im Kofferraum, dann gab er Gas, fuhr nach Westen, Richtung Antwerpen, mietete sich an der südholländischen Küste für eine Nacht in einem Vier-Sterne-Hotel ein, machte einen langen Strandspaziergang, schaffte es, über nichts wirklich nachzudenken, ärgerte sich über die geldgeilen Kellner der Strandcafés, die in der Hochsaison einzelne Gäste diskret, aber deutlich verscheuchten, wenn zur Mittagszeit die Horden einfielen, um überteuerte Muscheln und mittelklassige Pommes frites in sich hineinzustopfen, koste es, was es wolle.

Über die Nordsee musste sich Bremer nicht ärgern. Sie war zur Stelle, umschmeichelte seine Füße mit kleinen Wellen, die gar nicht zu einem solch wilden Meer passten, das schon Tausende Seeleute und ebenso viele Schiffe gefressen hatte und immer wieder versuchte, das ihm abgerungene Land zurückzuerobern. Seit Jahrhunderten kämpften Nordsee und Menschen verbissen um jedes Korn Sand, so wie Bremer verbissen darum kämpfte, Mörder zu fangen, sie aus dem Meer der Unschuldigen herauszufischen.

Ich werde sentimental, dachte Bremer, zog sich bis auf die Unterhose aus und stürzte sich in die Wellen. Er spürte die missbilligenden Blicke der Touristen, aber es störte ihn nicht im Geringsten. Mit kräftigen Zügen schwamm er ein Stück ins Meer hinaus, hier waren die Gezeitenströme nicht so stark, außerdem kam die Flut, und ein Boot der Seenotrettung patrouillierte ständig vor der Küste. Er schwamm zurück zum Strand, lief ein paarmal zwischen den Wellenbrechern hin und her, um zu trocknen, zog seine Kleider wieder an und genoss das Gefühl des Salzes auf der Haut, das ein leichtes Prickeln auslöste.

Auf der Rückfahrt beobachtete er den Verkehr hinter sich, aber ebenso wie auf der Hinfahrt schien ihm niemand zu folgen. Um neunzehn Uhr war er wieder in Düsseldorf, stellte den Wagen ab, nahm Handschellen und Waffe aus dem Kofferraum und stieg auf das Fahrrad um, er wollte an der Rheinpromenade im Café Alte Bastion noch einen Latte macchiato nehmen.

Er genoss den Blick auf den Rhein, das Treiben der Menschen und die plüschige Atmosphäre. Vielleicht sollte er mal eine Zeit lang versuchen, wie ein ganz normaler Mensch zu leben. Arbeiten, heimgehen, Hobby, Wochenende, Urlaub, Rente, Grab. Ein kalter Schauer lief ihm über den Rücken.

Nach einem zweiten Latte schwang er sich auf sein Fahrrad und schlug den Weg nach Hause ein. Auf der Volmerswerther Straße, kurz bevor er sein Ziel erreicht hatte, hielten ihn zwei Uniformierte an und wollten zehn Euro von ihm kassieren, weil er hier auf dem Bürgersteig angeblich nicht fahren durfte.

Sein Dienstausweis steckte griffbereit in der Hemdtasche, aber es gelang ihm, seinen Impuls zu unterdrücken, den zwei Kollegen das Plastikstück unter die Nase zu halten.

Der Bürgersteig der Volmerswerther Straße war in zwei Zonen unterteilt, die mit weißen Streifen voneinander getrennt waren. Zugegeben, den Streifen sah man das Alter an, sie waren teilweise durchbrochen und fadenscheinig. Aber das blaue Verkehrszeichen, das an jeder Straßeneinmündung stand, regelte den Verkehr eindeutig: Gebotsschild 239, »Fußgänger«, mit Zusatzzeichen Z1022-10, »Fahrräder frei«.

»Die Volmerswerther Straße ist eine Dreißigerzone«, setzte der ältere der beiden seine Belehrung fort und wedelte mit dem Zeigefinger vor Bremers Gesicht herum. »Da kann es gar keine Fahrradwege geben. Das ist nicht vorgesehen. Das Zusatzschild bedeutet ja, Sie müssen den Weg nicht benutzen, sondern Sie können. Deshalb sollten Sie wissen, dass Sie auf einem Radweg fahren, den es nicht gibt, und Sie müssten also auf der Straße fahren, weil wir hier eine Zone dreißig haben.«

Bremer rieb sich die Stirn, versuchte, den Sinn des Gesagten zu entschlüsseln, und blickte dem Polizeikommissar fest in die Augen. »Sie sollten die Bestimmungen aufmerksamer lesen, guter Mann.«

Der Polizist lief rot an, das Gesicht seines Kollegen erinnerte Bremer an einen Bullterrier kurz vor dem Zubeißen. Unbeirrt machte er weiter.

»In Tempo-dreißig-Zonen dürfen keine benutzungspflichtigen Radwege ausgewiesen werden. Also Radwege, auf denen ein Fahrradfahrer fahren *muss*. Und selbst dafür gibt es Ausnahmen. Zum Beispiel Bestandsschutz.« Die Kollegen wussten nichts zu antworten, also klärte Bremer sie auf. »Wenn eine Straße in eine Dreißigerzone umgewandelt wird und vorher ein Radweg vorhanden war, bleibt der Radweg auch in der Dreißigerzone bestehen.«

Bremer wollte losfahren, weil er seine Zeit nicht mit zwei Düsseldorfer Provinzbullen vergeuden wollte, aber ihm fiel noch etwas ein. »Sollten Sie mich in der Gladbacher Straße auf dem Bürgersteig erwischen, wo ich tatsächlich nicht fahren darf, dann zahle ich gerne die zehn Euro. Das ist mir mein Leben wert.«

Die Gladbacher Straße wurde von S-Bahn-Schienen durchzogen und war an manchen Stellen so eng, dass man mit dem Fahrrad zwischen den Eisensträngen fahren musste. Damit blockierte man eine komplette Fahrspur und provozierte regelmäßig wütende Autofahrerreaktionen. Parkte dann noch jemand in zweiter Reihe oder riss die Tür auf, war ein Unfall unvermeidlich.

»Alles klar?«

Die Polizisten reagierten nicht, Bremer wartete keine Antwort ab, stieg auf und fuhr weiter.

Wenige Minuten später schob er sein Fahrrad in den Hinterhof seines neuen Zuhauses. Die Wohnung lag im ersten Stock eines kleinen Zweifamilienhauses; die Besitzer wohnten zeitweilig im Parterre, waren aber die meiste Zeit des Jahres unterwegs. Sie hatten sich überaus glücklich gezeigt, die Wohnung an einen echten Kriminalkommissar zu vermieten, und Bremer hatte versprochen, gut auf das Haus aufzupassen.

Er ließ das Rad draußen stehen, horchte einen Moment, konnte aber nichts Verdächtiges hören. Hirngespinste, mahnte er sich. Du siehst Gespenster. Vergiss nicht, du bist Kriminalhauptkommissar und kein Kleinkrimineller. Und du lebst in Deutschland, nicht in irgendeiner Bananenrepublik. Trotzdem ließ das Gefühl nicht nach, verfolgt zu werden. Bremer wusste, dass er einen einzelnen Beschatter sofort erkennen und ohne Probleme enttarnen oder abhängen konnte. Eine einzelne Person konnte eine andere Person nicht lückenlos beschatten, noch nicht einmal für ein paar Stunden, und wer das Gegenteil behauptete, verbreitete Ammenmärchen. Wenn er aber von einem mobilen Einsatzkommando observiert wurde, dann würde auch er nichts davon merken, dann würde er keine Wanze finden, weder in seinem Auto noch in seiner Wohnung. Deswegen hatte er sich angewöhnt, problematische Gespräche nur in freier Natur und nur mit einem Prepaidhandy zu führen. Folgerung: Es war sinnlos, dass er ständig über die Schulter sah, dass er Schleichwege fuhr und Haken schlug. Es war sinnlos, Angst zu haben, und trotzdem hatte er Angst. Warum musste er abseits der normalen Wege Bösewichten hinterherjagen, die es vielleicht nur in seiner Phantasie gab? Weil er ein verdammter Dickkopf war und weil er es nicht ertragen konnte, korrupte Bullen in freier Wildbahn zu sehen. Noch dazu in seinem neuen Revier. Und wenn er recht behielt, dann ging es nicht nur um Korruption, sondern um Doppelmord und einen handfesten Justizskandal. Bremer hatte gehofft, nie in einem solchen Sumpf herumwaten zu müssen, aber es gab keinen Weg mehr zurück.

Er holte tief Luft und schloss die Kellertür auf. Licht fiel in den Raum, und er erfasste die Situation sofort. Er zog seine Waffe, ließ sich auf die rechte Seite fallen, sah die Kampfanzüge, hörte den Schuss, spürte den heißen Schmerz in der Brust und wusste im selben Moment, dass seine Angst begründet gewesen war. Dann wusste er nichts mehr. Warum musste er abseits der normalen Wege Bösewichten hinterherjagen, die es vielleicht nur in seiner Phantasie gab?

SECHZEHN

Die Prozedur lief genau wie beim ersten Mal ab. Ein missmutiger Compadre eskortierte Tom bis zur Bunkertür, er wurde gründlich nach Waffen durchsucht, dann musste er warten, aber diesmal nur ein paar Minuten. Seine Begleitung zeigte auf einen hölzernen Klappstuhl, Tom setzte sich, dann war er plötzlich vollkommen allein. Er fummelte an seinem Handy herum und hoffte, dass es im richtigen Winkel in seiner Jacke steckte und brauchbare Bilder schießen würde.

Das Licht ging aus, es wurde so dunkel, dass Tom nichts mehr sehen konnte. Wenig später flammte ein Scheinwerfer auf, Tom musste kurz die Augen schließen. Als er sie wieder öffnete, sah er, dass dieser Raum mindestens fünfzehn Meter lang sein musste. Der hintere Bereich war ausgeleuchtet, auf einem Podest saß ein Mann in einem Campingklappstuhl. Mehrmals musste Tom blinzeln, damit er scharf sehen konnte und sich davon überzeugen konnte, dass er nicht träumte. Vor ihm saß die Wiedergeburt von Karl Marx, da gab es keinen Zweifel. Bart, Mähne, breiter Schädel, volle Lippen. Er drückte mehrmals den Auslöser seiner Handykamera, drehte den Oberkörper hin und her. Das Licht verlosch wieder.

»Jetzt hast du mein Gesicht gesehen.«

Tom zuckte zusammen. Cochises Stimme, eindeutig.

»Du weißt, was du zu tun hast.«

Tom warf ein lautes »Ja!« in den Raum. Er wusste in der Tat, was er zu tun hatte. Die Bunkertür öffnete sich, Tom wurde zurück ins Licht auf die Straße geführt; er stieg auf seine Maschine, fuhr ein paar Blocks, dann hielt er an, fummelte mit zitternder Hand sein Handy aus der Tasche und schaute sich die Fotos an: unscharf, verwackelt, falscher Ausschnitt, zu dunkel. Dann endlich ein Treffer. Cochise in seiner ganzen Pracht, mit einem Gesichtsausdruck zum Fürchten. Jetzt hatte er ihn an den Eiern. Jetzt war es Tom Breininger, der die Spielregeln diktierte. Er atmete mehrmals tief durch, dann wählte er die Geheimnummer. Der Compadre am anderen Ende fragte genervt, ob Tom sie noch alle habe, ständig diese Leitung zu blockieren, aber Tom raunzte ihn an, er solle Cochise ausrichten, die Karten seien neu gemischt worden, und er, Tom, habe vier Asse. Bevor der Compadre Piep sagen konnte, legte er auf. Zwei Minuten später rief Cochise an, und Tom ließ ihn gar nicht zu Wort kommen.

»Jetzt hörst du mir mal zu, Cochise. Als Erstes lässt du Tina frei, dann legst du eine halbe Million Euro in einen Koffer, den mir einer deiner Lakaien zum Burgplatz bringt. Keine Mätzchen, verstanden? Wenn irgendwas nicht klappt, ist dein Bild morgen in jeder Zeitung, kapiert? Für wie bescheuert hältst du mich?«

Cochise lachte leise, auf eine Art, die Tom nicht gefiel.

»Für wie bescheuert hältst *du* mich? Schade, wirklich schade. Einen Moment habe ich noch gedacht, du kriegst die Kurve. Falsch gedacht. Ab heute bist du vogelfrei. Ich setze auf deinen Kopf eine Belohnung aus, und zwar genau die halbe Million, die du von mir haben willst. Richte dich darauf ein, dass du keine zehn Tage mehr zu leben hast. Wirklich bedauerlich, dass du die Prüfung nicht bestanden hast. Hätte was werden können. Du hättest mein Stellvertreter werden können. Gute Reise.«

Die Leitung war tot, Tom wählte sofort die Geheimnummer, aber er hörte nur die Ansage, dass diese Nummer zurzeit nicht vergeben sei. Die Angst nahm ihm den Atem, und die Erkenntnis, dass er der absolut größte Vollidiot der Welt war, linderte seine aufkeimende Panik nicht im Geringsten. Er war am Arsch. Und es war seine eigene Schuld. Wie hatte er glauben können, dass Cochise sich ihm tatsächlich zeigen würde? Der Typ im Bunker war wahrscheinlich irgendein Penner gewesen, dem er für seinen Auftritt zwanzig Euro gegeben hatte. Die Stimme war aus Lautsprechern gekommen, er hatte Karl Marx ja gar nicht sprechen sehen. Tom Breininger, der amtliche Vollidiot! Cochise hat irgendwo gesessen und sich einen abgelacht über die Wanze, die versucht hatte, ihn übers Ohr zu hauen. Und jetzt? Was war mit Tina? War das wirklich ihr Atem gewesen am Telefon? Er wählte ihre Nummer, aber es war nach wie vor nur ihre Mailbox zu hören. Er hinterließ ihr die Nachricht, ihn so schnell wie möglich zurückzurufen, es ginge um Leben und Tod.

Eine halbe Stunde lang kurvte er ziellos durch die Gegend, traute sich nicht, nach Hause zu fahren, entschied sich schließlich dafür, wenigstens vorbeizuschauen und die Lage zu sondieren. Er bog in die Bruchstraße ein, sah zwei Bullenschüsseln vor seinem Haus, ließ die Maschine langsam vorbeirollen, aber die Grünen waren auf Zack, einer sprang auf die Straße, gestikulierte, schrie. Tom reagierte nicht, der Bulle zog die Waffe, Tom gab Vollgas, er hörte einen Knall und spürte im selben Moment einen Schlag am rechten Arm.

Der Schmerz blieb aus, aber seine Gedanken rasten, er wusste genau, dass er nicht länger als zehn oder fünfzehn Minuten gegen die Bullen durchhalten konnte. Wenn sie ihn erwischten, würden sie ihn drankriegen wegen diesem Deppen von Schlebusch, da blühte ihm lebenslänglich. Erwischten ihn die Compadres, blühte ihm das Leichenschauhaus. Verstecken konnte er sich in Düsseldorf nirgends, Freunde hatte er keine, Tina wohnte in Köln, aber da würden sie als Erstes suchen. Wie waren die überhaupt auf ihn gekommen? Hatte Tina ihn verpfiffen? Unsinn, Cochise natürlich. Er riss den Lenker herum, beinahe hätte er eine junge Frau samt Kinderwagen plattgemacht, die ganze Sache fing an, ihm gehörig an die Nerven zu gehen. Eine letzte Chance hatte er. Tom wusste, wo dieser Bremer wohnte. Dort würde ihn mit Sicherheit niemand vermuten. Bremer stand mit Sicherheit nicht in den Diensten von Cochise, wenn doch, dann hatte er eben Pech gehabt.

Er kurvte durch die Altstadt, hängte zwei Streifen in der Schneider-Wibbel-Gasse ab, schaffte es bis nach Oberbilk, stellte das Motorrad in einer offenen Garage ab, deckte es zu, warf die Kombi in eine Mülltonne und huschte davon. Zu Fuß war er wesentlich schwerer zu fassen als mit dem Motorrad. Von Hinterhof zu Hinterhof schlich sich Tom, wartete an sicheren Plätzen fünf oder zehn Minuten, bis sich die Sirenen entfernten, stahl von einer Wäscheleine einen Blaumann mit der Aufschrift »Elektro Jennemann«, versteckte seine Waffe hinter einer Regentonne und schlug sich bis zur Volmerswerther Straße durch, wo er hoffte, Bremer zu treffen. Er wollte versuchen, über ihn einen Deal einzufädeln. Informationen aus dem Nähkästchen der Compadres gegen eine neue Identität. Der Typ schien korrekt zu sein, würde ihn nicht den Compadres ausliefern. Hoffentlich.

Vom Südfriedhof her bog Tom in die Dormagener Straße, dann in die Volmerswerther und postierte sich zwanzig Meter unterhalb des Hauses, in dem der Zivilfahnder wohnte. Eine halbe Stunde lang tat sich nichts. Tom schlenderte zum Gartentor, öffnete es, ging zur Tür und klingelte bei Bremer. Keine Reaktion. Er schaute sich um, hob die Fußmatte, sodass ein Beobachter annehmen musste, er suche den Haustürschlüssel. Schließlich ging er hinters Haus, untersuchte die Kellertür, die aber fest verschlossen war.

Langsam ging er zurück in den kleinen Garten, der von dichten Hecken umgeben war. Das Quietschen des Gartentors war noch nicht in sein Bewusstsein gedrungen, da reagierten schon seine Reflexe. Im Bruchteil einer Sekunde hatte er sich in eine Hecke geschoben, sodass er von außen unsichtbar war. Im selben Moment kam der Fahnder mit seinem Fahrrad um die Ecke, sperrte es ab und betrat den Keller. Tom hörte einen Schuss, dann noch einen, zwei maskierte Männer in Kampfanzügen kamen aus dem Keller gesprintet, Tom hörte, wie der kräftigere der beiden einen Fluch ausstieß und sich an die Seite griff. Sie blieben stehen, der andere schaute sich hektisch um, nuschelte etwas in den Kragen seines Anzugs, und nur eine halbe Minute später, die Tom wie eine Ewigkeit schien, schoss mit quietschenden Reifen eine schwarze Limousine aus der Nebenstraße und hielt vor dem Haus. Das Kennzeichen war von seiner Position aus hervorragend zu lesen. Tom prägte es sich ein, die beiden Kämpfer sprangen in den Ford, der Wagen raste davon, der Spuk war vorbei.

Tom schaute auf seine Uhr und wartete genau drei Minuten. Dann robbte er zum Kellereingang und spähte vorsichtig über die Schwelle.

Der Fahnder lag mit dem Rücken zu ihm auf der Seite, seine Waffe war ihm aus der Hand geflogen und unterhalb eines Waschbeckens gelandet. Tom glitt in den Keller, schloss die Tür und verriegelte sie. Dann atmete er tief ein und sah sich Bremer von vorn an. Kein Blut. Keine sichtbare Verletzung. Die Brust hob und senkte sich. Der Mann lebte, keine Frage, er war nur ausgeknockt. Tom setzte sich ihm gegenüber und beschloss, den Notarzt zu rufen, sollte sein Atem unregelmäßig werden oder aussetzen. Die Jungs mit den Kampfanzügen würden nicht wiederkommen, und wenn, würde Tom sie gebührend begrüßen.

Er nahm die Waffe, klinkte das Magazin aus. Eine Kugel fehlte. Die steckte wahrscheinlich in der Seite des kräftigen Kämpfers. Er steckte das Magazin wieder ein, lud die Waffe durch und ließ sie in seinen Schoß sinken, betrachtete sie. Eine Walther P99, Double Action. Einmal durchladen und das Magazin leer schießen, einen Sicherungshebel gab es nicht mehr. Man zog den Abzug durch, der den Hahn spannte und ihn dann auf das Geschoss schlagen ließ. War der Schuss gelöst, war die Waffe automatisch wieder gesichert, der Hahn zurück in seiner Ruheposition, die nächste Kugel im Lauf. Fünfzehn fasste das Magazin. Dann gab er sich Tagträumen hin, in denen er und Tina verheiratet waren, Kinder hatten, ein Haus und ein Auto und niemand ihn erschießen, verhaften oder verprügeln wollte. Seine Traumblase platzte, als der Fahnder sich regte.

***

Bremer kannte das Gefühl, nach einer Ohnmacht ins Leben zurückgestoßen zu werden. Zuerst die Verwunderung. Dann der Schmerz. Und dann die Dankbarkeit, noch mal davongekommen zu sein. Saskia erschien ihm, sein Sohn Dirk und seine Tochter Lara. Sie alle wollte er wiedersehen, sie umarmen, ihnen sagen, dass er sie liebte.

Der Schmerz löschte seine sentimentalen Anwandlungen mit brutaler Grausamkeit. Seine Brust schien von einem langen, dicken Armierungseisen durchbohrt zu werden. Er tastete die Rippen ab, aber keine schien gebrochen. Blut fühlte er auch nicht, was zum Teufel war passiert? Sein Gehirn weigerte sich, klar zu denken.

Stöhnend rollte er sich auf den Rücken, die Augen immer noch geschlossen. Beim Einatmen tat ihm die Brust weh, beim Ausatmen ließ der Schmerz nach. Die Tatsache, dass er noch am Leben war, stellte ihn vor ein Problem. Waren das einfache Einbrecher gewesen, die die Nerven verloren hatten? Aber seit wann verwendeten die Gummigeschosse? Der Treffer auf sein Brustbein, auf den Solarplexus, wäre mit scharfer Munition so gut wie tödlich gewesen. So aber hatte ihn das Geschoss nur außer Gefecht gesetzt. Die Täter hätten genug Zeit gehabt, ihn umzubringen oder zumindest seine Brieftasche zu stehlen, die aber nach wie vor in der Innentasche seines Jacketts steckte. Er öffnete die Augen und erschrak. Vor ihm saß ein junger Mann mit seiner Dienstwaffe in der Hand und lächelte ihn gewinnend an. Bevor Bremer darüber nachdenken konnte, ob er jetzt doch noch dran glauben musste, drückte ihm der junge Mann die Waffe in die Hand, setzte sich wieder und begann zu erzählen.

»Also, ich bin Tom Breininger und habe aufgepasst, dass hier nichts anbrennt. Die Jungs, die Ihnen das Ding da«, er zeigte auf Bremers Brust, »verpasst haben, hätten ja auf die Idee kommen können, hier wieder aufzukreuzen und Ihnen die Lichter ganz auszublasen. Das hätte ich nicht zugelassen.«

»Warum?« Bremer fiel das Sprechen schwer, aber er spürte, dass seine Kräfte langsam wiederkamen, und die Waffe in seiner Hand gab ihm die Sicherheit, dass dieser Tom Breininger zwar irgendetwas von ihm wollte, aber mit Sicherheit nicht seinen Kopf. Zumindest jetzt nicht.

»Ich glaube, wir brauchen uns. Ich habe etwas für Sie, und Sie könnten etwas für mich tun. Zum Beispiel habe ich das Kennzeichen des Fahrzeugs, in das die beiden schwarzen Männer gesprungen sind, nachdem sie hier aus dem Keller geflohen sind. Und den Fahrer würde ich wiedererkennen. Einen haben Sie mit Ihrer Knarre erwischt. Der hat geflucht wie ein Berserker, und obwohl er genuschelt hat, habe ich verstanden, was er gesagt hat: ›Der Innenminister macht uns die Hölle heiß.‹« Tom musste lachen. »Also entweder waren das die absoluten Amateure, oder irgendetwas mit der Koordination hat nicht geklappt.«

Bremer schauderte. Die Männer waren vom SEK, daran bestand kein Zweifel. Aber wer konnte ihm das SEK auf den Hals hetzen? Und vor allem, warum? War es derselbe, der die Macht gehabt hatte, Brunnenmeister im Gefängnis verrotten zu lassen? Und jetzt ihn ausschalten wollte, weil er zu tief grub? Dieser Tom Breininger schien nicht dumm zu sein, aber er musste eine ganze Menge Dreck am Stecken haben, wenn er auf diesem Weg Kontakt mit der Polizei aufnahm.

»Was haben Sie ausgefressen?«

Bremer fixierte Breininger, der kurz den Kopf senkte und dann seinem Blick wieder standhielt.

»Ich habe keine Zeit zu verlieren. Entweder Sie reden jetzt, oder wir fahren aufs Präsidium.« Bremer fasste seine Waffe fester.

Breininger hob die Hände. »Nur keine Panik. Also. Ich hab gesessen wegen Drogenfahrten, extralang, weil ich niemanden ans

Messer geliefert hab. Bin seit einiger Zeit wieder raus, aber nichts hat funktioniert, also hab ich wieder die Fahrten angefangen, das ging auch ganz gut, hab gut verdient, alles lief glatt, mein Auftraggeber hat mir mein Schweigen hoch angerechnet. Aber dann ist die Sache aus dem Ruder gelaufen. Die wollten, dass ich Sie aus dem Weg räume.«

Bremer spürte einen Klumpen in seinem Magen. Also doch. Sein Gefühl hatte ihn nicht getrogen. Er wurde verfolgt, beobachtet, und es gab ein Mordkomplott gegen ihn. Das volle Programm.

»Und warum haben Sie die Gelegenheit verstreichen lassen?«

Breininger kratzte sich am Kopf. »Gute Frage. War vielleicht ein Fehler. Hinter Ihnen scheinen ja alle her zu sein. Da wäre ich gar nicht aufgefallen.«

Bremer musste wider Willen grinsen. »Also, warum?«

»Die haben meine Freundin entführt und wollten mich damit erpressen. Da hab ich versucht, den Spieß umzudrehen, und das ist, gelinde gesagt, voll in die Hose gegangen. Jetzt stehe ich auf der Abschussliste der Compadres.«

Bilder huschten durch Bremers Kopf. Der Burgplatz, der junge Mann, mit dem er zusammengestoßen war. Das war Tom Breininger gewesen.

»Jetzt haben Sie mich wiedererkannt, stimmt's? Na ja, und meine Freundin müssten Sie eigentlich auch kennen. Das ist mein zweites Problem.«

»Sie haben mir hinterhergeschnüffelt. Sind Sie in meine Wohnung eingebrochen?«

Tom schüttelte den Kopf.

»Gut. Wer ist Ihre Freundin? Warum müsste ich sie kennen? Ist Ihnen klar, dass ich mich strafbar mache, wenn ich nicht meine Kollegen informiere?«

»Ich weiß es nicht. Ist das so? Und meine Flamme heißt Isabell Christina Wertherberg.«

Bremer zögerte keinen Moment, hob die Waffe, zielte auf Breininger, sprang auf, obwohl er dabei fast erneut das Bewusstsein verloren hätte, tastete nach seinen Handschellen.

»Tom Breininger, Sie sind wegen des Verdachts des Mordes an David Schlebusch vorläufig festgenommen. Drehen Sie sich zur Wand, Beine auseinander und keine falsche Bewegung.«

Breininger gehorchte, aber er redete auf Bremer ein.

»Damit hab ich nichts zu tun, verdammt noch mal. Ich kann keinen umbringen. Oder würden Sie sonst noch leben? Dass dieser Schlebusch weg ist, ist halt Glück für mich. Verflucht, versauen Sie doch jetzt nicht unser Geschäft mit einer Kurzschlusshandlung.«

Bremer tastete Breininger ab, fand aber außer einem Geldbeutel und einem Handy, das stumm gestellt war, nichts. Er trat einen Schritt zurück, sah plötzlich ein Feuerrad und konnte sich nicht mehr auf den Beinen halten. Die Waffe fiel ihm aus der Hand. Bevor er auf dem Boden aufschlug, spürte er starke Arme, die ihn auffingen, und hörte eine spöttische Stimme.

»Na, na, Herr Kommissar, so fängt man aber keine Mörder.«

Der Schwächeanfall verging so schnell, wie er gekommen war. Bremer atmete mehrmals durch, sein Kopf wurde wieder klar. Breininger kniete ihm gegenüber und hielt ihm, zum zweiten Mal heute, seine eigene Waffe hin.

»Ich habe David Schlebusch nicht erschlagen, und ich vertraue Ihnen.«

Bremer nahm die Waffe, steckte sie ins Holster zurück und reichte Breininger Geldbeutel und Handy. »Da sind Nachrichten drauf«, sagte er.

Breininger schnappte sich sein Telefon, tippte ein paar Tasten und schnalzte mit der Zunge.

»Die haben mich echt verarscht. Tina ist in Spanien. Ihr ist alles zu viel geworden, und sie ist abgehauen.«

Bremers Verwirrung steigerte sich zu einem neuen Höhepunkt. Waren alle Beteiligten vollkommen übergeschnappt? SEK-Männer, die sich benahmen, als seien sie das erste Mal im Einsatz. Entführer, die gar keine waren und ein enormes Risiko eingingen, bei ihrem Bluff erwischt zu werden. Ein Drogenkurier mit schlechtem Gewissen. Ein Kriminalhauptkommissar, der hinter dem Rücken seiner Dienststelle gegen den Leiter einer Moko ermittelte und der dem Auftragskiller gegenüberstand, der ihn eigentlich liquidieren sollte, aber kalte Füße bekommen hatte. Bremer spürte, dass ihm die Kontrolle entglitt. Er brauchte jetzt dringend einen doppelten Espresso, eine heiße Dusche und einen guten Rat.

Er bugsierte Breininger in seine Wohnung, fesselte ihn mit dem Blick auf den Fernseher an ein Heizungsrohr, machte zwei doppelte Espresso, nahm eine extraheiße Dusche, begutachtete den faustgroßen roten Fleck, den das Gummigeschoss hinterlassen hatte, und stellte fest, dass er mindestens zwei Kilo abgenommen hatte, seit er in Düsseldorf war.

Dann zog er sich in sein Arbeitszimmer zurück, nachdem er nachgesehen hatte, ob mit Breininger alles in Ordnung war. Dem ging es blendend, er zappte durch die Fernsehprogramme und schlürfte immer noch an dem Espresso, der inzwischen kalt sein musste, eine furchtbare Vorstellung. Ein Bier wollte Breininger nicht, also ließ Bremer ihn allein.

Einen Moment konzentrierte sich Bremer, dann wählte er die Handynummer von Fred Weber, dem einzigen Menschen, dem er zutraute, ihm in dieser Situation weiterzuhelfen.

Weber nahm das Gespräch an, Bremer ließ ihn gar nicht zu Wort kommen.

»Ich brauche deine Hilfe, Fred. Niemand sonst kann mir helfen. Ich bin heute fast umgebracht worden, habe einen Drogenkurier an meine Heizung gefesselt, habe so ziemlich gegen alles verstoßen, was geschrieben steht, und weiß nicht mehr weiter.«

Weber hüstelte. »Ist es schlimmer als beim letzten Mal, als du dich so richtig in die Scheiße geritten hast, im wahrsten Sinne des Wortes?«

»Viel schlimmer.«

»Steht deine Karriere auf dem Spiel?«

»Die ist so gut wie beendet.«

Weber zog die Luft ein. »Das wäre wenigstens ein guter Nebeneffekt. Hast du einen Plan?«

»Nein.«

»Das hört sich an, als wärest du auf dem Weg der Besserung.«

Bremer lächelte in den Hörer. »Ich glaube, ich bin auf dem Weg in die ultimative Never-come-back-Midlife-Crisis.«

»Hast du Ärger mit Saskia?«

Bremers Laune verfinsterte sich, seine Stimme stürzte um drei Töne ab. »Ärger? Sie wird wohl in den Staaten bleiben. Verschleppt mich in diese bescheuerte Stadt und verpisst sich über den Teich. So eine gequirlte Scheiße!«

»Schrei nicht so, Martin, ich bin nicht taub, und ich habe verstanden. Ich bin in zwei Stunden da. Beweg dich nicht von der Stelle, klar?«

Bremer fiel ein Stein vom Herzen. »Danke, Fred, das werde ich dir ...«

»Du sollst nicht lügen!«, rief Weber und legte auf.

Die Zeit, bis Fred kam, nutzte Bremer, um Breininger auszuquetschen.

Als es zwei Stunden später klingelte, ging Bremer nach unten, öffnete und nahm Fred in die Arme. Nach kurzem Zögern erwiderte Fred diese neue Form der Begrüßung und murmelte, dass es schlimmer sei, als er vermutet hatte.

Bremer ließ ihn frei, bat ihn nach oben und stellte ihm Tom Breininger vor, der vorschlug, etwas zu essen zu besorgen, mit dem Argument, ihm würde der Magen auf den Schuhsohlen hängen. Bremer stellte fest, dass es schon fast Mitternacht war, fand aber einen Pizzaservice, der gegen Aufpreis noch lieferte.

Bremer verzog sich mit Weber ins Arbeitszimmer.

»Gut, dass du da bist, Fred.«

»Lassen wir jetzt die Verbrüderungsfloskeln. Viel wichtiger ist, dass dein Tom Breininger zur Fahndung ausgeschrieben war.«

»Ist er es nicht mehr?«

»Seit einer knappen halben Stunde. Kam über Funk rein.«

»Warum?«

Weber schüttelte seine blonde Mähne. »Ich habe auch nichts erfahren können. Aber dafür habe ich Neuigkeiten von Sascha.«

»Du hast mit ihm geredet?« Bremer war überrascht, dass er nicht zuerst mit ihm gesprochen hatte.

Weber verdrehte die Augen. »Sonst hätte ich kaum Neuigkeiten von ihm. Außerdem ist er nicht so ein Kamikaze wie du. Er wollte das nicht übers Telefon machen. Ich bin auf dem neuesten Stand.«

»Schon gut, schon gut, ich halte die Klappe.«

»Hervorragende Idee. Sascha hat die beiden Gutachter aufgetrieben, die zu demselben Ergebnis gekommen sind wie der erste. Er lässt sich die Akten kommen und bereitet eine Klage gegen alle drei vor«, erläuterte Fred.

»Das heißt, Brunnenmeister hat eine Chance?«, fragte Bremer.

»Wie es aussieht, sogar eine sehr gute. Alle drei Gutachter haben offenbar nicht nur gepfuscht, sondern mindestens fahrlässig gehandelt. Vielleicht hat Mannstein sie geschmiert? Aber woher hat er das Geld, wenn er es getan hat?«

Bremer rieb sich die Augen. »Vielleicht hat er mit den Auftraggebern von Breininger zu tun. Vielleicht *ist* er der Auftraggeber. Breininger sollte mich beseitigen, den Auftrag hat er von einem gewissen Cochise, der mit Drogenhandel sein Geld verdient. Die Infrastruktur stellen die Compadres hier in Düsseldorf oder zumindest einige von ihnen. Sie haben ihre Zentrale in einem Bunker. Ich habe die Adresse. Ist Mannstein Cochise? Leider ist Breininger verbrannt. Wie sollen wir da reinkommen?«

Fred hob einen Zeigefinger. »Erst mal gar nicht. Die Drogenszene hier wird vom LKA und vom BKA beobachtet, denen sollten wir nicht in die Quere kommen, allerdings sollten wir ihnen Breiningers Infos weitergeben, damit sie diesen Bunker und die beteiligten Compadres hochnehmen können.«

»Glaubst du im Ernst, dass da noch was zu holen ist?«

»Einen Versuch ist es allemal wert.«

»Dann mach es jetzt.«

Weber zückte sein Handy, ließ sich verbinden und gab seine Informationen weiter, ließ Bremer mithören. Sein Kontaktmann beim BKA versprach, ihn auf dem Laufenden zu halten. Weber fiel noch etwas ein. »Er hatte doch mit Cochise persönlich Kontakt? Hat er seine Stimme gehört?«

»Ja. Aber ich glaube nicht, dass das Cochise persönlich war, und wenn, dann hat er seine Stimme elektronisch manipuliert.«

»Wir werden ihm trotzdem ein paar Stimmen zu hören geben. Manchmal hat man ja auch Glück.«

Bremer zuckte die Achseln, Weber machte weiter.

»Jetzt zu Saschas Idee. Er will im Rahmen einer operativen Fallanalyse einen Tätervergleich von Bankräubern durchführen. Du weißt ja, unsere OFA-Abteilung hat sich inzwischen einen guten Ruf erarbeitet.«

Bremer nickte. »Er hat es mir erzählt, ja.«

Ob dabei etwas herauskommen würde oder nicht, war Bremer egal. Auf jeden Fall würde Mannstein aufgescheucht werden.

»Damit haben wir immer noch keinen Beweis, dass Mannstein ein Mörder ist«, sagte er.

Weber rieb sich das bartlose Kinn. »Messerscharf gefolgert. Und genau da kommst du ins Spiel.«

»Ich schmeiße mich an Mannstein ran und stelle ihm in Aussicht, dass der Spuk ganz schnell wieder vorbei ist, sobald er mir ein wenig die Rentenkasse füllt.«

»Exakt.«

»Und wenn ich auffalle?«

»Dann warst du verdeckter Ermittler im Auftrag der saarländischen Staatsanwaltschaft. Es kann also gar nichts schiefgehen. Sobald Mannstein auf die Erpressung eingeht, sind wir da und nageln ihn fest. Simple Sache. Wenn er etwas mit den Compadres oder Cochise zu tun hat.«

»Was ist mit Breininger?«

»Den lassen wir laufen, die Jungs vom LKA und die Drogenfahnder werden an ihm dranbleiben. Ihm wird nichts passieren, und wenn er sich anständig verhält, kriegt er 46b, kompletten Straferlass, so wie es aussieht. Seine Kurierfahrten sind Lappalien im Vergleich zu dem Mordkomplott gegen dich.«

Bremer rümpfte die Nase. »Apropos. Was ist mit mir?«

»Du kriegst den besten Bodyguard, den du dir wünschen kannst.«

»Kevin Costner?«

»Dafür ist deine Oberweite zu schmal.«

»Also wirst du auf mich aufpassen?«

»Ich werde mein Bestes geben.« Weber klopfte auf seine Jacke, in der eine Glock mit einem Magazin von neunzehn Patronen steckte. Bremer kannte die Vorliebe seines Freundes für zuverlässige Waffen.

Sein Handy meldete sich mit Corinnas Nummer. Er machte Weber eindeutige Zeichen, der verstand und verzog sich nach nebenan.

»Hallo, Martin, wie geht es dir?«

Bremer musste sich eingestehen, dass ihre Stimme ihn erregte.

»Wo warst du am Wochenende? Was machst du heute Abend?« Sie wartete zwei Sekunden. »Und heute Nacht?«

Was sollte er jetzt machen? Weber einweihen? Corinna hierher einladen? Beides war unmöglich. Weber wäre imstande gewesen, ihn bei Saskia zu verpetzen, und Corinna durfte weder Weber noch Breininger sehen. Zu ihr gehen kam ebenfalls nicht in Frage, Fred hielt, was er versprach, und würde ihm nicht von der Seite weichen.

»Schön, dass du anrufst, aber ich bin heute Nacht leider schon ausgebucht.«

»Saskia?«

Ihre Stimme klang nicht verärgert, ja nicht einmal enttäuscht, sondern interessiert.

»Leider nein.«

»Vermisst du sie?«

Bremer betrachtete kurz das Display seines Handys und hielt es sich dann wieder ans Ohr. Was für ein Spiel spielte Corinna?

»Ist das wichtig für dich?«

»Ist das wichtig für *dich*?«

Diese Frau war wirklich taff, das musste er ihr lassen.

»Ich vermisse sie. Aber ich vermisse dich auch.«

»Touché«, sagte Corinna. »Kann es sein, dass du gerade in eine Dreierkiste reinrutschst?«

Damit hatte sie ins Schwarze getroffen, und Bremer fühlte sich nicht schlecht dabei.

»Geht das denn für dich, meine Geliebte zu sein, im Dienst so zu tun, als wären wir nichts als Kollegen, mich nicht sehen zu können, wenn Saskia hier ist? Zu wissen, dass ich mit ihr schlafe?«

»Es kribbelt, und wie. Weißt du, wo meine linke Hand ist?«

»Zwischen deinen Beinen?«

Sie stöhnte leise. »Genau da.«

Verdammt, dachte Bremer, das ist nicht zu fassen. Saskia hatte das mit ihm auch schon gemacht. Als wären die beiden Schwestern.

»Kriegst du einen Harten?«

»Deine hellseherischen Fähigkeiten sind nicht zu übertreffen.«

»Und du bist dir sicher, dass du heute Nacht schon etwas vorhast?«

»Leider, ja.«

Corinna stöhnte etwas lauter. »Wer ist es?«

»Such dir jemanden aus, das gehört zum Spiel.« Bremer konnte nicht glauben, dass er das gerade gesagt hatte, aber ein warmer Schauer lief ihm über den ganzen Körper.

»Wie wäre es mit Olga?«

»Olga? Warum ausgerechnet Olga?«

»Bist du blind? Die hat sich in dem Moment in dich verknallt, als sie dich das erste Mal gesehen hat. Aber du hast ja nur Augen für zerfledderte Leichen.«

»Hältst du dich für eine zerfledderte Leiche?«

Corinna kicherte. »Du bist nicht auf den Mund gefallen.«

»Corinna, ich muss zugeben, das macht großen Spaß, aber ich muss Schluss machen. Mein Gast wartet.«

»Du weißt nicht, was dir entgeht, Martin.«

»Ich weiß es, glaub mir, ich weiß es, und ich bedaure es sehr. Andererseits, es wird umso besser sein, wenn wir das nächste Mal allein sind.«

»Bis bald, mein Geliebter.«

»Bis bald«, Bremer schnalzte mit der Zunge, »und lass noch ein bisschen Lust übrig.«

Er unterbrach die Verbindung und ließ sich in seinen Sessel zurückfallen. Du hast tatsächlich eine Geliebte. Martin Bremer, der Musterschüler, treibt es mit zwei Frauen gleichzeitig. Obwohl, das stimmte so nicht, Saskia war gute sechstausend Kilometer weit weg. Ihm war heiß geworden, er öffnete ein Fenster, schaute hinaus in den Garten, ein Eichhörnchen hetzte über die Straße, sprang eine Linde hinauf, ein zweites folgte, aber ein Geländewagen überfuhr es mit seinen extrabreiten Reifen, sodass nichts als ein kleines, blutiges Stück Fell übrig blieb. Ob die beiden ein Paar gewesen waren? Waren Eichhörnchen polygam oder so wie Gänse auf einen einzigen Partner fürs Leben fixiert?

Sein Handy signalisierte den Eingang einer SMS, Absender: Saskia Pierer. Text: »*Miss you, Babe.* S.«

Bremer löschte die Nachricht und dachte, dann komm doch her, dann erfüll dein Versprechen. Wut stieg in ihm auf und die Lust, sofort zu Corinna zu fahren. Stattdessen gesellte er sich zu Weber und Breininger, die in ein intensives Frage-und-Antwort-Spiel vertieft waren. Weber saß im Schneidersitz vor dem Drogenkurier, schrieb eifrig mit, hatte sein Handy neben seinem Knie liegen. Er blickte zu Bremer auf.

»Herr Breininger scheint es ernst zu meinen. Die niederländischen Kollegen filzen gerade einen Häuserblock in Amsterdam, und es scheint fette Beute zu geben.« Er deutete auf sein Handy, wandte sich dann wieder Breininger zu.

Bremer wurde von einer unglaublichen Müdigkeit überfallen. Er gähnte herzhaft, Weber schickte ihn, ohne aufzublicken, ins Bett. Bremer gehorchte, legte sich hin und schlief sofort ein.

SIEBZEHN

Weber weckte Bremer mit Kaffee und einer guten Nachricht.

»Die Durchsuchungen in Amsterdam waren ein voller Erfolg. Sechs Personen verhaftet, zweiundzwanzig Kilo Heroin, sieben Kilo Kokain, alles lupenrein, zweihunderttausend Euro Bargeld und ein paar Faustfeuerwaffen. Allerdings schweigen die Vögel, als hätte man ihnen den Mund mit Sekundenkleber verschlossen. Als die Kollegen Cochise erwähnten, haben sie sich fast in die Hose gemacht. Dieser Häuptling hat einen eindeutigen Ruf in der Szene. Ein Wunder, dass Herr Breininger noch lebt.«

»Ein Wunder, dass ich noch lebe.«

»Das ist ein echtes Dauerwunder, meinst du nicht?« Weber fuhr sich mit der Hand durch die Mähne.

Bremer verzichtete auf einen Kommentar und machte sich auf den Weg zur Arbeit.

Auf seinem Schreibtisch fand er einen Zettel von Mannstein.

»Willst du die letzten Neuigkeiten im Fall Schlebusch hören?«

Bremer wollte, begab sich in Mannsteins Büro, dessen Tür wieder offen stand, so wie am ersten Tag, und sein Exchef legte gleich los.

»Der Fall Schlebusch ist gelöst. Ein Junkie. Und jetzt halt dich fest. Du hast den richtigen Riecher gehabt.«

Das Gebäude schien sich nach rechts zu neigen und wieder nach links, Bremer musste hart schlucken.

»Und ich hatte unrecht.« Mannstein schwieg, grinste wie ein satter Alligator, faltete die Hände und legte sie auf seinem Schreibtisch ab. »Ich habe Susanna Brand gestern Morgen angewiesen, Schlebusch noch mal gründlich unter die Lupe zu nehmen. Es gibt Knochenfragmente, die zusammengesetzt ein Schussloch ergeben. Jetzt kommt das Beste: Sie hat in seinem Gehirn Schmauchspuren gefunden. Und was für welche! Da kommst du nie drauf, trotz deiner Nase, da könnte ich wetten.«

Bremers Kehle war zu trocken zum Reden.

»Polizeimunition, die nicht mehr in Gebrauch ist und mit an Sicherheit grenzender Wahrscheinlichkeit aus einem ungeklärten Einbruch in die Herstellerfirma stammt. Wir haben die Unterlagen bereits prüfen lassen. Die Nachweise sind lückenlos, der Überfall ist ordnungsgemäß gemeldet worden. Schlebuschs Mörder ist ein Junkie, der die Waffe samt Munition vor zwei Jahren aus einem Auto gestohlen hat, er weiß leider nicht mehr, wo, und natürlich nicht, aus welchem Fahrzeug. Er hat den Mord gestanden. Wir haben sogar einen Fußabdruck vom Tatort, der zu einem seiner Turnschuhe passt. Er hat tatsächlich versucht, die Kreditkarte zu benutzen. Unfassbar, nicht?«

»Unfassbar, in der Tat.« Bremer musste sich anstrengen, sich seine Enttäuschung, die langsam in Wut umschlug, nicht anmerken zu lassen. »Dann steht es sozusagen unentschieden, und der Bannfluch, der auf mir lastet, könnte wieder aufgehoben werden, was meinst du?« Er zwang sich zu einem Lächeln.

Mannstein streckte Bremer die Rechte hin. »Aber klar doch, ich werde heute noch mit Bütikof reden und die«, er malte Anführungszeichen in die Luft, »Schuld auf mich nehmen.«

Bremer schlug ein. »Sag ihm einfach, wie es war. Dass zwei Platzhirsche aneinandergeraten sind, sich die Hörner abgestoßen haben und jetzt wieder Friede herrscht.«

»So werde ich es sagen. Das ist gut.« Mannstein machte sich eine Notiz, blätterte in seinem Kalender. »Die nächste frische Leiche kriegst du auf den Schreibtisch, ich will nämlich Urlaub machen, mal richtig ausspannen, drei Wochen Kanaren oder so.«

Bremer nickte und stand auf. »Dann ist die Moko Arcaden damit aufgelöst?«

»Korrekt. Chai Malterbein wird bald Klage erheben.«

»Die wie lauten wird?«

»Mord. Ganz klar, volles Programm, besondere Schwere der Schuld. Der Typ hat den Kopf seines Opfers zermatscht, um an das Projektil heranzukommen. Das haben wir übrigens in seiner Wohnung gefunden.«

Bremer verzog das Gesicht. »Damit kommt sie nie durch. Wahrscheinlich kriegt er zehn Jahre wegen Totschlags, und wenn er einen guten Anwalt und Glück hat, war er zum Zeitpunkt der Tat schuldunfähig.«

»Nicht unser Problem. Auf jeden Fall habe ich aus dem Fall etwas gelernt.« Mannstein feixte.

»Und das wäre?«

»Saarländer sollte man nicht unterschätzen.« In Mannsteins Augen flackerte ein kurzes Feuer auf.

»Das sollte man in der Tat nicht.« Bremer konnte nicht zulassen, dass die ganze Sache einfach so versickerte. »Saarländer kennen sich auch mit Seilschaften, Beziehungen und Filz aus. Und sie kennen die Bedeutung von Geld.«

Mannstein zuckte die Achseln. »So ist das wohl. Viel Spaß bei der Arbeit.«

Bremer öffnete die Tür, drehte sich noch einmal zu Mannstein um. »Den werde ich haben. Was du über Saarländer noch wissen solltest: Wir sind ausgemachte Trüffelschweine. Wenn wir die Witterung mal aufgenommen haben, lassen wir nicht locker, bis wir den kostbaren Schatz aus dem Dreck gezogen haben. Schönen Tag noch.«

Wie betäubt kehrte Bremer in sein Büro zurück und informierte Weber, der nur grunzte und dann wieder auflegte, weil gerade ein anderer Anruf einging. Ein Junkie! Ein purer Zufall. Bremer setzte sich langsam in seinen Bürostuhl, fuhr seinen Rechner hoch und loggte sich ein. Er hatte alle Zugangsrechte wieder, öffnete die Ermittlungsakte Schlebusch, studierte die Verschriftungen des Verhörs, begutachtete die Spuren, las das Durchsuchungsprotokoll der Behausung von Frank Müller. Mannstein war natürlich dabei gewesen, Chai Malterbein, Corinna, Olga und Giorgio. Und drei Streifenwagenbesatzungen. Alles passte hervorragend, alles sah aus wie ein ganz normaler Einsatz, wie ein ganz normaler Fall.

Bremer beschloss, den Plan gegen Mannstein fallen zu lassen und dafür zu sorgen, dass Brunnenmeister aus dem Gefängnis freikam. Immerhin etwas. Vielleicht konnte Sascha den Gutachtern so die Hölle heißmachen, dass Brunnenmeister wenigstens für den Rest seines Lebens ausgesorgt hatte.

ACHTZEHN

Fast eine Woche hat es gedauert, bis durchgesickert ist, dass David Schlebusch ermordet worden ist. Wenigstens werde ich dafür nicht angeklagt. Obwohl, wer weiß. Der Computer vor mir sieht aus, als wäre er gerade erst aus der Verpackung genommen worden. Im Gehäuse ist das Produktionsdatum aufgedruckt. Drei Jahre ist das Gerät alt und gehört schon zum Schrott. Ich schraube es auf, trenne das Netzkabel vom Trafo, lege das Kabel in einen grauen Behälter, auf dem in blauen Buchstaben »Nur für Stromkabel« steht. Eigentlich sollte ich heute eine Partie Bleiakkumulatoren entsorgen, in der Spezialabteilung, angefangen beim Absaugen der Schwefelsäure bis hin zur Reinigung der Behälter. Vielleicht haben die doch was spitzgekriegt. Das Netzteil kommt in einen anderen Behälter, die Grafikkarte zu den Grafikkarten, dic Festplatte zu den Festplatten, die Hauptplatine zu den Hauptplatinen. Im Eingangslager warten Tausende von Geräten. Der Knast verdient gut mit dem Zerlegen der Geräte, wir arbeiten für eine Firma, die ihren Service als »fachgerecht« anpreist. Ich bekomme für einen Tag Arbeit fast dreizehn Euro, das ist für Knastverhältnisse viel und liegt vor allem daran, dass ich oft mit Blei in Berührung komme, das fällt unter »erschwerte Bedingungen«. Außerdem mache ich, so oft es geht, Überstunden, das gibt noch mal ein Viertel Aufschlag. Davon behält der Knast vier Siebtel und zahlt es mir bei Entlassung aus, was bei mir nicht der Fall sein wird. Den Rest darf ich direkt verbrauchen. Ich gebe fast alles für Süßigkeiten aus. In meinem Bauch kündigt sich eine Schmerzwelle an. Ich mache dem Aufpasser ein Zeichen, dass ich auf Toilette muss. Er nickt einem Kollegen zu, der kommt zu meinem Platz, legt mir Handfesseln an, dann geht es zur Toilette, einer rechts, einer links, so macht man das mit Schwerstverbrechern, die keine Reue zeigen und schon mal versucht haben zu türmen.

Handfessel ab, ich werde eingesperrt, setze mich auf die Schüssel, mir wird übel, mein Magen scheint sich überschlagen zu wollen, ich versuche, flach zu atmen, beginne zu hecheln wie meine

Frau bei der Geburt meiner Töchter, mein Hals schnürt sich zu, ich möchte weinen, toben, schreien, aber mein Magen erinnert mich daran, dass ich ganz andere Probleme habe. Mein Stuhl ist hart, es kommen nur einzelne graue Brocken, mein Urin riecht wie eine Chemiefabrik. Ein Schließer schlägt an die Tür, fragt, ob ich auf der Schüssel übernachten will. Lachen dringt durch die Metalltür. Ich sage gar nichts, hechele weiter, massiere meinen Bauch, es hilft, den Schmerz so weit zurückzudrängen, dass ich wieder arbeiten kann.

Mein Begleitschutz liefert mich ab, ich zerlege einen Computer nach dem anderen. Nur gut, dass ich mir einen Notvorrat Blei zugelegt habe. In der Mittagspause streue ich das graue Pulver unter mein Essen, niemand merkt etwas, es sieht aus, als würde ich die Suppe mit Daumen und Zeigefinger salzen. Das Gewürz des Todes. Ich wundere mich über diesen kitschigen Gedanken, aber so ist es nun mal. Ich denke wieder an Schlebusch. Es versöhnt mich fast mit meinem Schicksal, dass dieses Schwein tot ist. Er hat Gott gespielt, ich möchte wissen, warum er das gemacht hat, womit er bestochen worden ist, er hat mit dem Finger auf mich gezeigt und gesagt: »Das ist der Mann, der Hubert Mintrop vor meinen Augen erschossen hat.« Mein Anwalt hat ihn gefragt, ob er meine Augenfarbe hat erkennen können. »Ja«, hat er gesagt, nichts weiter. Und das, nachdem er mich fünfmal im Gerichtssaal gesehen hatte und die Widerlinge von den Medien hundertfach von den »kalten blauen Augen des Mörders« berichtet hatten. Den Schlebusch, den hätte ich gerne kaltgemacht, mit den eigenen Händen.

Es wird Zeit, dass ich mich für die nächste Nacht vorbereite. Der Schmerz wird kommen, das ist so sicher wie mein Tod.

***

Weber fiel die Pizza von der Gabel. Sie hatten sich im »Zero Gradi« getroffen, Bremer hatte ihm den Stand der Dinge erklärt und dass es sinnlos sei, Mannstein weiter hinterherzurennen.

»Wenn du mit Breininger fertig bist, kannst du wieder heimfahren«, sagte Bremer und biss in seine Pizza mit Parmaschinken und Rucola.

»Ich kann das nicht glauben. Du warst dir doch so sicher?« Weber vergaß weiterzuessen.

»Genau das ist das Problem. Ich bin mir nicht mehr sicher.«

»Okay, das kann ich nachvollziehen. Du musst dir in der Tat absolut sicher sein, sonst hat es keinen Sinn. Das Risiko ist zu hoch. Was Breininger angeht, der hat keine Lust, den Köder zu spielen. Er wird uns alles erzählen, was er weiß, und fertig. Das ist sein gutes Recht. Ich werde ihn mit ins Saarland nehmen, da ist er sicher, und die Jungs vom Drogendezernat sind mir einen Gefallen schuldig.«

Bremer steckte sich ein Stück Pizza in den Mund, kaute, verdrehte die Augen. »Die ist echt unglaublich gut.«

Weber starrte einen Moment auf seinen Teller und schob ihn dann weg. »Ja, sie ist wirklich gut.«

»Warum isst du dann nicht weiter?«, fragte Bremer und ahnte die Antwort.

»Ich habe keine Lust, der Chef zu sein. Seit du weg bist, ist alles irgendwie beliebig. Wir waren ein Team. So viele Jahre. Wir haben verdammt knifflige Fälle gelöst, weil wir nie aufgegeben haben. Susanne Holt ist gut, aber sie ist trotzdem noch eine Anfängerin. Ihr fehlen so viele kleine Sachen.«

Bremer legte seine Gabel hin und schob den Teller ebenfalls beiseite. »Dann bring es ihr bei.«

»Ich bin kein guter Lehrer, weißt du.«

Bremer wusste. Weber hatte keine Geduld. Wenn ihm ein Fall unter den Nägeln brannte, dann mussten alle wissen, was sie taten, da war keine Luft, einem Neuling in aller Ruhe etwas zu erklären. Bremer war anders. Er liebte es, sein Wissen, sein Können und seine Erfahrungen weiterzugeben, und er schätzte die Sichtweise von Neulingen, die immer wieder neue Perspektiven einbrachten. Deswegen hatten Weber und er sich so gut ergänzt. Sie kamen sich nicht in die Quere. Anders als bei Mannstein. Mannstein und er waren zwei Alphatiere, zwei Leader, zwei Leitwölfe, und es konnte nur einen geben. Darin mochte ebenfalls der Grund zu suchen sein, warum Bremer Mannstein für fähig hielt, einen Mord zu begehen. Aber die Fakten entlasteten Mannstein, und das missfiel ihm. Allein deshalb musste er aufhören, seinem Kollegen etwas anhängen zu wollen. Mannstein hatte sich mit den Ermittlungen im Fall Brunnenmeister nicht mit Ruhm bekleckert, aber es war auch kein Vorsatz in Sicht. Die Fehler hatte das Gericht gemacht, der Staatsanwalt, die Gutachter, der Rechtsanwalt, das System, das Brunnenmeister vorverurteilt und einen Schuldigen gesucht hatte.

Bremer nahm Webers Gedanken wieder auf. »Ich weiß. So langsam glaube ich, dass ich einen schweren Fehler gemacht habe. Bei mir gilt wohl die alte Regel, dass man erst weiß, was man hatte, wenn man es nicht mehr hat. Auf jeden Fall habe ich einen echten Freund.«

Weber räusperte sich, dann brummte er etwas Unverständliches, zog sich seinen Teller wieder heran und machte sich über seine Pizza her. Von draußen drangen lachende Stimmen und der Sound von schweren Motorrädern durch die offenen Fenster. Bremer tat es Weber gleich, sie aßen schweigend.

***

Tom kam sich seltsam vor. Er saß neben einem Bullen, und das war der sicherste Ort, den er sich im Moment vorstellen konnte. Polizeischutz sozusagen. Alles war so schnell gegangen. Wie in einem hektisch geschnittenen Film, eine Szene an die andere, ohne Pause, nur ein oder zwei Wimpernschläge auseinander. Was Tom wunderte, war, wie schnell Cochise ihn hatte fallen lassen. Und gleichzeitig war ihm klar, dass er einen Riesendusel gehabt hatte. Sein Plan, Cochise zu erpressen, war so unglaublich dämlich gewesen, dass er eigentlich verdient hätte, einmal anständig durchgeprügelt zu werden.

Aus den Augenwinkeln sah er den Bullen am Steuer sitzen, die langen blonden Haare fielen ihm über die Schulter. Er war vollkommen ruhig. Wie hieß der Mann noch gleich? Weber, Fred Weber. Tom spürte, dass er diesen Weber neben sich um etwas beneidete. Er hatte einen Beruf, der ihm anscheinend Spaß machte. Sollte das nicht so sein? Sollte man nicht einen Beruf haben, der einem Spaß machte, der es einem leicht machte, morgens aufzustehen, um zur Arbeit zu gehen? Eigentlich sollte das so sein. Warum war das bei ihm nicht so? Warum war er auf der Flucht, warum musste er sich verstecken, warum hatte er sich mit Menschen eingelassen, die bereit waren, einfach so zu töten?

Tom richtete seinen Blick auf die Straße. Die Scheinwerfer verwandelten die Mittelstreifen in ein Meer von weißen Blitzen. Ein blau-weißes Schild huschte vorbei, bis Saarbrücken waren es noch hundertdreiundsechzig Kilometer. Bei dem Tempo, das Weber fuhr, noch etwa eineinhalb Stunden. Sie fuhren auf der A 48. Bis Ulmen, das für sein Maar berühmt war, waren es nur noch ein paar Kilometer. Harndrang machte sich bei Tom bemerkbar. Er bat Weber, am nächsten Parkplatz zu halten.

Tom sprang aus dem Wagen, rannte über ein kurzes Wiesenstück und suchte sich in einem kleinen Wald ein Plätzchen, das ihm geeignet schien. Er stellte sich bequem hin, griff an seinen Reißverschluss, als ein Geräusch ihn erstarren ließ. Motorräder fuhren auf den Parkplatz, dann bellten ein paar Schüsse, die Motoren der Maschinen heulten auf, der Spuk war wieder vorbei.

Tom war nicht in der Lage zu denken. Seine Beine entschieden für ihn, sie setzten sich in Bewegung, er übersprang einen niedrigen Zaun, rannte quer durch das Wäldchen, weg vom Parkplatz, rannte, rannte. Nach einer Viertelstunde ließ er sich einfach auf die Wiese fallen, die er gerade überquerte, lauschte, und seine Panik ließ etwas nach. Niemand schien ihn zu verfolgen.

Langsam beruhigte sich sein Atem, sein Herz schlug langsamer, pochte nicht mehr so hart an die Rippen. Er zerrte sein Handy aus der Jackentasche, drückte die Nummer von Fred Weber, aber niemand meldete sich. Er drückte die Nummer von Martin Bremer, aber bevor die Verbindung hergestellt wurde, unterbrach er. Das hatte alles keinen Wert. Wenn die Polizei ihn schon nicht schützen konnte, dann saß er wirklich bis zum Kinn in der Scheiße. Tom zweifelte nicht daran, dass sie Weber erschossen hatten, es aber auf ihn abgesehen hatten. Schlimmer konnte es nicht kommen. Er wählte Tinas Nummer, aber auch sie ging nicht ans Telefon. Einen Moment lang durchzuckte Tom der Gedanke, es sei vielleicht besser, nicht mehr zu leben. Aber seine panische Flucht machte ihm klar, dass es noch lange nicht so weit war. Im Moment spürte er das erste Mal in seinem Leben den Wunsch, einen Menschen zu töten. Dieser Mensch hieß Cochise.

Er rappelte sich hoch, schaute sich um und stellte fest, dass er nicht weit von einem Dorf entfernt war. Er brauchte eine Viertelstunde bis zur nächsten Bushaltestelle, und er hatte Glück. Ein Bus brachte ihn zum Bahnhof, es gab noch eine Verbindung nach Düsseldorf.

Um ein Uhr fünfundzwanzig stieg er aus einem Taxi, das ihn zum Burgplatz gebracht hatte. Und wieder hatte er Glück. Goran stand auf seinem Platz, bettelte und hatte Zeit und Bedarf für ein kleines Geschäft. Innerhalb von zwei Stunden hatte Tom eine kleine, feine Halbautomatikpistole. Sie war nicht größer als seine Handfläche, hatte im Magazin sechs Patronen des Kalibers 0.22 und war bestens für den Nahkampf geeignet.

Er verabschiedete sich aus Düsseldorf, stieg in den Zug nach Köln und stand nur eine knappe Stunde später an der Hintertür des Hauses, in dem Tina wohnte. Er hatte nichts Verdächtiges entdecken können, keinen unauffällig auffälligen Van, in dem die Bullen saßen und die Straße überwachten, keine Wagen, die langsam am Haus vorbeifuhren, niemanden auf dem Bürgersteig, der sich bemühte, wie ein ganz normaler Passant auszusehen. Er klingelte, Tina öffnete die Tür und warf sich ihm an den Hals, küsste ihn wild und zog ihn dann in die Wohnung.

Sie versicherte ihm, dass sie nie daran geglaubt habe, dass er etwas mit dem Tod von David zu tun gehabt haben könnte. Er versicherte ihr, dass er unter Einsatz seines Lebens hierhergekommen sei, um sie mitzunehmen und für immer bei ihr zu bleiben als ihr Beschützer und Versorger und natürlich als ihr Liebhaber. Schnell merkte Tom, dass das der falsche Satz gewesen war. Sie versteifte sich und löste sich von ihm.

»Jetzt mach aber mal langsam, du glaubst doch nicht im Ernst, dass ich von hier weggehe?«

Tom hob die Hände. »Warum nicht? Am Anfang werden wir es vielleicht etwas schwer haben, aber ich werde mir Arbeit suchen, und dann können wir glücklich werden.«

Tina lachte kurz auf. »Mensch, Tom. Hast du denn gar nichts gelernt? Dann erklär ich es dir noch mal. Du bist ein echt süßer Typ und im Bett wirklich klasse. Aber erstens kriegst du keine vernünftige Arbeit. Und zweitens werde ich nicht die Frau eines Kriminellen werden. Das mit David ist furchtbar, ich vermisse ihn, aber mein Leben liegt noch vor mir, und ich bin nicht der Typ trauernde Witwe. So weit alles verstanden?«

Tom ließ die Arme sinken. »Aber was soll ich denn machen?«

»Das kann ich dir nicht sagen.«

»Und warum bist du mir vorhin so um den Hals gefallen?«

Tina seufzte. »Ich habe mich halt gefreut, dich zu sehen. Hast du Lust zu bumsen?«

Dagegen hatte Tom nichts einzuwenden, und er beschloss, über seine Probleme später nachzudenken. Kurz vor dem Orgasmus kam ihm ein Gedanke. Kurz danach hatte er eine Entscheidung getroffen. Manchmal ging es halt nicht nach den eigenen Bedürfnissen oder Gefühlen. Einer musste dran glauben. Und das war Kriminalhauptkommissar Martin Bremer, der nette Bulle von nebenan.

***

Bremer hatte Weber hinterhergeschaut, und mit einem Mal war ihm zum Heulen zumute gewesen. Kurz entschlossen ging er hinunter zum Rhein, wandte sich Richtung Stadtmitte, betrachtete das Segelboot, das hier festlag und als Wohnung diente, bewunderte einen Reiter, der mit seinem Pferd über die Rheinwiesen galoppierte, als wären sie eins, saugte die warme Luft ein und spürte so etwas wie Lust am Leben. Corinna tauchte vor seinem inneren Auge auf, sie hatte sich ihm vollends hingegeben, als wäre es das letzte Mal; Saskia spukte dazwischen, er erinnerte sich an das erste Mal, als er sie gesehen hatte, in seinem Büro, er hatte sich augenblicklich in sie verliebt. Wo war diese Liebe? Oder war es nie Liebe gewesen? Bedeutete es nichts, wenn man zueinander sagte: »Ich liebe dich«? Liebte er Saskia? Liebte er Corinna?

Er hob einen Stein vom Ufer auf, nahm Anlauf und schleuderte ihn in den Fluss, der träge nach Norden floss und sich nicht um Bremer scherte. Er musste klare Verhältnisse schaffen, musste Saskia vor eine Entscheidung stellen. Entweder sie kam nach Düsseldorf, wie vereinbart, oder er würde sie verlassen. Eine Frau, die nie bei ihm war, mit der er seinen Alltag nicht teilen konnte, war nichts für ihn. Er zückte sein Handy, wählte ihre Nummer, aber ihr Anschluss war nicht erreichbar. Ungelenk tippte er eine SMS. »Saskia, bitte melde dich. Es geht um unsere Beziehung.« Das sollte genügen, um ihr die Dringlichkeit klarzumachen.

Er lief bis Hamm, dann kehrte er um, die Sonne ging bereits unter, und eine bleierne Müdigkeit kroch seine Beine herauf.

Er schlief so gut wie schon lange nicht mehr und wachte am nächsten Morgen ausgeruht und frisch auf. Sein Handy meldete den Eingang einer SMS von Saskia. »Nicht am Telefon.« Kein Wort mehr. Keine Anrede, kein Gruß. Bremer betrachtete sein Handy, las die SMS noch mal, aber es stellte sich weder Wut noch Enttäuschung ein. Heute Abend würde er Corinna zum Essen einladen, würde den Beginn eines neuen Lebens feiern.

Ein warmer Tag kündigte sich an, Bremer packte Badesachen ein; nach dem Dienst wollte er zum Unterbacher See fahren und ein oder zwei Kilometer schwimmen, danach mit Corinna essen gehen und sie verführen. Ein guter Plan.

Pünktlich um acht saß er an seinem Schreibtisch, verschaffte sich einen Überblick über die Akten, stellte fest, dass es nichts Besonderes gab, der tote Mongole hatte sich immer noch nicht bereit erklärt, seine Identität zu lüften, alles andere nahm seinen Lauf. Drei neue Akten lagen zuoberst, er las sie durch, alles Routine. Bremer merkte, dass das gar nicht so übel war. Um zehn Uhr dreißig machte er eine Runde durch die Büros, hinterließ hier einen Scherz, verteilte da ein Kompliment und lud alle, einschließlich Mannstein, zu einem Kaffee in die Kantine ein, als verspäteten Einstieg sozusagen. Corinna, Olga, Mannstein, Giorgio, Manfred, alle nahmen die Einladung an, sie prosteten sich zu, plauderten, lachten, als wären die vergangenen Tage nur ein böser Traum gewesen.

Nach einer Viertelstunde ging es wieder an die Arbeit, man verabredete sich locker für das nächste Wochenende zum Grillen am Rhein, und dann würde man mal richtig feiern, da waren sich alle einig.

Bremer genoss die Normalität und die Ruhe, was war so falsch an geregelten Bahnen? Um siebzehn Uhr verabschiedete er sich von seinen neuen Kolleginnen und Kollegen, stieg in seinen Wagen und fuhr Richtung Südosten zum Unterbacher See, ohne Corinna eingeladen zu haben. Er wollte für sich bleiben, nachdenken, was er mit seinem Leben noch anfangen wollte.

Sein Handy meldete erneut eine SMS, Bremer erkannte die Nummer, der Text war fast so kurz wie der von Saskia: »Komm zu mir. Sofort.«

Er wendete den Wagen und setzte Kurs nach Süden. Wenn Sascha Bellorz rief, folgte Martin Bremer, ohne zu fragen.

Insgesamt sieben Baustellen stellten Bremers Geduld auf die Probe, auf den freien Strecken trat er das Gaspedal durch. Was immer Sascha herausgefunden hatte, es musste etwas Wichtiges sein, so wichtig, dass er es am Telefon nicht besprechen wollte.

Um zwanzig Uhr dreißig klingelte Bremer bei Sascha. Die Tür wurde fast aufgerissen, Sascha bat Bremer nicht herein, sondern schob ihn an der Schulter auf die Straße, zog ihn mit sich, bis sie auf einem Feldweg standen, mindestens zweihundert Meter entfernt von jeglicher menschlichen Behausung. Er blieb stehen, seine Bassstimme, die im Gegensatz stand zu seinem mageren Oberkörper, tönte durch den Abend.

»Die Arbeit an den Datenbanken hat sich gelohnt. Das System hat alle Banküberfälle der letzten fünfundzwanzig Jahre analysiert und verglichen. Es gibt vier mögliche Kandidaten für den Banküberfall, bei dem Hubert Mintrop erschossen wurde.«

Bremer hob die Hand. »Warum geht das so schnell?«

Bellorz grinste. »Erinnerst du dich noch an den Fall Schattenreiter?«

Bremer sagte nichts.

»Natürlich erinnerst du dich daran. Du hast mir fast den Kopf abgerissen, als ich einen Gefallen von dir mit einem Gefallen von mir begleichen wollte. Das ist hier der Fall. Ich fordere ein paar Gefallen ein, alles ganz legal.«

»Solange es Jörg Brunnenmeister hilft, soll es mir recht sein.«

Bellorz schlug ihm auf die Schulter. »Siehst du, das lernst du auch noch. Es *wird* Brunnenmeister helfen. Und es wird dir helfen.«

»Dann raus mit der Sprache.«

»Immer mit der Ruhe. Die Ermittlungen damals waren gar nicht so schlecht. Alles ist grundsätzlich ordentlich gemacht worden. Die Spurenträger wurden einwandfrei asserviert. Die Akten sind korrekt geführt. Alle nachweisbaren DNA-Proben sind entweder identifiziert oder als unbekannt klassifiziert worden. Die von Brunnenmeister fehlen, das ist Schlamperei, kommt aber immer wieder vor und stört uns überhaupt nicht. Viel wichtiger sind die Spuren, die wir haben.«

Bremer wurde heiß. »Einer der vier hat vor achtzehn Jahren seine DNA in der Sparkasse vergessen.«

Bellorz stieß seine rechte Faust in die Luft. »So ist es. Der Mann heißt Dimitrij Malakow, deutscher Staatsangehöriger, wohnhaft JVA Lerchesflur wegen Bankraub, schwerer Körperverletzung und Geiselnahme. Sein Vorgehen war immer das gleiche: den Filialleiter abfangen, bedrohen, Tresor leer räumen. Malakow sitzt seit vierzehn Jahren wegen versuchten Mordes. Er hat bei einem Überfall einen Filialleiter lebensgefährlich verletzt. Mit einer Schusswaffe.«

»Die, die man bei Brunnenmeister nicht gefunden hat.«

»Korrekt. Und es ist nie ein Abgleich vorgenommen worden.« Bellorz rieb sich die Hände. »Das wird ein Schlachtfest!« Er verzog das Gesicht. »Mannstein können wir allerdings nicht an den Karren fahren, es gibt keine Beweise, nur ein paar schwache Indizien, von denen wir gar nichts wissen dürften. Und wenn er damals irgendetwas gedreht hat, außer Mord natürlich, ist es verjährt. Das ist dir klar?«

»Ich habe den Plan aufgegeben.«

»Gut«, sagte Bellorz. »Alles ist im Rollen. Ende der Woche übergebe ich meine Ermittlungsergebnisse der Staatsanwaltschaft Düsseldorf, und zwar so wasserdicht, dass Brunnenmeister so gut wie frei ist.«

»Wie lange wird es dauern?«

Bellorz rieb sich das Kinn. »Wir werden ein beschleunigtes Verfahren beantragen, aber ein paar Monate muss sich Brunnenmeister noch gedulden. Der Fall muss neu aufgerollt werden. Die neuen Beweise müssen vorgelegt werden, du weißt ja, wie das läuft. Vielleicht finden wir einen Richter, der aufgrund der Aktenlage Haftverschonung anordnet. Aber das halte ich für unwahrscheinlich.«

»Bist du dir so sicher, dass man ihm Hoffnung machen kann?«

»Auf jeden Fall. Du solltest dich mal mit Malakow unterhalten. Legt er ein Geständnis ab, beschleunigt sich die ganze Sache, dann ist Brunnenmeister in ein paar Tagen frei. Wir können morgen zu ihm, kein Problem.«

»Dann muss ich mir einen guten Grund ausdenken, dass ich nicht zur Arbeit komme.«

»Ich kenne da einen Arzt …«

Bremer winkte ab. »Schon gut, so einen Arzt kenne ich auch.«

»Du bleibst bei mir heute Nacht, frische Unterwäsche kann ich dir ausleihen, rasieren musst du dich ja nicht unbedingt, eine Zahnbürste ist auch noch da.«

Sie gingen zum Haus zurück. »Was kann ich Malakow anbieten?«

»Hafterleichterungen. Nichts weiter. Bei Mord gibt es keinen Deal, vor allem nicht in diesem Fall. Malakow hat Mintrop quasi hingerichtet. Der Prozess wird ihm so oder so gemacht, und das Strafmaß wird mehr als bestätigt werden.«

Bremers Handy meldete sich.

»KHK Bremer?«

»Ja, wer will das wissen?«

»Mein Name ist Ludger Haberach. Ich leite die Polizeiinspektion Daun. Ihre Dienststelle hat mich an Sie verwiesen.«

Bremer schluckte. Er hatte in der letzten Zeit mehr als einmal die Geschwindigkeitsbegrenzungen deutlich überschritten. Durch manche Baustelle war er mit hundertvierzig durchgerauscht, allerdings nur, wenn die Verkehrslage es zuließ. Er hatte niemanden außer sich selbst gefährdet. »Wo haben Sie mich denn geblitzt? Mir ist gar nichts aufgefallen.«

Haberach räusperte sich. »Sie wissen es noch nicht?«

Bremer beschlich ein ungutes Gefühl. »Was weiß ich noch nicht?«

»Es tut mit wirklich leid, Kollege Bremer …«

Bremer platzte der Kragen. »Jetzt reden Sie schon, verdammt noch mal!«, brüllte er in sein Handy, Bellorz hob die Augenbrauen.

»Wir haben auf einem Parkplatz einen Kollegen von Ihnen gefunden. Sein Wagen ist von mehreren Salven aus zwei Maschinenpistolen durchsiebt worden. Es tut mir leid, aber Ihr Kollege hat es nicht überlebt.«

Für einen Sekundenbruchteil schoss Bremer der Gedanke durch den Kopf, dass er auf der falschen Seite stand. Dutzende Male hatte er eine Todesnachricht überbracht, und genau so sollte es auch eigentlich sein. Nicht er, Martin Bremer, sollte Empfänger einer Todesnachricht sein, sondern er, Martin Bremer, sollte Überbringer einer Todesnachricht sein. Jetzt nur nicht zusammenklappen. Ich muss all meinen Verstand zusammenhalten, muss mein Trauern auf später verlegen. Sein Hals wurde eng, sein Magen schmerzte, aber er schaffte es, Ludger Haberach zu fragen, wie die genauen Umstände waren.

»Es handelt sich eindeutig um ein Attentat. Aus dem Fahrzeug ist nichts entwendet worden, die Täter sind auf zwei Motorrädern hinter ihrem Kollegen hergefahren und haben ihn bei einer Pause auf einem Parkplatz in der Nähe von Ulmen erschossen. Ich weiß, es ist kein Trost, aber er hat nicht gelitten. Er war sofort tot.«

Bremer schloss kurz die Augen, presste die Kiefer zusammen, schluckte seinen Schmerz hinunter.

»Was ist mit Tom Breininger?«, fragte Bremer.

»Mit wem?«

»Tom Breininger«, sagte Bremer, ohne die Stimme zu heben. »Fred Weber und Tom Breininger waren gemeinsam unterwegs ins Saarland.«

»Wir haben keine zweite Person gefunden, es tut mir leid.«

Bremer spürte, wie ihm am ganzen Körper der Schweiß aus den Poren drang. Wieder schloss er die Augen, ballte die linke Hand zu einer Faust und öffnete sie wieder. Am liebsten hätte er diesen Haberach zur Sau gemacht, aber das wäre falsch gewesen, der Mann konnte nichts für das Elend, das über Bremer hereingebrochen war.

»Warum erfahre ich erst jetzt davon?«, fragte er ruhig.

»Er ist erst vor einer Stunde gefunden worden. Das klingt unglaublich, aber der Parkplatz ist offenbar tatsächlich nicht mehr angefahren worden, nachdem Ihr Kollege erschossen worden war. Das hat auch sein Gutes.«

»Dadurch konnten Sie die Motorradspuren feststellen und genau rekonstruieren, wie das Attentat abgelaufen ist.«

Haberach bestätigte Bremers Theorie. »Ich veranlasse sofort, dass der Tatort noch mal weiträumig untersucht wird auf die Anwesenheit einer zweiten Person.«

Bremer überlegte einen Moment, ob er seinen Kollegen einweihen sollte. Er entschied sich dafür, denn es ging um jede Minute. Entweder war Tom Breininger entführt worden, um aus ihm herauszuquetschen, was er ausgeplaudert hatte, oder er war entführt worden, um ihn an einer ruhigen Stelle hinzurichten, wahrscheinlich aber beides.

»Tom Breininger, der Mann, der mit Fred Weber unterwegs war, ist Zeuge in einem laufenden Verfahren.«

Haberach zog deutlich hörbar den Atem ein. »Verdammt, wenn wir das gewusst hätten, hätten wir natürlich sofort reagiert. Ich werde Sie auf dem Laufenden halten.«

Bremer ließ das Handy sinken und starrte das Gerät an.
»Was ist los, Martin?«, fragte Sascha.
Bremer kämpfte dagegen an, einfach loszulaufen und irgendetwas zu zerstören. Er kämpfte dagegen an, sich die Schuld dafür zu geben, dass Fred tot war. Er hatte die drohende Gefahr vollkommen unterschätzt. Das hätte niemals passieren dürfen. Was für ein Scheiß-Job. Was für ein Scheiß-Leben. Er fühlte, dass Sascha ihn am Arm griff, kam seiner Frage zuvor.
»Fred ist tot. Erschossen. Breininger ist weg.«
Sascha erbleichte. »Wer?«
»Wahrscheinlich die Compadres. Auf jeden Fall Motorradfahrer.«
Sascha stampfte mit dem Fuß auf den Boden wie ein trotziges Kind und begann zu schreien. Ein langer, tiefer Klagelaut, der Bremer an den Todesschrei eines großen Tieres erinnerte. Bremer spürte ein Zittern, das nicht seinen Körper erfasste, sondern seine Seele. Er stand mit dem Rücken an der Wand, saß in der Falle. Sascha ließ seinen Klageruf verebben.
»Den mach ich platt, das ist dir klar«, sagte Bremer und fuchtelte Sascha mit dem Zeigefinger vor der Nase herum.
»Wir kriegen das Schwein, und dann gibt's lebenslänglich und anschließende Sicherheitsverwahrung. Von mir aus kannst du machen, was du willst, solange du ihn nicht erschießt.« Sascha überlegte einen Moment, dann ergänzte er: »Ich meine damit umbringen. Nicht erwürgen, nicht irgendwo runterwerfen, klar? Verprügel ihn, mach ihm Angst, brich ihm einen Arm, aber ich will ihn lebend!«
»Meinst du das ernst?«
Bremer sah, dass in Saschas Augen Tränen glänzten und er ihn dazu aufforderte, das Gesetz zu brechen. Die Welt war aus den Fugen, und es gab nur eine Möglichkeit, sie wieder in Ordnung zu bringen.
»Genau so meine ich das. Aber bevor du loslegst, geh zu Malakow und leiere ihm ein Geständnis aus den Rippen, damit wir wenigstens Jörg Brunnenmeister aus dem Gefängnis rausholen können. Ich habe dich für morgen früh angemeldet.«
Bremer wollte erwidern, dass ihm Brunnenmeister jetzt herzlich egal war, dass es Wichtigeres gab, dass er die Mörder von Fred

jagen musste, aber seine Kehle war so voll Trauer, dass er kein Wort herausbrachte. Er legte Sascha kurz eine Hand auf die Schulter, drückte mit der anderen seinen Arm und drehte sich um. Sascha rief ihm noch hinterher, ob er nicht lieber bleiben wolle, aber Bremer stieg in sein Auto und fuhr los. Er wollte allein sein, niemanden um sich haben, der ihn daran erinnerte, dass er schuld war am Tod von Fred Weber, seinem Freund und Kollegen.

Nach ein paar Kilometern bog er rechts ab in einen Waldweg, versuchte Saskia zu erreichen, hörte sich die komplette Ansage der Mailbox an, unterbrach die Verbindung, steckte sein neues Handy langsam und vorsichtig in die Tasche. Er ließ den Motor laufen, stieg aus, ging ein paar Schritte und erbrach sich ins Gebüsch. Er säuberte sich, stieg wieder ein, fuhr zurück nach Saarbrücken, parkte seinen Wagen am Sankt-Johanner-Markt, ging ein paar Schritte die Mainzer Straße hinauf und setzte sich in »Maries Nest« an den Tresen. Wenn er wollte, konnte er hier so lange sitzen bleiben, bis er vom Hocker fiel. Er bestellte sich im Wechsel einen Espresso, ein Wasser, eine Cola und einen Martini Bianco on the rocks. Nach drei Runden setzte er die Martinis aus, grübelte Stunde um Stunde über ein und dasselbe Problem nach: Wie sollte er die Mörder von Fred kriegen? Wieder im Alleingang? Damit noch mehr Menschen starben?

Die Sonne ging auf, die Uhr zeigte fünf, und er beschloss, zuerst den Lebenden zu helfen. Um sieben bestellte er Espresso, aß ein Croissant, um acht bezahlte er die Rechnung und fuhr hinauf zur Lerchesflur, zum Gefängnis, und hielt auf dem Parkplatz. Er fragte sich, ob er selbst dort bald sitzen würde, weil er im Dienst einen Menschen entführt, mit der Waffe bedroht und gefoltert hatte. Am schlimmsten würde sein, dass das Geständnis, das er erpressen würde, nichts wert war. Aber wen sollte er sich vornehmen? Mannstein war raus aus dem Spiel. Die Compadres konnte er nur mit einer Hundertschaft beeindrucken, und dieser Cochise war ein verdammtes Phantom.

Also würde er jetzt versuchen, Malakow zu überreden, ein Geständnis abzulegen, dann ging es zurück nach Düsseldorf, Brunnenmeister die frohe Kunde bringen, dann würde er schlafen, um wieder auf vernünftige Gedanken zu kommen, um wieder denken zu können. Wenn er einen Zipfel zu fassen bekam, dann konnte er immer noch loswüten, aber es musste etwas Handfestes sein, keine Chimären, keine Auswirkungen seiner Midlife-Crisis. Und was war mit Freds Freundin? Bremer stieg Magensäure die Speiseröhre hoch. Er konnte ihr nicht unter die Augen treten, noch nicht. Jetzt musste er sich auf Malakow konzentrieren.

NEUNZEHN

Tom wusste, dass er mit dem Feuer spielte, dass er seinen Hintern auf einem Fass Pulver deponierte, an dem eine kurze Lunte brannte, er fühlte sich wie auf einem Hochseil, die kleinste Unachtsamkeit bedeutete seinen Absturz in den sicheren Tod. Die kleine Pistole gab ihm ein wenig Sicherheit, sie steckte in einer Tasche seiner Jeansjacke. Das Motorrad hatte genau da gestanden, wo er es abgestellt hatte; er fuhr eine kleine Kontrollrunde und stellte befriedigt fest, dass der Bunker tatsächlich geräumt worden war. Das Gelände sah aus wie ein Weihnachtspaket, so war es mit Polizeiabsperrband eingewickelt.

Tom fuhr zurück in die Stadt und legte sich am Hafen auf die Lauer. Das Türstehergeschäft hatten hier die Türken übernommen, aber es gab noch einen Nachtclub, den die Compadres versorgten. Und genau da arbeitete Wulf. Nicht als Türsteher, das wäre unter seiner Würde gewesen. Er kontrollierte die Pokertische, die in den Hinterräumen der Disco ein paar hunderttausend Euro einbrachten. Denn da spielten keine Kleinbürger, sondern Größen der Szene, die aus dem ganzen Ruhrpott hierherkamen. Natürlich waren die Compadres nicht dumm. Sie wechselten ihre Pokerstandorte ständig, und nur wer zu den Auserwählten gehörte, erfuhr, wo und wann gespielt wurde. Ob hier heute gespielt wurde, war egal, Wulf würde hier vorbeikommen, das stand fest. Seinen Nachnamen kannte Tom nicht, aber er wusste, dass Wulf zum engen Kreis der Führungsriege von Cochise gehörte.

Um kurz nach halb acht hörte Tom den satten Sound von Harleys. Keine Frage, die Compadres waren im Anmarsch. Vier Maschinen fuhren vor, Wulf war nicht zu übersehen. Er war gute zwei Meter groß und ebenso breit. Ob heute Abend gespielt wurde, wusste auch Tom nicht, er wusste aber, dass Wulf jeden Abend seine Kontrollrunde fuhr. Jetzt kam es darauf an, ob Wulf einen Moment allein blieb oder nicht. Wenn nicht, würde Tom ihn verfolgen und dann morgen oder übermorgen zu Hause abfangen.

Wulf stieg von der Maschine, streckte sich, raunzte die drei anderen an, allesamt Prospects, also Anwärter. Sie gingen sofort in die Disco, Wulf steckte sich eine Zigarette an. Tom zählte bis sechzig, dann zog er seine Waffe, sprintete über die Straße und hielt Wulf die Knarre vor die Nase.

»Auf die Maschine und ab die Post, oder du bist tot«, sagte Tom, lächelte freundlich und hielt dem kalkweißen Rocker eine Patrone hin, damit er erkennen konnte, dass er kein Spielzeug in der Hand hatte. Sofort stieg er auf, Tom nahm hinter ihm Platz und drückte den Lauf in sein Genick.

»Schön langsam, mein Kleiner. Wenn du schneller als fünfzig fährst, drücke ich ab. Du kutschierst mich jetzt ganz gemütlich in den Grafenberger Wald, da unterhalten wir uns ein bisschen.«

Wulf zog die Luft durch die Zähne. »Du bist so gut wie tot, das ist dir schon klar, du Pisser?«

Tom schlug Wulf mit einer blitzartigen Bewegung an die Seite des rechten Knies, drückte gleichzeitig den Lauf so fest in seinen Hals, dass es blutete. Wulf zuckte zusammen und stöhnte, aber er riss sich am Riemen. Er hatte kapiert, dass es ab jetzt erst mal um sein eigenes Leben ging, das war Tom klar, aber er versäumte es nicht, dem Fettsack noch einen guten Rat zu geben.

»Pass auf, du Wanze, wenn du mich noch einmal ankotzt, dann blase ich dir dein armseliges Hirn weg und suche mir einen anderen. Du bist nämlich leicht zu ersetzen. Alles klar?«

Wulf nickte, ließ die Maschine an und wollte losfahren, aber Tom stoppte ihn.

»Helm, du Klugscheißer. Du glaubst wohl, du kannst mich verarschen?« Er drückte die Waffe in Wulfs Rücken. »Hast du dir die Patrone gut angesehen? Die Spitze ist abgefeilt. Alles klar? Wenn ich abdrücke, siehst du noch deinen Darm rausfliegen, bevor du abkratzt.«

Wulf enthielt sich eines Kommentars, setzte seinen Helm sehr vorsichtig auf und wartete auf Toms Kommando, der ebenfalls seinen Helm aufzog und das Zeichen zur Abfahrt gab.

Sie parkten, legten die Helme ab, Tom dirigierte Wulf zum Aaper Höhenweg, stieß ihn durchs Gebüsch. Nach zwanzig Metern waren sie vom Weg aus nicht mehr zu sehen. Hundert Meter weiter hielt Tom an, zog sein Handy und stellte erfreut fest, dass sie ein hervorragendes Netz hatten.

»Okay, Wulf. Wer ist Cochise?«

Wulf schüttelte den Kopf. »Ich weiß es nicht. Und wenn du mich foltern würdest, ich kann es dir nicht sagen.« Er schwitzte.

»Weißt du was, das glaube ich dir sogar.«

Die Erleichterung in Wulfs Gesicht hatte etwas Widerliches. Tom überlegte, ob er ihm nicht einen Streifschuss verpassen sollte, aber das hätte nur unnötig Lärm gemacht.

»Glaub ja nicht, dass du damit aus dem Schneider bist, Wanze.«

Tom musste lachen. Für eine Wanze war Wulf ein paar Nummern zu groß. Wulf setzte ein Lächeln auf, Tom ohrfeigte ihn, die Bewegung war so schnell, dass Wulf nicht reagieren konnte.

»Das ist kein Kaffeekränzchen hier.«

Tom trat zwei Schritte zurück, legte auf Wulf an, zielte zwischen die Augen. Wulf fing an zu zittern, sank auf die Knie und begann zu wimmern wie ein kleines Kind. Verdammt, dachte Tom, das macht überhaupt keinen Spaß. Im Gegenteil, am Ende kriege ich noch Mitleid mit dem Arschloch. Er ließ die Waffe sinken, Wulf fing hemmungslos an zu weinen.

»Okay, okay. Jetzt krieg dich mal wieder ein. Wenn hier alles glattgeht, kannst du dich vom Acker machen. Ich bin kein Killer. Aber ich bin auch kein Weichei. Wenn du rumzickst, mache ich dich kalt.«

Toms Worte wirkten. Wulf hörte auf zu heulen, zog ein paarmal die Nase hoch und hob den Kopf.

»Hör jetzt genau zu. Das Einzige, was ich von dir will, ist, dass du Cochise anrufst und ihm sagst, dass er mir zuhören soll. Ihm zu drohen, dass ich dich erschieße, wenn er nicht mit mir spricht, ist sinnlos. Eine Bakterie wie dich würde er jederzeit opfern.«

Wulf nestelte an einer Hosentasche herum, als wäre eine Hornisse darin, die er so schnell wie möglich entfernen wollte. Schließlich schaffte er es, sein Handy herauszuholen. Hektisch drückte er ein paar Knöpfe und hielt sich das Gerät ans Ohr. Es dauerte nur ein paar Momente, bis sich jemand meldete.

»Hallo, Chef«, sagte Wulf. »Entschuldige, dass ich dich störe, aber da ist jemand, der dich unbedingt sprechen muss.«

Ohne ein weiteres Wort reichte Wulf das Handy an Tom weiter.

»Wer ist da?«

Tom konzentrierte sich auf die Stimme. Es war dieselbe wie immer, und erst jetzt erkannte er, dass die Stimme nicht echt war, dass sie durch irgendeine Apparatur verändert war.

»Totgesagte leben länger.«

»Ich weiß. Die Idioten haben einen Bullen abgeknallt. Du warst pinkeln, stimmt's?«

»Yep«, sagte Tom und fragte sich, ob Cochise schon dabei war, das Handy zu orten. »Ich schlage dir einen Deal vor. Willst du den anderen Bullen noch haben? Ich bringe ihn dir, wenn du mich in Ruhe lässt.«

»Weißt du, was du mich kostest? Weißt du, wie viel Arbeit es ist, eine neue Zentrale aufzubauen?«

»Weißt du, wie das ist, wenn man tot ist? Oder zumindest fast? Um ein Haar hätte ich mir in die Hosen geschissen. Ich denke, wir sind quitt.«

Cochise räusperte sich. Tom kniff die Augen zusammen. Irgendetwas an dem Räuspern fiel ihm auf. Es klang anders. Anscheinend wurden die Frequenzen nicht vollständig verändert. Anscheinend gab es Töne, die dem Gerät entgingen. Es klang wie ... Tom fiel kein Wort dafür ein.

»Gut, Tom. Damit kann ich leben. Du bist ein cleveres Kerlchen. Leute wie du sind selten. Du hast Eier und bist nicht nachtragend. Liefer mir den Bullen, und du bist wieder im Geschäft, und zwar besser als je zuvor. Aber du wirst mein Gesicht nicht sehen, niemals, das ist dir klar?«

»Glasklar.«

»Wichtig ist, dass du ihn lebend bringst. Morgen Abend um elf Uhr. Diesmal im Sterntalerweg. Du lieferst das Paket bei Harald ab.«

»Alles klar. Was mache ich mit dem Clown, den ich bei mir habe?«

»Gib ihn mir.«

Tom reichte dem Häufchen Elend, das vor ihm saß, das Handy. Wulf drückte es ans Ohr, lauschte, schaute entsetzt zu Tom, dann auf seine Maschine, dann wieder auf Tom, nickte, unterbrach die Verbindung und reichte Tom das Handy.

»Das sollst du behalten, damit du Cochise erreichen kannst.«

Der Rocker kramte in seiner Tasche, zog die Zulassung des Motorrads heraus und hielt sie Tom hin.

»Du sollst meine Maschine nehmen.« Seine Stimme zitterte.

Tom griff zu, steckte die Pistole ein und wollte den Helm überziehen. Bevor er nachdenken konnte, hatte er Wulf einen Fuß in die Seite getreten. Ein astreiner Fußseiten-Kreistritt, ein Reflex, den er sich in Hunderten Stunden Üben antrainiert hatte. Wulf lag am Boden, krümmte sich zusammen, in seiner Rechten hielt er noch das Faustmesser, mit dem er Tom hatte abstechen wollen.

»Das war ein Fehler, Wulf. Jetzt bist du echt erledigt. Cochise macht Hackfleisch aus dir.«

Tom setzte den Helm auf, startete die Maschine, fuhr los. Ein Gefühl wie nach einem Orgasmus durchflutete ihn. »Tom Breininger«, sagte er zu sich selbst, »Tom Breininger, du bist ein echt taffer Kerl. Du schaffst sie alle. Und jetzt gehst du dir einen Hauptkommissar fangen.«

Er lachte laut, ließ den Hinterreifen durchdrehen und donnerte davon.

***

Bremer spürte die durchwachte Nacht und den Cocktail aus Koffein und Alkohol. Eine unwirkliche Leichtigkeit ließ ihn fast schweben, als er das Haupttor der Justizvollzugsanstalt auf der Lerch durchquerte. Er ließ die notwendigen Formalitäten über sich ergehen, nahm im Besucherraum Platz. Bellorz hatte alles bestens vorbereitet. Malakow wurde hereingeführt und an den mit dem Boden fest verankerten Metalltisch gefesselt. Die Wächter verließen den Raum, Bremer war ungestört. Malakow musterte ihn, Bremer musterte zurück. Malakow war groß gewachsen, dazu ein breiter Brustkorb, eine Narbe im Gesicht, die man aber auf dem Bild aus der Bank nicht hätte sehen können.

Malakow war schlau genug, sich erst mal bedeckt zu halten. Den Akten entnahm Bremer, dass sich der Mann während der Haft bis jetzt anständig verhalten hatte, das psychologische Gutachten jedoch bescheinigte ihm eine schwere Persönlichkeitsstörung, die nicht therapierbar sei. Die Prognose hieß: Rückfall mit neunzigprozentiger Sicherheit.

»Wie geht es Ihnen?«, fragte Bremer.

Malakow stutzte. »Wie es halt so geht im Gefängnis.«

Er vermied bewusst das Wort »Knast«, das hätte man ihm bereits als Missverhalten auslegen können.

»Entschuldigen Sie, Herr Malakow. Ich vergaß, mich vorzustellen. Martin Bremer, Kriminalhauptkommissar. Ich ermittle in einem Mordverfahren, das fast zwanzig Jahre zurückliegt.«

Malakows Lächeln war durchaus gewinnend, stellte Bremer fest.

»Inwiefern betrifft das mich?«

»Wir glauben, dass jemand im Gefängnis sitzt, der fälschlicherweise für einen Mord verurteilt wurde, den Sie begangen haben.«

»Wie schrecklich.«

»Wir haben Beweise.«

»Was wollen Sie von mir?«

Bremer schob seinen Kopf nach vorn. »Denken Sie mal nach. Ich habe das Gefühl, dass Sie ein sehr intelligenter Mensch sind.«

Malakow drückte sich mit dem Rücken an die Stuhllehne.

»Das hier ist inoffiziell, nicht wahr?«

Bremer nickte.

»Kein Band? Kein Protokoll?«

»Korrekt.«

Malakow entspannte sich nicht. »Wenn Sie Beweise haben, warum sollte ich dann gestehen?«

»Damit der Unschuldige schnell aus dem Gefängnis kommt.«

»Ein Verfahren würde lange dauern, stimmt's? Wie lange? Ein halbes Jahr? Ein ganzes Jahr? Das ist die Währung. Lebenszeit. Ich will hier raus.«

Bremer schlug die Beine übereinander. »Vergessen Sie das ganz schnell wieder. Das Einzige, was ich Ihnen bieten kann, sind Hafterleichterungen. Und Geld.«

Das hatte Bremer nicht mit Bellorz abgesprochen, aber er war bereit, sein eigenes Geld einzusetzen, damit Brunnenmeister keine Sekunde länger als notwendig sitzen musste.

»Ich will hier raus.« Malakow verschränkte die Arme vor der Brust. »Einfach lebenslänglich, keine Sicherheitsverwahrung, nach fünfzehn Jahren Ende Gelände.«

Bremer schüttelte den Kopf.

Malakow beugte sich so weit vor, wie es seine Fesseln zuließen. »Ich erinnere mich noch sehr gut. Als Brunnenmeister verurteilt wurde, habe ich eine Flasche Sekt geköpft.«

Das glaubte Bremer sofort. »Sie haben unglaubliches Glück gehabt.«

Malakow schnaubte verächtlich. »Glück? Du hast ja keine Ahnung. Man braucht halt Beziehungen.«

»Erhellen Sie meinen umwölkten Verstand.«

»Nur gegen Zeit. Jede Information kostet Zeit.«

Bremer rieb sich die Augäpfel. »In Ordnung. Ich werde dafür sorgen, dass die Sicherheitsverwahrung aufgehoben wird.«

»Kriege ich das schriftlich?«

Bremer nickte. »Der Deal läuft folgendermaßen: Sie erzählen mir von Ihren Beziehungen, ich überprüfe das. Wenn es stimmt, kriegen Sie eine schriftliche Zusicherung der Staatsanwaltschaft. Dann sind Sie in zehn bis zwölf Jahren hier raus.« Mit der rechten Hand kniff sich Bremer ins Bein, so gut hatte sich Lügen noch nie angefühlt. »Die Sache kann in einer Woche über die Bühne sein.«

»Ich bin damals davongekommen, weil ihr nicht besser seid als ich.«

Also doch eine Verschwörung, ein Komplott. »Wer hat David Schlebusch bestochen?« Malakow brauchte ein wenig Schützenhilfe, sonst würden sie noch morgen hier sitzen.

»Vergiss es«, sagte Malakow kalt. »Wenn ich singe, bin ich nächste Woche tot, da hilft kein Staatsanwalt.«

»Nur die Ruhe.« Bremer hob die Hände. »Ich frage einfach mal ins Blaue. Ich sehe ja, wie Sie reagieren. Einverstanden?«

Malakow nickte.

»War es ein Staatsanwalt?«

Keine Reaktion.

»Ein Richter?«

Nichts.

»Es war einer von unseren Leuten?«

Malakow spitzte die Lippen.

»Wer?«

Malakow schüttelte nur den Kopf. Es war auch nicht nötig, dass er einen Namen nannte. Mannstein. Wer sonst. Bremers Herzschlag beschleunigte sich.

»Ihr seid so dämlich, dass ich es nicht fassen kann.« Malakow setzte ein überhebliches Lächeln auf.

Bremer beugte sich vor, ihre Nasen berührten sich fast. Mehr war aus Malakow nicht herauszuholen, also gab er ihm noch einen kleinen Gruß mit auf den Weg.

»Deswegen sitzt *du* ja auch im Knast. Pass auf, jetzt kommt eine andere Ansage: Den Deal kannst du dir sonst wohin stecken. Und wenn du nicht gestehst, sorge ich dafür, dass deine Erleichterungen hopsgehen, dass du alle vier Wochen verprügelt wirst, dass du Dinge in deinem Essen findest, an denen du mehrere Tage Spaß haben wirst. Haben wir uns verstanden? Du bist so oder so endgültig am Arsch. Jetzt kannst du wählen zwischen Knast und Hölle.«

Malakow ruckte zurück und ballte die Fäuste. »Du mieses Bullenschwein, verpiss dich, ich sage kein Wort mehr. Ihr seid alle gleich, euch sollte man abknallen, und glaub mir, ich werde dafür sorgen«, zischte er. »Du hast nicht den geringsten Schimmer, mit wem du es zu tun hast.«

Bremer sprang auf, warf dabei den Stuhl um und packte Malakow an der Gurgel. Bevor er zudrücken konnte, zogen ihn vier Arme weg. Malakow lachte nur. Die Kollegen ließen Bremer laufen, versicherten ihm, dass sie nichts gesehen hatten und sich in keinem Bericht etwas finden würde.

Er stolperte über die Straße, ließ sich hinter das Lenkrad fallen und versuchte zu weinen, aber es gelang ihm nicht. »Verzeih mir, Fred, verzeih mir«, flüsterte er. Aber niemand antwortete, in der Windschutzscheibe sah Bremer einen Fremden, dem er geraten hätte, eine Kur zu machen, und zwar möglichst bald. Alles geriet außer Kontrolle. Das konnte nicht sein. Er musste die Kontrolle wiedererlangen. Er musste handeln. Jetzt. Er musste mit Brunnenmeister reden. So schnell wie möglich. Und dann würde er sich Mannstein vorknöpfen. Allein. Und mit einer Verhörmethode, der er sich mit Sicherheit nicht entziehen konnte.

Er blickte noch einmal hinauf zu den vergitterten Fenstern, dann ließ er die Reifen qualmen, preschte die Metzer Straße hinunter, auf die Autobahn, Westspange, A 1 Richtung Köln. Als er das Ortsschild Saarbrücken hinter sich gelassen hatte, drückte er das Gaspedal durch, raste mit zweihundertzwanzig Stundenkilometern über den Asphalt, blinkte alle Schnecken zur Seite, hielt fünf Minuten am Rastplatz Brohltal, kippte drei Espresso; die Frau hinter dem Kaffeetresen schaute ihn an, als käme er vom Mars, aber das war ihm egal. Für die dreihundert Kilometer brauchte er eine Stunde und zweiundfünfzig Minuten, er hatte Glück, der Kölner Ring war nicht verstopft, und die Autobahnpolizei bekam ihn nicht zu Gesicht.

Um elf Uhr dreißig klopfte Bremer an die Tore der JVA Düsseldorf in der Ulmener Straße. Er hatte auf seinem Navi gesehen, dass die Parallelstraße zur Ulmener Straße Metzer Straße hieß, so wie die Straße, die zum Knast in Saarbrücken führte. Ein böses Omen, da war er sich sicher.

ZWANZIG

Die Nacht war die Hölle. Ständig bin ich mit Magenkrämpfen aufgewacht. Ich war zu schwach, um mich auf die Klobrille zu setzen, aber es war egal, es wären sowieso nur ein paar harte graue Brocken gekommen. Es ist so weit. Selbst wenn mich die Ärzte jetzt erwischen, ich bin nicht mehr zu retten. Die Bleivergiftung ist weit genug fortgeschritten. Heute habe ich einen Termin zur Untersuchung, ich habe gesagt, ich habe eine Erkältung und brauche eine Woche Zelle pur.

Ich trete ins Arztzimmer ein, setze mich, der Arzt telefoniert. Schaut kurz zu mir rüber, telefoniert weiter, kritzelt etwas auf seinen Formularblock, reißt den Zettel ab und reicht ihn mir. Ich gehe wieder raus, der Arzt telefoniert immer noch, ich höre, wie er sich für den Abend mit seiner Freundin verabredet. Sie gehen ins Kino. Ein Thriller. Der Boden fühlt sich an wie ein Stück Wiese, meine Füße versinken leicht darin, ich muss in meine Zelle, schnell, die ersten Halluzinationen kommen. Ich halte dem Wärter den Zettel hin, er liest, nickt und sagt: »Du siehst auch wirklich beschissen aus. Als hättest du Malaria. Richtig grau im Gesicht.«

Er schließt mir die Zelle auf, ich lasse mich auf mein Bett fallen und schlafe sofort ein.

Jemand ruft meinen Namen, rüttelt mich an der Schulter.

»Brunnenmeister, aufwachen, Besuch für Sie.«

Ich muss noch träumen, aber wieder rüttelt jemand an meiner Schulter. Ich öffne die Augen. Es ist Müller. Der ist ganz in Ordnung, der würde mich nicht verarschen, wie die anderen es schon so oft getan haben. »Besuch, Brunnenmeister«, haben sie gerufen, und dann war da niemand. Aber Müller meint es ernst. Ich richte mich auf, mein Bauch scheint mit heißem Blei gefüllt, ich muss ein paarmal tief einatmen, stoße mich von der Bettkante ab, schwanke, fange mich. Müller kommt einen Schritt auf mich zu, aber ich winke ab. Meine Gelenke verweigern immer wieder ihren Dienst. Auch das eine Folge des Bleis. Ich muss wider Willen grinsen. Ich habe im wahrsten Sinne des Wortes Blei in den Gliedern. Der Schmerz gerinnt zu einem dunklen Wabern, das meinen ganzen Körper überzieht.

Ich schaffe es in den Besucherraum, am Tisch sitzt eine Vogelscheuche. Lang, dürr, der könnte für die Hungerhilfe Werbung machen. Wir haben etwas gemeinsam: Sein Gesicht ist ebenso grau wie meines. Sein Blick ist verkniffen und gleichzeitig trübe. Er steht auf, kommt zu mir und streckt mir seine Hand hin. Was für ein teuflisches Spiel läuft hier? Soll er mich zu einem Geständnis überreden, damit die Welt wieder in Ordnung ist? Automatisch ergreife ich die Hand, sie fühlt sich ehrlich an. Als ich etwas fester drücke, verziehen sich seine Mundwinkel zu einem schwachen Grinsen. Er deutet auf den Stuhl vor dem Tisch. Ich setze mich, er setzt sich gegenüber, mustert mich. Ich habe nicht die Kraft, zu fragen, was er will. Er sitzt da und schaut mich weiter an. Seine Augen werden feucht. Verdammt, was geht hier ab? Endlich holt er Luft und redet.

»Mein Name ist Bremer. Kriminalhauptkommissar. Ich bin hier, um Ihnen zu sagen, dass Ihr Fall neu aufgerollt wird und Sie voll rehabilitiert werden. Das wird noch ein wenig dauern, aber die Beweise liegen auf dem Tisch, die Staatsanwaltschaft wird morgen die Wiederaufnahme und ein beschleunigtes Verfahren beantragen. In drei Monaten sind Sie draußen. Wir haben den wahren Täter, aber er schweigt, deswegen dauert es. Ich hätte Sie gerne heute mitgenommen. Das ist kein Scherz.«

Da täuscht sich der Kommissar. Es ist der schlechteste Scherz der Welt. Zum einen glaube ich es nicht, bevor ich es nicht schwarz auf weiß habe, zum anderen bin ich in drei Monaten schon längst tot.

Der Kommissar scheint nicht überrascht, dass ich nicht vor Freude auf dem Tisch tanze.

»Mir ist klar«, sagt er und lächelt diesmal warm, »dass Sie das erst einmal nicht glauben können.« Er stutzt. »Sind Sie krank?«

Ich beginne zu zittern, kann es nicht unterdrücken. Eine Welle aus Gefühlen, die ich nicht benennen kann, rollt über mich hinweg. Ich möchte schreien, möchte weinen, möchte lachen. Nichts davon gelingt. Der Tod hat mich schon.

»Soll ich einen Arzt rufen?«

Ich schüttle den Kopf, eine Frage schaffe ich. »Wer?«

»Der Mann heißt Malakow. Er sitzt lebenslänglich.«

Ich schweige. Der Kommissar respektiert das. Er will kein Dankeschön. Ich habe eine Idee.

»Können Sie mir einen Gefallen tun?«

Der Kommissar nickt. Er sagt nicht »Es kommt darauf an« oder »Mal sehen«.

»Ich möchte eine Erklärung abgeben. An einen guten Journalisten, einen, der mich nicht verschachert. An einen einzigen.«

Der Kommissar zückt sein Handy, telefoniert mehrmals, es fallen Begriffe: Staatsanwalt, Zettler, Richter, Verfügung, einmal brüllt er ins Telefon, ein anderes Mal schmeichelt er wie ein Versicherungsvertreter. Dann setzt er sich wieder.

»In zwei Stunden ist Reiner Zettler hier. Er arbeitet bei der Saarbrücker Zeitung. Ich verbürge mich für ihn.« Er schaut mich wieder so seltsam an. »Sie sollten zum Arzt gehen.«

»Ich war heute beim Arzt«, erwidere ich, »ich habe eine Erkältung mit Fieber und Gelenkschmerzen.«

Der Kommissar beugt sich zu mir herüber, schüttelt den Kopf. »Ihre Lippen. Sie haben eine Bleivergiftung.«

»Das ist doch Unsinn. Sie sind kein Arzt.« Nicht zu glauben. Da kommt dieser Mann hierher, bringt meine Welt zum Einsturz und enttarnt mich innerhalb von fünf Minuten. Nichts ist real. Die Wände verziehen sich zu einem höhnischen Grinsen.

Der Kommissar lehnt sich zurück. »Ich bin kein Arzt. Richtig. Aber ich bin gelernter Kommissar, und da hat man mir beigebracht, eine Bleivergiftung von einer Erkältung zu unterscheiden.«

Warum kommt er erst jetzt? Warum hat nicht dieser Kommissar meinen Fall untersucht? Wo war er vor achtzehn Jahren?

Der Kommissar faltet die Hände, seufzt, seine Augen bleiben feucht. Ich will es nicht glauben, dass ein Mensch wegen mir Trauer empfinden, ja sogar weinen könnte.

»Ich komme zu spät, nicht wahr?« Er zieht die Nase hoch, schluckt. Seine Stimme ist nur ein Flüstern. Ich nicke ganz leicht.

Der Kommissar steht auf, er versucht, sich nicht anmerken zu lassen, dass er am liebsten schreien würde. Weil er es verpatzt hat. Weil er zu spät ist. »Ich komme gleich wieder. Nicht weglaufen.«

Trotzdem hat er noch einen schlechten Scherz übrig. Der Mann gefällt mir. Unter mir sackt der Boden weg. Mein Stuhl neigt sich zur Seite, ich fange mich ab, stellte den Stuhl wieder gerade. Die Wände grinsen immer noch. Nach ein paar Minuten kommt der Anstaltsleiter, gefolgt vom Arzt, der mich vorhin krankgeschrieben hat. Sein Kopf ist krebsrot, er sieht aus, als wäre er anständig zusammengestaucht worden. Er untersucht mich, flucht immer wieder, brummelt ständig »Scheiße, Scheiße, Scheiße« vor sich hin, dann fällt er sein Urteil:

»Intensiv, sofort.«

Ich hebe die Hand. »Nein. Ich warte auf Herrn Zettler, dann gebe ich meine Erklärung ab, und dann könnt ihr mich von mir aus in Formaldehyd einlegen.« Eine Schmerzwelle rollt über mich hinweg, alles verschwimmt, ich reibe mir die Augen, es hilft nicht. Mein Körper wird gefühllos, er löst sich auf, ich beginne zu sterben. Aber vorher will ich meine Erklärung abgeben. Der Anstaltsleiter nickt. Er weiß, dass er mich nicht gegen meinen Willen behandeln darf.

Der Schmerz verpufft. Mein Blick hellt sich kurz auf, wird wieder trübe. Meine Hände gehorchen mir nicht mehr. Der Tod steht neben mir. Es ist ein freundlicher älterer Herr, der mir seine Hand entgegenstreckt. Zu früh, zwei Stunden zu früh. Schlechtes Timing. Verdammt. Was für ein verschissenes Leben. Was kommt jetzt? Ich rutsche vom Stuhl. Hände greifen nach mir, halten mich, legen mich auf den Tisch. Der freundliche ältere Herr tritt einen Schritt zurück und hält sich den Zeigefinger vor den Mund. Der Kommissar beugt sich über mich. »Durchhalten«, sagt er, aber er glaubt selbst nicht dran, er wird zur Seite gestoßen, wehrt sich nicht. Der Arzt zückt eine Spritze, er rammt sie in meinen Arm, ich spüre nichts. Kein Schmerz. Wie wunderbar. Nebel kommt auf. Warmer Nebel. Der Nebel wird schwarz, der freundliche Mann lächelt. Ich …

Der Arzt schwitzte. Der Anstaltsleiter ballte die Fäuste. Bremer schlug mit der Faust an die Wand, bis der Schmerz größer war als seine Wut. Brunnenmeister war tot. Er hatte sich am Blei totgegessen. Der Staat hatte ihn auf dem Gewissen. Die Richter, die Schöffen, die Gutachter, die Anwälte und vor allem Mannstein.

Bremer verschob sein Rendezvous mit den Rockern, das er sich vorgenommen hatte, bevor er zu Malakow gegangen war. Zuerst musste er Mannstein ausquetschen. Koste es, was es wolle. Dann die Rocker, einen nach dem anderen, bis Bremer wusste, wer Fred auf dem Gewissen hatte. Und wenn es sein eigenes Leben kostete, das war er Fred schuldig.

Bremer fuhr ins Präsidium, aber Mannstein war nicht da. Er rief ihn an, fragte ihn scheißfreundlich, ob er ein bisschen Zeit für ihn hätte, er habe ein Problem, bei dem er ihm helfen könne, was ganz Privates, was er mit ihm besprechen wolle, unter vier Augen, jetzt, an einem ruhigen Plätzchen. Mannstein schien erfreut und schlug vor, sich im Hildener Stadtwald zu treffen, da könnten sie einen Spaziergang machen, er kenne die Wege, er wohne da ganz in der Nähe. In einer Stunde?

Bremer bedankte sich und freute sich auf den Moment, wenn er Mannstein ins Gesicht schleudern würde, dass er ein Mörder sei, um ihn dann anständig zu verprügeln. Brennend heiß fiel ihm ein, dass Reiner Zettler die Autobahn unsicher machte, um ein Exklusivinterview mit Brunnenmeister zu führen. Bremer rief ihn an, und sie verabredeten sich für den späten Nachmittag in der Altstadt, um das Ende von Bremers Karriere bei der Polizei zu begehen. Er legte auf, griff sich an die Hüfte und stellte fest, dass er seine Dienstwaffe noch zu Hause liegen hatte. Na gut, ein Umweg, aber ohne Waffe würde er sich nicht mit Mannstein treffen, und er konnte noch schnell die E-Mails nachsehen, Rudi musste doch endlich Ergebnisse haben, was die Fingerabdrücke und DNA-Spuren aus seiner Wohnung anging.

Er fuhr los, sein Kopf fühlte sich an wie nach einem dreitägigen Besäufnis; ihm fiel ein, dass er schon lange nicht mehr geschlafen hatte, was er fühlte, konnte er nicht in Worte fassen. Nur ein Gefühl schälte sich heraus, das sich in einem Gedanken festmachte: Vielleicht werde ich heute sterben. Wer würde mich vermissen? Saskia? Ein bisschen. Corinna? Sie würde sich einen anderen Lover suchen. Reiner? Der würde mich vermissen, keine Frage, und Sascha und Rudi. Und Fred hätte mich vermisst. Bremer kämpfte mit den Tränen und zog die Nase hoch. Also gut, dachte er, dann verschiebst du das Sterben auf einen anderen Tag.

EINUNDZWANZIG

Tom hatte sich vor Bremers Wohnung postiert, wohl wissend, dass er unter Umständen sehr lange hier warten würde. Natürlich hätte er Bremer auch anrufen können, aber das wollte er nicht. Die Gefahr, dass er sich verriet, war ihm zu groß. Denn er hielt Bremer für einen ausgefuchsten Bullen. Aber irgendwann musste auch der ausgefuchsteste Bulle mal nach Hause kommen. Erfreut stellte Tom fest, dass er damit recht hatte. Bremer parkte seinen Wagen direkt gegenüber, stieg aus dem Auto, hetzte über die Straße, verschwand in der Haustür, um nur zwei Minuten später wieder herauszukommen, in sein Auto zu springen und loszufahren. Tom hatte sich das ganz einfach vorgestellt: Bremer fummelt am Schloss herum, er hält ihm die Knarre vor die Nase, fertig. Aber das war jetzt so schnell gegangen, dass er nicht reagieren konnte. Also hängte er sich hinter Bremer.

Seine Beute fuhr auf die A 46, Richtung Essen, dann auf die A 3, Bremer nahm die Ausfahrt Haan. An einem Wanderparkplatz hielt er an, stieg aus, zückte sein Handy, lauschte, drehte sich um fünfundvierzig Grad und marschierte dann in den Stadtwald. Was wollte Bremer dort? Einen Spaziergang machen? War er mit jemandem verabredet? Das wäre ungünstig gewesen, also musste Tom ihm schnell hinterher und ihn abfangen.

Er parkte seine Maschine, schlug sich nach rechts in den Wald, sodass Bremer ihn nicht sehen konnte. Farne standen dicht und hoch, schirmten Tom gegen fremde Blicke ab. Ein Mountainbiker in greller Montur schoss vorbei, Bremer bog ab, immer tiefer ging es in den Wald. Tom kam nicht richtig vorwärts, er durfte sich nicht durch Lärm verraten.

Holzstapel kamen in Sicht. Ganze Buchen lagen übereinander, waren mit Namen versehen, die Besitzer, nahm Tom an. Bremer blieb plötzlich stehen, Tom duckte sich, wartete. Nichts. Bremer ging nicht weiter, er telefonierte nicht. Es wurde Zeit. Noch einmal spähte Tom in alle Richtungen. Niemand außer Bremer in Sicht. Er zog die Waffe aus der Jackentasche, entsicherte sie und begann zu zittern. Was sollte das denn? Tom starrte auf seine Hände, die wie ein tollwütiges Handy vibrierten. Mit Mühe sicherte er die Waffe wieder und steckte sie ein, knetete seine Hände, die sich ganz langsam beruhigten. Äste knackten. Tom fuhr zusammen. Da kam jemand. Verdammte Scheiße. Ein großer Mann mit riesigem gezwirbeltem Schnauzer. Ein Bulle, kein Zweifel. Fuck! Fuck, Fuck, Fuck. Er hatte die Chance vertan, weil seine Hände gezittert hatten, weil er einfach ein Loser und ein Weichei war. Bremer und der andere Bulle gingen aufeinander zu.

Mannstein lächelte Bremer freundlich an, hielt ihm die Hand hin. Bremer schlug so schnell zu, dass Mannstein nicht reagieren konnte. Er stolperte rückwärts, drohte zu fallen, fing sich wieder, starrte Bremer hasserfüllt an, schwieg aber, denn Bremer hatte bereits seine Waffe gezogen und richtete sie auf ihn.

»Du hast ihn auf dem Gewissen. Du bist ein Mörder! Ich weiß alles, ich habe alle Beweise, und ich werde dich fertigmachen, das steht fest. Wenn du einen Funken Ehre im Leib hast, sagst du mir jetzt, warum du das getan hast.« Bremer trat einen Schritt zurück.

Mannstein atmete schwer, seine Gesichtszüge gerieten außer Kontrolle. Fast zwei Minuten schwiegen beide, eine Ewigkeit. Mannstein rieb sich das Kinn, die Haut war nicht aufgeplatzt, Bremer verstand sein Handwerk.

»Du kannst keine Beweise haben, weil es keine Beweise gibt.«

»Dann erschieße ich dich hier und jetzt.«

Mannstein grinste. »Mach dich nicht lächerlich.«

Bremer senkte die Waffe und zielte auf Mannsteins Knie. »Du weißt, was unsere Polizeimunition von deinem Knie übrig lässt?«

Mannsteins Lächeln gefror. »Mach keinen Scheiß. Du gehst in den Bau. Für immer. Ein Bulle im Bau ist die Vorhölle, das ist dir doch klar? Du bist jetzt schon so fällig, dass dich keiner mehr aus der Scheiße rausholen kann.«

»Du hast vollkommen recht. Ich habe nichts mehr zu verlieren. Deswegen werde ich dich Stück für Stück zerlegen, mit Genuss.«

Mannstein hatte mit der falschen Gegenüberstellung den Grundstein für die Verurteilung von Brunnenmeister gelegt. Er hatte Ermittlungsansätze nicht weiterverfolgt, und nicht nur das. Er hatte verhindert, dass die Zweitgutachter zu einem korrekten Ergebnis kommen konnten, weil er ihnen schlicht die falschen Bilder geschickt hatte. Bremer war noch nicht klar, wie er das im Detail gedreht hatte, aber es war nur eine Frage der Zeit, das herauszubekommen.

Bremer drückte ab, der Schuss krachte durch den Wald, Mannstein zuckte zusammen, riss die Augen auf und sank auf die Knie, dann plumpste er wie ein Wickelkind auf den Hosenboden. Bremer wusste, dass seine Zeit knapp war. Wenn jemand den Schuss gehört und als solchen erkannt hatte, würden seine Kollegen in ein paar Minuten hier sein, und zwar mit der kompletten Kavallerie.

»Der nächste Schuss geht ins Knie.«

Mannstein klappte den Mund ein paarmal auf und zu, senkte den Kopf und betrachtete den Streifschuss an seinem Bein. Es blutete heftig, er drückte eine Hand darauf.

»Das hätte ich nicht gedacht«, sagte er. »Das ist, als würde ein Vorschlaghammer zuschlagen.« Er starrte ungläubig auf die Verletzung.

»Der nächste Hammer trifft dein Knie. Also rede endlich.«

Mannsteins Blick wurde wieder klar. Der Schmerz ließ offenbar nach, weil sein Organismus Unmengen körpereigener Morphine ausschüttete.

»Dieser Vollidiot von Schlebusch hat versucht, mich zu erpressen. Er wollte die alte Sache mit Brunnenmeister ans Licht zerren. Ich habe versucht, ihm das auszureden, aber er hatte eine Waffe dabei. Verdammt, wir haben gerangelt, wie im Reflex habe ich die Waffe gezogen, eigentlich war es Notwehr.«

Bremer begann zu schwitzen. Schlebusch! Mannstein hatte die ganze Zeit gedacht, er rede von David Schlebusch. Also doch Mannstein. Mannstein war der Mörder von Schlebusch.

»Notwehr! Dass ich nicht lache. Du hast es eiskalt geplant, Mannstein, hast das Kaliber ausgesucht, eine entsprechende Waffe, hast ihm in den Hinterkopf geschossen, ihm den Schädel zerschmettert, das Projektil herausgepult und …« Bremer konnte nicht weitersprechen. Übelkeit stieg in ihm auf.

»Aber dafür kann es keine Beweise geben.«

Bremer ließ die Waffe sinken. »Dafür habe ich tatsächlich keine Beweise. Und für deinen Vorsatz bei Brunnenmeister auch nicht.

Ich weiß noch nicht einmal, warum du das mit Brunnenmeister gemacht hast.«

Tom konnte es nicht fassen. Da beharkten sich zwei Bullen nach allen Regeln der Kunst. Das war doch eindeutig Folter, was dieser Bremer da abzog. Aber für Tom war das okay. Er verstand sowieso nicht, warum die Bullen sonst immer so zimperlich waren. Dieser Mannstein war ein echt fieser Kerl, der gehörte in den Knast. Aber was sollte er tun? Er konnte schlecht zwei Bullen entführen, noch dazu einen verletzten. Außerdem waren Bremers Reflexe schnell. Einfach hinstellen, Knarre hoch und brüllen: Waffe weg, ich entführe euch jetzt, hätte nur dazu geführt, dass Bremer ihn augenblicklich abgeschossen hätte. Bremer aus der Deckung heraus anschießen ging auch nicht, da zwei verletzte Bullen eine ganze Krankenstation waren. Das Beste im Moment war abwarten und zuhören. Tom musste zugeben, dass es ihn auch interessierte, warum dieser Schnurrbart-Bulle das alles abgezogen hatte.

Mannstein sackte in sich zusammen, keuchte, hob den Kopf. »Du hast keine Ahnung, wer hier in Düsseldorf das Sagen hat.«

»Ich dachte, der Staat.«

Mannstein kicherte. »Hast du schon mal was von Cochise gehört?«

Bremer nickte, Mannstein zog überrascht die Augenbrauen hoch.

»Ein Schwerstkrimineller mit besten Verbindungen zur Polizei.«

Mannstein verzog das Gesicht. »Cochise ist ein Phantom. Niemand kennt sein Gesicht, aber er ist überall und nirgends.«

»Mein Gott, was bist du für ein Schwachkopf«, sagte Bremer tonlos und konnte nicht anders, als auf den Boden zu spucken. »Du glaubst an Ammenmärchen, weil du daran glauben willst. Du bist selbst ein Krimineller, der schon lange seinen Realitätssinn verloren hat. Hat Cochise dich beauftragt?«

Mannstein nickte. »Die Sache mit Brunnenmeister, ja. Die Sache mit Schlebusch auch, aber die ist aus dem Ruder gelaufen.«

»Und dafür hast du all die Jahre kassiert?«

Mannstein zuckte bejahend mit den Schultern. »Wie es halt so läuft. Geld gegen den einen oder anderen kleinen Gefallen.«

»Du bist ein korruptes Bullenschwein.«

»Das System ist so einfach auszutricksen. Man darf nur nicht zu gierig werden. Kleine Unregelmäßigkeiten fallen unter die normale Fehlerquote. Und niemand kann mir was nachweisen. Aber dir kann man allerhand nachweisen.«

»Das werden wir sehen.« Bremer griff seine Waffe fester. »Los, komm, steh auf. Wir machen einen Ausflug.«

Mannstein verschränkte die Arme vor der Brust. »Bist du vollkommen übergeschnappt? Ich bleibe hier sitzen. Erschieß mich doch.« Er ließ sich nach hinten sinken und schloss die Augen. Die Verletzung am Bein war nicht schwer, die Wunde blutete schon nicht mehr.

»Das wäre nicht die schlechteste Lösung.« Aber Bremers Wut und Zorn waren verraucht. Bleierne Müdigkeit kroch ihm die Wirbelsäule hoch. Und das Gefühl der Schuld. Er hatte Fred auf dem Gewissen, jetzt hatte er einen Kollegen gefoltert, ein Geständnis erpresst, das nichts wert war. Er hatte sich in eine Sackgasse manövriert, aus der es nur einen Ausweg gab: Er musste sich stellen, musste die Kollegen anrufen und hoffen, dass die Justiz wenigstens in seinem Fall anständige Arbeit leisten würde.

Tom genoss die Vorstellung, die ihm da kostenlos geboten wurde. Mannstein war also nicht Cochise, das stand fest. Cochise wäre auch nicht in so eine plumpe Falle gelaufen. So wie es aussah, hatten nicht nur die zwei Bullen ein echtes Problem. Bremer würde achtkantig aus dem Dienst fliegen, und dieser Mannstein hatte auch das eine oder andere zu erklären. Würde Mannstein bis auf den Grund durchleuchtet werden, würde bestimmt genug zusammenkommen, um ihm den Prozess zu machen. Toms Problem war Cochise, nach wie vor. So wie die Dinge jetzt lagen, würde er vielleicht doch besser mit den Bullen zusammenarbeiten. Oder auch nicht. Verdammt, er wusste sich keinen Rat. Die Bullen hatten jetzt seit mindestens fünf Minuten keinen Pieps von sich gegeben, wollten die hier den ganzen Tag verbringen? Plötzlich klang Musik durch den Wald. Tom sah, wie Bremer in die Tasche griff und sein Handy hervorzog, lauschte und dann laut anfing zu fluchen, schließlich das Handy wieder einsteckte und auf Mannstein einzureden begann.

»Du hast die Aufnahmen manipuliert.«

Der Riesenschnauzer-Bulle verzog seine sowieso schon hässliche Fresse zu einer grotesken Maske.

Bremer redete weiter. »Die Aufnahmen von dem Junkie, dem du den Mord an Schlebusch in die Schuhe geschoben hast. Aber du hast einen Fehler gemacht. Du hast nicht gründlich genug gelöscht, die Zeit war zu knapp, nicht wahr?«

Mannstein zeigte keine Reaktion.

»Olga hat die Passagen rekonstruiert. Du drohst dem Junkie mit Cochise und versprichst ihm nach der Haft ein sorgloses Leben. Das Blatt hat sich gewendet, mein Freund.«

Mannstein schwieg, sein Kopf schien zu rauchen, so angestrengt dachte er nach.

Tom hielt den Atem an. Es wurde immer besser. Die Show war noch nicht zu Ende, noch lange nicht. Instinktiv duckte er sich, als er links von seinem Versteck Schritte hörte. Leichte Schritte. Eine Person. Eine Frau, die ihn nicht sehen konnte, in der Hand eine P99, die Dienstwaffe der Bullen. Sie sicherte nach allen Seiten, Schweiß perlte auf ihrer Stirn, sie wusste wahrscheinlich, dass sie auf dem Präsentierteller stand. Auf jeden Fall sah sie richtig gut aus, Topfigur, dunkles Haar, große Augen, sinnlicher Mund. War das ein *good girl* oder ein *bad girl*? Sie würde in Bremers Rücken auftauchen, und dann? Abwarten. Am Ende des Tages würde er wissen, auf welche Seite er sich schlagen musste.

Olga hatte Bremer angerufen, ihn gebeten, die Sache in die Hand zu nehmen. Sie sei nicht in der Lage dazu, sie könne nicht glauben, dass Mannstein das getan hatte. Unfassbar. Loyalität am falschen Platz, wie so oft. Hätte er das zwei Stunden früher gewusst, würde er nicht bis zum Hals in der Scheiße stecken, dann hätte er Mannstein ganz offiziell suspendieren lassen können. Jetzt hatte er Mannstein an den Eiern, aber er musste sich eine Lügengeschichte ausdenken, um seine eigene Haut zu retten: Er hatte Mannstein mit Olgas Informationen konfrontiert, ungläubig, von Kollege zu Kollege, und Mannstein war ausgerastet, hatte ihn bedroht, Bremer hatte ihn ruhigstellen, hatte schießen müssen. Eine gute Geschichte. Alles würde gut werden.

»Okay, Mannstein. Ich gebe dir noch eine Chance, dann ist Schluss.« Bremer legte wieder an.

»Waffe weg, Martin. Bei drei schieße ich.«

Corinnas Stimme. Hinter ihm. Verflucht noch mal, was ging hier ab? Woher konnte sie wissen, dass er hier war? Sie war Mannsteins Komplizin und einfach ein bisschen spät dran!

Das war es.

»Eins!« Sie räusperte sich, so laut hatte sie geschrien.

»Mannstein hat Schlebusch auf dem Gewissen! Ruf Olga an, sie hat die Beweise.«

»Zwei! Ich schieße bei drei.«

Bremer ließ die Waffe fallen.

»Vier Schritte zur Seite, mit dem Bauch auf den Boden und keine Bewegung.«

Er gehorchte, drehte den Kopf so, dass er Mannstein sehen konnte. Corinna kam in sein Blickfeld. Sie war schweißnass.

»Martin, du bist vollkommen übergeschnappt. Egal, was Mannstein getan haben soll, du kannst hier nicht Wildwest spielen.«

»Woher wusstest du …«

Corinna unterbrach Bremer. »Hältst du uns für dumm? Hartmut hat mir eine SMS geschickt. Die ist irgendwo stecken geblieben, sonst wäre ich schon lange hier.«

»Hat Olga wirklich nicht mit dir geredet?«

»Worüber?«

»Das Verhör des Junkies. Mannstein hat die Aufnahmen manipuliert, der Junkie ist unschuldig.«

Corinna runzelte die Stirn. »Sie hat etwas angedeutet, aber sie wollte mir nichts Konkretes sagen. Das ist auch völlig uninteressant. Ich nehme euch beide fest.« Sie wandte sich an Mannstein. »Wenn du Dreck am Stecken hast, werden das alle erfahren, glaub mir, und du gehst in den Bau. Also, bleib schön brav, wo du bist, oder ich mache dir ein zweites Loch. Ihr seid beide erledigt.«

Sie nahm eine Hand von der Waffe, griff nach hinten und zog einen weißen Kabelbinder hervor. Mit der Waffe zielte sie auf Bremers Kopf, ließ aber Mannstein nicht aus den Augen, fesselte seine Beine aneinander und seine Hände hinter dem Rücken, zog die Binder so fest, dass Bremer weder laufen noch seine Hände bewegen konnte.

»Ihr seid Komplizen, oder?« Bremer schrie. »Ich bin so gut wie tot.«

Corinna schüttelte den Kopf. »Du bist vollkommen paranoid, Martin.«

Sie trat zu Mannstein, die Waffe ebenfalls auf den Kopf gerichtet, und fesselte ihn genauso wie Bremer, nur dass sie Mannstein wieder in Sitzposition brachte, damit er sein Bein entlasten konnte.

»Mannstein hat den Junkie während des Verhörs bestochen, damit er den Mord gesteht, hat die Protokolle gefälscht und die entsprechenden Aufnahmen gelöscht. Olga hat es herausgefunden. Corinna, lass mich frei!«

»Vergiss es. Wenn das stimmt, was du sagst, werden wir das ermitteln, und zwar so, wie es sich gehört. Mit Staatsanwalt, Mordkommission und Teamarbeit. Wenn nichts an deinen Vorwürfen dran ist, dann gute Nacht.«

Okay. *Good girl.* Und echt taff! Eine heiße Braut! Hat in zwei Minuten die beiden Cowboys eingekastet. Ein Profi. Vielleicht sollte ich doch die Seiten wechseln und bei der Polizei anfangen. Eine Gänsehaut lief Tom über den Rücken, also verwarf er den Gedanken schnell wieder. Schade, die Show war wohl doch zu Ende. Fazit: Mannstein war so richtig am Arsch, der wanderte lebenslänglich in den Knast. Wenn er plauderte, dann kam er nach fünfzehn Jahren wieder raus. Oder er wurde vorher von Cochise erlegt. Was wesentlich wahrscheinlicher war. Bremer: Der konnte sich einen Job als Parkwächter suchen. Tom war es unverständlich, warum der Mann so ausgerastet war, aber immerhin hatte er ihm gute Unterhaltung geboten und endlich mal effiziente Verhörmethoden angewendet. Aber er musste noch an seinen Gefühlen arbeiten. Effizienz durfte nicht durch Emotion gefährdet werden. Shit happens, und dieser Brunnenmeister hatte die Arschkarte gezogen. Kein Grund, gleich Karriere und Leben aufs Spiel zu setzen. Okay, sie hatten seinen Kollegen umgelegt, das konnte einen schon aus der Bahn werfen.

Tom überlegte, wann wohl der richtige Moment wäre, um sich zu zeigen. Wenn er plötzlich hinter dem Busch vorkam wie so ein Clown, der aus einer Schachtel rausfedert, dann würde ihn diese Corinna abschießen wie ein Moorhuhn. Das Beste war wohl, sich still zurückzuziehen, bevor der ganze Wald von Bullen wimmelte.

Bremer fragte gerade, ob die Amazone schon die Kollegen alarmiert hatte. Sie schüttelte den Kopf und erwiderte, das würde sie jetzt tun. Sie zückte ihr Handy, drückte ein paar Knöpfe, ließ es fallen, knickte in den Knien ein und schlug vornüber auf den Boden. Ein Stück des Hinterkopfes fehlte. Tom zuckte zurück in seine Deckung. Der Schuss musste von links gekommen sein, ein perfekter Treffer, mitten zwischen die Augen. Tom hatte niemanden kommen sehen, nicht das geringste Geräusch gehört. Sein Herz raste, er war nicht fähig, sich zu bewegen, aber er hörte Schritte, nur zwei Meter neben ihm blieb jemand stehen, räusperte sich. Tom musste sich fast übergeben. Das Räuspern hatte er schon mal gehört. Es war das Räuspern eines Phantoms, es war Cochise.

Bremer hörte das Ploppen des Schalldämpfers und sah, wie Corinnas Beine einknickten. Tränen schossen ihm in die Augen. Ihr Kopf schlug neben seinem auf, ihre toten Augen starrten ihn an, aus dem Einschuss auf der Stirn sickerte Blut. Ihre Waffe konnte er nicht sehen. Bremer warf sich auf den Rücken, schaute sich um, wahrscheinlich lag sie darauf. Er versuchte, ihren Körper beiseitezudrücken, aber er war zu schwer, der Winkel war zu ungünstig.

»Aber Herr Bremer.« Die Stimme räusperte sich. »Sie sollten wissen, wann das Spiel aus ist. Wie im Krimi.«

Bremer fuhr herum, seine Muskeln bäumten sich auf, aber die Kabelbinder gaben keinen Millimeter nach. Er landete mit dem Gesicht im Laub, zuckte wie ein Regenwurm, um wieder auf den Rücken zu kommen.

Staatsanwältin Mechernich blickte auf ihn herab, lächelte.

»Jetzt macht es klick, nicht wahr?«

Und wie es klick machte. Jetzt passten alle Steine zusammen. Bis auf einen. Mechernich hatte die Macht gehabt, Brunnenmeister fertigzumachen. Aber der wichtigste Stein hieß: warum?

»Ich verstehe es nicht«, gab Bremer zu.

Mannstein meldete sich. »Wir mussten Malakow aus der Schusslinie holen. Befehl von Cochise.« Mannstein ließ den Kopf sinken. »Staatsanwältin Mechernich. Unglaublich. Sie haben all die Jahre ein perfektes Doppelleben geführt.« Er dachte einen Moment nach. »Bewundernswert.«

Mechernich neigte den Kopf in Richtung Mannstein. »Danke für die Blumen. Aber Sie waren auch nicht schlecht. Das Geld, das Sie bekommen haben, haben Sie still und leise angelegt, nie damit geprahlt. Vorbildlich. Sie werden Ihre wohlverdiente Rente sicher sehr genießen.« Sie lächelte, aber Mannstein schien nicht wirklich glücklich.

Bremer schüttelte den Kopf. »Warum so ein Zinnober? Warum nicht einfach Malakow liquidieren?« Ihm schoss ein absurder Gedanke durch den Kopf. »War er Ihr Geliebter?«

Mechernichs hartes Gesicht wurde weich, sie nickte. »Sehen Sie, Herr Bremer, die Gefühle, das ist unsere Achillesferse.«

»Sie lieben ihn immer noch, und deshalb steht er unter Ihrem Schutz? Aber vor dem Gefängnis konnten Sie ihn letztlich nicht bewahren.« Das war ein tröstlicher Gedanke für Bremer. Auch Cochises Macht hatte Grenzen.

»Ja. Verdammt. Weil er nicht auf mich hören wollte. Ich habe ihn bekniet, habe ihm gedroht und ihm Geld geboten.«

Bremer konnte es nicht glauben. Eine Frau, so eisenhart und abgebrüht, wurde bei einem Verbrecher wie Malakow schwach und riskierte alles für ihn.

»Und Schlebusch?«

Mechernichs Stimme wurde hart. »Schlebusch hat versucht, mich zu erpressen, indem er Mannstein erpresste. So ein Dummkopf! Hätte er um Hilfe gebeten, vielleicht hätte ich sie ihm gewährt. Aber so ... Höchststrafe. Und das gilt für alle, die sich mit mir anlegen oder Fehler machen.«

Sie drehte sich zu Mannstein und jagte ihm eine Kugel in den Kopf. »Für Sie, Herr Bremer, habe ich eine Henkersmahlzeit in Form meines Motivs für meine ungewöhnliche Karriere: Langeweile. Nichts als Langeweile. Als ich vor achtzehn Jahren Brunnenmeister fertiggemacht habe, war ich schon fünfzehn Jahre im Geschäft. Nicht des Geldes wegen. Das können Sie mir glauben. Die Macht, die ich als Staatsanwältin, vor allem als Anfängerin, nie gehabt hatte, war berauschend. Die Menschen fürchteten mich, ich war Herrscherin über mein Imperium, ich entschied über Leben und Tod. Das ist besser und stärker als jede Droge. Wissen Sie, was es heißt, jahrelang irgendwelche tumben Kleinkriminellen anzuklagen? Sich jeden Tag mit diesen dummen und obszönen Menschen auseinanderzusetzen? Sich von Rechtsanwälten anhören zu müssen, man sei eine karrieregeile Tussi, und nur deswegen würde man das Strafmaß so hoch beantragen? Es ist erniedrigend, entwürdigend, es ist schlimmer als der Tod.« Sie hielt kurz inne.

»Also begann ich, zuerst ein wenig, dann immer mehr, das Gesetz zu beugen, dann zu brechen. Mein einziges Lebensziel ist, diese Macht aufrechtzuerhalten, mit dem Gesetz zu spielen und den Menschen, die so simpel zu steuern sind. Und da kommen Sie ins Spiel. Sie sind ein überheblicher eitler Pfau, nicht einen Deut besser als ich. Ihr Einsatz ist das Leben der anderen, ich bin nur die ausführende Hand. Es ist schade um diese junge Frau, es ist schade um Mannstein, ein guter Mann, es ist schade um Ihren Freund, Fred Weber.«

Bremer würgte vor Wut, aber nichts als Magensäure brannte sich die Speiseröhre hoch. Er schluckte. »Ich wünsche Ihnen den Tod, Sie widerliches Gespenst. Glauben Sie wirklich, dass irgendjemand Sie jemals geliebt hat? Malakow hat Angst vor Ihnen, deshalb hat er geschwiegen. Aus keinem anderen Grund.«

Mechernich hieb ihren Fuß in Bremers Seite, der Schmerz explodierte in seinem Kopf, er krümmte sich zusammen. Sie beugte sich zu ihm herunter.

»Um dich ist es nicht schade. Du musst sterben, daran besteht nicht der geringste Zweifel. Damit tue ich dem ganzen System einen großen Gefallen. Das solltest du einsehen.«

Bremer sah gar nichts ein, begann zu schreien, zu zappeln, er wollte nicht sterben, er wollte Mechernich eigenhändig erwürgen, er wollte Saskia küssen und nie wieder Verbrecher jagen.

Mechernich lachte, stand auf und zielte auf Bremers Kopf.

Tom hatte sich zitternd so weit aus seiner Deckung gewagt, dass er sehen konnte, wie Cochise Mannstein hinrichtete. Dann erzählte sie Bremer ihre Lebensbeichte, und Tom konnte nicht umhin, diese Frau zu bewundern. Wie oft war *er* erniedrigt worden? Von seinen Eltern, den Lehrern, im Knast? Diese Macht müsste man haben. Alle müssten nach seiner Pfeife tanzen. Aber Tom musste sich eingestehen, dass er ganz und gar nicht der Typ dazu war. Dieses Gerippe namens Cochise hatte keine Nerven, kannte keine Angst und war so durchgeknallt wie eine ganze Herde Kühe mit Rinderwahn. Er musste jetzt an sich selbst denken und Cochise beweisen, dass er ein ganzer Kerl war. Er zog seine Knarre, entsicherte sie, schaffte es, sein Zittern ein wenig zu dämpfen, legte an, drückte ab und landete einen Meisterschuss.

ZWEIUNDZWANZIG

Das Präsidium hatte halbmast geflaggt. Der Friedhof war weiträumig abgesperrt, nur geladene Gäste hatten Zutritt. Tom Breininger hatte darum gebeten, bei der Beerdigung dabei sein zu dürfen. Man hatte es ihm nicht verwehrt, ihm aber klargemacht, dass er danach von der Bildfläche zu verschwinden habe. Die Bitte war mit einem Angebot verbunden gewesen, das er nicht ablehnen konnte, vorgetragen von zwei ernsthaften Männern, die beide seltsamerweise Müller hießen. Dass sie nicht in der Hauptwache Dienst taten, konnte ein Blinder mit Krückstock sehen.

Die Predigt des Pfarrers war ergreifend, er sprach von ewigem Leben und dem Schicksal, das in Gottes Hand lag, dass er aber den Menschen auf der Erde Prüfungen auferlegte, die nicht alle bestanden. Und daher gab es Leid auf der Welt und Elend und Verbrechen. Und einem dieser Verbrechen sei Corinna Althoff zum Opfer gefallen, die selbst alle Prüfungen bestanden und daher im Himmel nichts zu befürchten habe. Das gefiel Tom, und er wünschte, dass der Pfarrer wider alle Vernunft recht haben möge und Corinna im Himmel ein cooles Leben – besser gesagt einen coolen Tod hatte. Er zwickte sich in die Hand, damit er nicht über seinen eigenen Witz laut loslachte, und senkte den Kopf. Er hatte diese Frau nur ein paar Minuten gesehen, und trotzdem war es für ihn wichtig, von ihr Abschied zu nehmen. Ihr Tod und der Tod ihres Kollegen hatten ihn auf den richtigen Weg gebracht. Seit einer Woche konnte er wieder ruhig schlafen, und er hatte eine Zukunft vor sich. Ob er seine Prüfungen bestehen würde? Er hob den Kopf und stellte fest, dass er das rechtzeitig wissen würde. Was er wohl nie erfahren würde, war, welche Asse Martin Bremer im Ärmel gehabt hatte, wie er es geschafft hatte, aus der ganzen Scheiße rauszukommen.

Corinnas Sarg wurde hinabgelassen und mit Rosen überhäuft, die Angehörigen weinten, wie es sich gehörte, und Tom spürte einen Stich, als er mit einer kleinen Schaufel ein wenig Erde auf den Sarg warf.

Der Trauerzug setzte sich in Bewegung, Tom wechselte seine Position und schob sich neben den Kommissar, der ihm zulächelte und seine Hand drückte.

»Hallo, Schutzengel«, flüsterte er. »Alles klar?«

»Danke der Nachfrage, Herr Kommissar. Stellen Sie sich vor, Tina hat schon wieder einen anderen. Was soll's. Ansonsten alles klar, bis auf eine Kleinigkeit.« Tom verzog das Gesicht, als hätte er in eine Zitrone gebissen. »Wie zum Teufel haben Sie das gedeichselt?«

Der Kommissar schnaufte einmal, blickte Tom in die Augen und sagte: »Ich glaube, Sie haben ein Recht darauf, es zu erfahren. Die Berichterstattung in den Medien haben Sie ja mitbekommen?«

Tom nickte. »Der Justizskandal, die Verbindungen von Polizei, Staatsanwaltschaft und den Compadres, eine ganze Abteilung haben die hopsgenommen, mein lieber Scholli, kein Wunder, dass da niemand dazwischenkam. Die konnten ja machen, was sie wollten.«

»Fast. Hören Sie zu.«

DREIUNDZWANZIG

Bremer spürte keinen Schmerz. Jemand war Cochise zuvorgekommen. Zum zweiten Mal fiel heute neben ihm ein Mensch tot zu Boden, aber diesmal war es ihm recht. Mechernich zuckte noch ein wenig, dann lag sie still, und Bremer fragte sich, wer jetzt noch auf der Bühne dieses Dramas auftauchen würde. Er brauchte nicht lange zu warten. Es war Tom Breininger, der bemüht lässig zu ihm herüberkam, die Waffe, die er in der Hand hatte, ablegte, ein Messer zog, dabei so sehr zitterte, dass Bremer befürchtete, der Junge würde ihn am Ende noch unabsichtlich abstechen. Aber er schaffte es, ohne ihm einen Kratzer zu verpassen, und erlöste ihn von den Kabelbindern.

»Ich hab gedacht, das kann ich nicht zulassen, dass Sie einfach abgeknallt werden. Leider konnte ich nicht verhindern, dass die andern beiden dran glauben mussten.«

»Wie kommen Sie hierher?«, stotterte Bremer.

Tom winkte ab. »Ich war wohl mal wieder zur rechten Zeit am rechten Platz.«

Bremer konnte nur noch stumm nicken. Außer einer Müdigkeit, die dem Tod zum Verwechseln ähnlich war, fühlte er nichts. Er ließ sich nach hinten fallen, streckte die Arme aus und schloss die Augen. Bevor er wegdämmerte, hörte er die Sirenen.

Diesmal wachte Bremer einfach auf. Er öffnete die Augen, sah sich um, musterte das Krankenhauszimmer, in dem er lag, und fühlte sich ausgeruht. Dann kamen die Erinnerungen. Er sprang aus dem Bett, hastete auf die Toilette und übergab sich.

Er duschte sich, fand in einem Schrank frische Wäsche, die eindeutig aus seiner Wohnung stammte, zog sich an und öffnete die Tür.

Davor saß ein Polizeikommissar, der eilig aufstand und ihn freundlich grüßte, aber seine Hand auf die Waffe legte.

»Ich soll Sie begleiten, als persönlicher Assistent sozusagen.«

Bremer zog sich wieder in sein Zimmer zurück, probierte das

Telefon und war erfreut, dass es funktionierte. Er rief Sascha an, die Leitung knackte, er hob ab.

»Martin, du bist wach, gut. Ich bin in einer Viertelstunde bei dir.«

Auf die Minute fünfzehn Minuten später rauschte Sascha in Bremers Zimmer, drückte ihn kurz, schaute ihm in die Augen und sagte: »Ich hatte nicht erwartet, dass du *so* weit gehst.«

Bremer wusste nichts zu antworten.

»Ist ja auch egal. Ich hatte aber auch nicht erwartet, dass der Staatsschutz und die Innere so weit gehen würden.«

»Ich verstehe kein Wort, Sascha.«

»Das wird sich gleich ändern. Hier, lies das.« Er zog ein Blatt Papier aus seiner Aktentasche. Ein Bericht über die Spurenauswertung der DNA-Träger aus Bremers Wohnung und dem Keller des Hauses. Das Ergebnis: Spuren von Tom Breininger, das war klar. Und Spuren von zwei SEK-Beamten, auch keine wirkliche Überraschung. Das Kennzeichen, das sich Tom Breininger gemerkt hatte, gehörte ebenfalls zum SEK. Und zwar nicht zu irgendeinem aus der Truppe. Das Fahrzeug gehörte dem Leiter des Sondereinsatzkommandos in Düsseldorf höchstpersönlich. Aber warum waren die bei ihm eingebrochen, zweimal, warum hatten die Beamten riskiert, erschossen zu werden?

Bremer hob die Augenbrauen und ließ den Zettel sinken. »Wie zum Teufel ist Rudi da drangekommen? An die DNA-Daten der SEK-Einheiten kommen nur Geheimnisträger ran, und die Kennzeichen sind nirgends registriert.«

»Das weißt du doch: Einer kennt einen, der hat einen Gefallen gut bei wieder einem. Nach dem Tod von Fred war meine Geduld am Ende. Ich habe gebohrt, und ich habe Öl gefunden, jede Menge. Weißt du, warum du so schnell nach Düsseldorf kamst?«

Bremer schloss die Augen. Er sah Saskia vor sich, wie sie sagte, dass sie halt jemanden kenne … und dass es nicht direkt der Innenminister sei.

»Die haben mich komplett verarscht, korrekt?«

»Korrekt. Und das ist dein Glück. Dass Cochise ins Netz gegangen ist, war purer Zufall. Die Mechernich war unglaublich clever, ihr System aus Korruption, Angst und Mythos war perfekt. Letztlich ist sie über sich selbst gestolpert.«

»Und über einen Gangster, der im richtigen Moment Gewissensbisse bekommen hat«, sagte Bremer. Sein Bauch grummelte, es fühlte sich an, als würde der Magen eine Wanderung durch seinen Bauch veranstalten.

»Aber das ist noch nicht alles«, rief Sascha triumphierend. Er zog die Saarbrücker Zeitung aus der Tasche und trug die Schlagzeile des Aufmachers vor. »›Justizskandal erschüttert Nordrhein-Westfalen‹. Na, wie klingt das? Die lokalen Zeitungen bringen übrigens das Gleiche. Zettler war halt schneller.«

Er gab Bremer die Zeitung. Gierig las er den Artikel. Reiner in Hochform. Da blieb kein Auge trocken, er teilte gnadenlos aus, konnte aber den Innenminister nicht beschuldigen, dafür hatten sie keine Beweise. Aber der Leiter des SEK musste gehen, zwei Staatsanwälte, die die Überwachung von Bremer gedeckt hatten, ebenfalls. Und der Leiter der Inneren. Der Fall Brunnenmeister kochte die Diskussion um Justizirrtümer wieder hoch, aber personelle Konsequenzen gab es nicht. Und Bremer war der Held.

»Sie haben ein Angebot für dich.«

»Wer sind ›sie‹?«

»Zwei Innenminister.«

»Sie haben mich eingeschleust und damit gerechnet, dass ich über kurz oder lang mit Mannstein Ärger bekomme und anfange zu graben. Weil sie nichts herausbekommen haben und weil sie ihn schon lange auf dem Kieker haben und in mir genau den gesehen haben, der ich auch bin. Natürlich. Schlebusch war nicht geplant, selbstverständlich nicht.«

Bremer setzte sich auf das Bett und strich über das Laken.

»Aber sie haben nicht damit gerechnet, dass es so schnell geht und dass ich ein so perfekter Vollidiot bin. Alles ist aus dem Ruder gelaufen, ich auch. Ernsthaft, Sascha. Ich bin nicht viel besser als Mannstein.« Bremer konnte nichts dagegen tun. Er fing an zu weinen. »Ich habe Fred auf dem Gewissen und Corinna und Mannstein. Ich bin verantwortlich.«

Sascha setzte sich neben ihn und nahm wie ein Priester seine Hand.

»Ja. So ist es. Und ich trage daran genauso viel Schuld. Und die Innenminister und noch ein paar andere. Wir waren beschissene Egoisten, die nichts als die Beute im Visier hatten. Wir hätten es besser wissen müssen. Diesmal sind wir schuldig.« Er tätschelte Bremers Hand. »Damit müssen wir leben …« Sascha brach ab, er merkte wohl selbst, dass jedes Wort falsch wahr, dass es nichts zu beschönigen gab. Es gab keinen Trost für Bremer, er lebte und konnte nicht mehr tun, als sich vorzunehmen, nie wieder so zu handeln.

»Wie lautet das Angebot?«

»Wir schweigen, und sie schwören, dass sie nie mehr so etwas tun, dass sie nie wieder jemanden ohne sein Wissen als verdeckten Ermittler missbrauchen. Du schweigst und schwörst, dass du auch nie wieder die Dienstordnung mit Füßen trittst. Wenn du dein Versprechen brichst, machen sie dich richtig fertig. Du kannst dir aussuchen, wohin du gehst. Wenn du willst, kriegst du die Frühverrentung.«

»Wie lange habe ich Zeit?«

»Lass es nicht zu lange dauern. Sie könnten das falsch verstehen.«

»Habe ich denn eine Wahl?«

Sascha schwieg, schlug Bremer auf die Schulter und eilte davon.

»Sag ihnen, ich entscheide mich einen Tag nach der Beerdigung«, rief Bremer ihm hinterher.

Bellorz hatte gute Arbeit geleistet, ihm den Kopf aus der Schlinge gezogen. Aber alles hatte auch er nicht herausgefunden. Bevor Bremer in Depressionen verfiel, stand er auf, zog sich an, verließ unter dem lautstarken Protest der Ärzte und seines Assistenten das Krankenhaus. Wenn Corinna beerdigt war, würde er Saskia anrufen.

Bremer war stehen geblieben und blickte dem jungen Mann, der ihm das Leben gerettet hatte, in die Augen.

»Ich habe mich entschieden.«

»Wie?«

Bremer legte ihm beide Hände auf die Schultern. »Ich wünsche Ihnen alles Gute.« Er ließ Breininger stehen, eilte an den Trauergästen vorbei und fuhr nach Hause.

Er machte sich einen Espresso, schlürfte ihn und legte sein Handy auf den Tisch vor sich. Nach einem zweiten Espresso wählte er Saskias Nummer, es klingelte zehnmal, die Mailbox ging nicht dran,

Bremer ließ es weiterläuten, und endlich meldete sie sich. Ihre Stimme klang müde.

»Martin, hi, weißt du, wie spät es ist? Hier ist es drei Uhr morgens.«

»Ich weiß, wie spät es ist. Zu spät.«

»Was redest du da? Wofür sollte es zu spät sein?« Saskia klang jetzt hellwach.

»Du musst mir eine Frage beantworten. Jetzt. Wenn nicht, sind wir geschiedene Leute.« Sie reagierte nicht. »Hast du gewusst, dass ich Mannstein zu Fall bringen sollte?«

Saskia schwieg.

»Hast du es gewusst?«

»Ich wusste nicht, dass es um Mannstein ging. Ich wusste nur, dass sie dich haben wollten. Im KK11. Dass da was nicht stimmte. Dass sie jemanden ohne Loyalitätsverpflichtung haben wollten. Es hat gerade so gut gepasst.«

»Du hast mich ans Messer geliefert.« Bremer fühlte sein Blut kochen.

»Nein, das darfst du nicht glauben. Sie haben gesagt, es sei überhaupt kein Problem und dass sie dich rechtzeitig einweihen und dich nicht aus den Augen lassen würden. Es musste doch echt aussehen.« Sie flehte.

»Du weißt, was passiert ist?«

»Nur, was online in den Medien stand.«

Bremer spürte, dass er jeden Moment in Tränen ausbrechen würde.

»Martin, es tut mir so leid. Ich liebe dich doch. Das musst du mir glauben.«

Musst du mir glauben, musst du mir glauben … Saskias Worte schmeckten nach Schimmel. »Du hast keine Ahnung von Liebe.«

Saskias Stimme zitterte. »Martin, bitte. Ich werde alles wiedergutmachen. Ich will dich, nur dich.«

»Das habe ich inzwischen verstanden. Aber du bekommst mich nicht. Niemand bekommt mich. Mach's gut, Saskia.« Bremer unterbrach die Verbindung, fing an zu weinen und hörte nicht auf, bis ihm die Tränen ausgingen.

EPILOG

Martin Bremer, neuer Leiter der Mordkommission Baseball, hatte neun Stunden Arbeit hinter sich und beschloss, nach Hause zu gehen. Er wusste, dass sein Team zuverlässig und gründlich arbeitete, also nahm er seine Aktentasche, stand auf, blickte sich um, aber niemand schien ihn wahrzunehmen. Er hatte durchgesetzt, dass alle in ein Großraumbüro umzogen. Wie die Hühner in ihr Federkleid steckten sie ihre Köpfe in Akten, drückten sich die Nasen an den Bildschirmen platt oder blätterten in Papieren herum.

Bremer hielt ihnen zugute, dass ihnen der Schock über Corinnas und Mannsteins Tod noch in den Knochen steckte. Sie hatten ihrem Chef vertraut, und jetzt war er plötzlich ein Mörder und Betrüger, hatte alles verraten, was einen anständigen Polizisten bei der Stange hielt, was einen anständigen Polizisten ausmachte. Manche ahnten, dass er, Bremer, im Ergebnis nicht viel besser war, dass er gefährlich war, auf andere Weise. Ob sie ihm jemals vertrauen würden?

Er verließ das Büro, und noch bevor er die Tür geschlossen hatte, ging das Geflüster los. Ein Lächeln stahl sich auf Bremers Gesicht, das sich verflüchtigte, als eine andere Tür hinter ihm schwer ins Schloss fiel. Seine Nackenhaare stellten sich auf, Angst perlte hoch, doch er schaute sich nicht um. Das gehörte zu seinem Programm, um nicht vollkommen dem Verfolgungswahn zu verfallen.

»Sie fürchten dich«, flüsterte Olga, die von hinten an ihn herangetreten war. »Sie halten dich für ein Raubtier, das an der Kette des Innenministers knurrt, bis es losgelassen wird und sein nächstes Opfer zerfleischt. Sie fürchten, dass dir deine Selbstgerechtigkeit wichtiger ist als dein Leben, als ihr Leben.«

Bremer drehte sich nicht um. Olga hauchte ihm die letzten Worte in den Nacken.

»Das ist es, was auch ich an dir fürchte.«

Ihr Atem entfernte sich, er hörte ihre Schritte hinter sich, wieder schlug eine Tür, und Bremer stand allein auf dem Flur, eine Neonröhre sirrte und versuchte zu leuchten, aber immer wieder erlosch das Licht mit einem leisen Knacken. Er nahm den Paternoster, grüßte den Wachhabenden und trat hinaus in die Sonne, ließ seinen Blick über das Präsidium gleiten, das ihn auszuschließen schien, das ihn am liebsten ausgewürgt hätte wie ein Raubvogel das Gewölle.

Bremer wandte sich nach rechts, sein Fahrrad stand noch immer angekettet vor dem Präsidium, aber er wollte zu Fuß gehen. Er folgte dem Fürstenwall, ging quer über die Wiesen Richtung Rheinturm bis zur Uferpromenade und spazierte rheinabwärts bis zum Burgplatz. Er genoss die Ruhe inmitten der Menschen, die den Platz in einen geschäftigen Bienenstock verwandelten. Niemand kannte ihn, niemand nahm Notiz von ihm, niemand wollte irgendetwas von ihm. Aber was wollte er für sich? In Düsseldorf bleiben und kämpfen? Zurückgehen ins Saarland, als Heimkehrer, dem man mit Misstrauen begegnen würde, weil er trotz seiner schweren Dienstvergehen immer noch im Dienst war? Oder die Frühpension? Er hatte die Mächtigen hingehalten, ihnen nur gesagt, dass er schweigen würde, dass er viel mehr Zeit brauchte, um die Weichen für seine Zukunft zu stellen.

Langsam drehte er sich auf der Stelle im Kreis, tat es seinen Gedanken gleich. Er stoppte die Bewegung, bevor ihm schwindelig wurde, griff in die Hosentasche, fühlte die Euromünze für den Einkaufswagen, zog sie heraus, musterte sie. Zahl für Kämpfen, Kopf für Rente, entschied er. Dann schnippte er die Münze mit dem Daumen in die Luft und sah zu, wie sich das Licht in der trudelnden Bewegung brach. Gut einen Meter über Bremers Kopf verlor die Münze ihren Auftrieb, mit der Rechten fing er sie ein und klatschte sie auf den Handrücken seiner Linken. Er schloss die Augen, hob die Hand von der Münze, doch bevor er die Entscheidung des Schicksals begutachten konnte, rempelte ihn ein chinesischer Tourist an, der sich sofort wortreich in seiner Muttersprache entschuldigte, die Münze aufhob und Bremer reichte.

»Dann eben nicht«, murmelte Bremer, ließ den Mann mit der Münze einfach stehen und verschob seine Entscheidung auf den nächsten Tag.

Danksagung

Vielen Dank für den Einblick in die Realität der Polizeiarbeit: Klaus Dönike, Rudolf Niederschelp, Frank Scheulen, Klaus Stickelbroeck.

Besonderer Dank geht an die Lektorin Stefanie Rahnfeld und an das gesamte Emons-Team für die hervorragende Zusammenarbeit.